MERCERO, SANTOS,
EL CASO DE LAS JAPONESAS MUERTAS /
[2018]
37565039695183 WIND
SONOMA COUNTY LIBRARY
OFFICIAL DISCARD
W9-BRM-969

El caso de las japonesas muertas

Antonio Mercero

El caso de las japonesas muertas

Papel certificado por el Forest Stewardship Council®

Primera edición: octubre de 2018

© 2018, Antonio Mercero
c/o Agencia Literaria Virginia López-Ballesteros
© 2018, Penguin Random House Grupo Editorial, S. A. U.
Travessera de Gràcia, 47-49. 08021 Barcelona

© Diseño: Penguin Random House Grupo Editorial, inspirado en un diseño de Enric Satué

Penguin Random House Grupo Editorial apoya la protección del *copyright*.
El *copyright* estimula la creatividad, defiende la diversidad en el ámbito de las ideas y el conocimiento, promueve la libre expresión y favorece una cultura viva. Gracias por comprar una edición autorizada de este libro y por respetar las leyes del *copyright* al no reproducir, escanear ni distribuir ninguna parte de esta obra por ningún medio sin permiso. Al hacerlo está respaldando a los autores y permitiendo que PRHGE continúe publicando libros para todos los lectores.
Diríjase a CEDRO (Centro Español de Derechos Reprográficos, http://www.cedro.org) si necesita fotocopiar o escanear algún fragmento de esta obra.

Printed in Spain – Impreso en España

ISBN: 978-84-204-3283-0
Depósito legal: B-11029-2018

Compuesto en MT Color & Diseño, S. L.

Impreso en Unigraf, S. L.
Móstoles (Madrid)

A L 3 2 8 3 A

Penguin
Random House
Grupo Editorial

I. Izumi

1.

Me gusta mucho que la gente sea infeliz. Miro a las personas que pasan por la calle, me fijo en ellas, juego a adivinar qué preocupaciones arrastra cada una. Intuyo las desgracias ajenas y eso me trae consuelo y alivio. Es mezquino, ya lo sé, pero creo que es mi pasatiempo favorito. También me gusta extraviarme en esta ciudad que no conozco y caminar sin mapas ni planes previos, dejando que sea el instinto o el capricho el que guíe mis pasos. Ese es el placer de viajar sola.

Izumi levanta la vista de su diario y se queda pensativa. «El placer de viajar sola», vuelve a escribir.

Ve a la señora Shiburi acercándose desde un extremo de la plaza y lamenta no haberse escondido mejor. Sentada en el suelo, la espalda apoyada en el pedestal de la estatua ecuestre, debe de ser poco más que una mota minúscula en la inmensidad de la plaza Mayor, llena de turistas, mimos, vendedores callejeros y músicos. ¿Cómo la habrá encontrado?

—Te estábamos buscando. Nos vamos a comer.

Comen en un restaurante de la calle Cuchilleros. Hay cinco mesas reservadas para todo el grupo. Allí, qué remedio, Izumi se abandona a la conversación banal con unos y con otros. Después, bajo un sol de justicia, caminan hasta el autobús, que está aparcado en la calle Bailén.

Su siguiente destino es el Museo del Prado.

El guía local cuenta curiosidades de la ciudad durante el trayecto. Micrófono en mano, habla para todos pero por alguna razón solo la mira a ella. Serán trucos de orador inexperto, se dice Izumi. En algún sitio ha leído que centrar la vista en un punto concreto relaja los nervios en el trance de hablar en público. Su fijación por ella no puede obedecer a ninguna otra razón, pues no atraviesa por su mejor momento: tiene ojeras, está flaca, bebe y fuma cada vez más, le cuesta encontrar la gracia a la vida... Por eso ha emprendido este viaje. Confía en la distancia, en la soledad, en el desarraigo. En algún punto del camino verá la luz.

El guía se expresa en un japonés correcto, pero con acento español. Se atranca un poco al hablar. Izumi evoca el tartamudeo del señor Omura, el socio de su padre en la fábrica de maderas de Yufuin. Era un hombre iracundo, o así lo recuerda ella. Cuando tenía cinco años, presenció, oculta tras un biombo, una bronca tremenda que el señor Omura le estaba echando a su padre. El hombre tartamudeaba en medio de su enfado y la niña no entendía por qué su padre no se reía de eso en vez de agachar la cabeza y musitar palabras de disculpa.

Furusato, escribe en su cuaderno, «la tierra natal». Recuerda la vieja canción infantil con una punzada de nostalgia.

En el Museo del Prado, se separa del grupo y vaga de aquí para allá como un espíritu libre. Pasa una hora en una sala de retratos del siglo XVII. Admira la seriedad de los rostros, la decadencia rotunda de un banquero de Delft, ya entrado en años; la fiereza en la mirada de un médico holandés de la corte. Algo hay en esas expresiones que la hipnotiza.

Se sienta a descansar frente a *Las meninas*. Sonríe a la más bajita y se pone a llamarla con voz infantil, como si quisiera atraerla para jugar con ella. Deja de hacerlo al notar que está desconcentrando a un dibujante que, a su lado, trata de replicar la escena en un cuaderno enorme. ¿Cómo explicarle que a veces le gusta interpelar a los personajes de los cuadros?

El guía local entra en la sala y se acerca a ella resoplando, como si llevara un buen rato buscándola. Todos sus compañeros están ya en el autobús. La visita ha terminado.

«El placer de viajar sola.» Tacha esa frase y escribe otra: «Viajar está sobrevalorado». Lamenta la decisión de haberse unido a un grupo de turistas, con sus horarios y sus visitas cronometradas. ¿Por qué no se habrá lanzado a la aventura en plan mochilera? Su primera intención había sido esa, pero sus amigas le metieron el miedo en el cuerpo: una joven de veinticinco años no debe viajar sola.

Está de mal humor. Ahora los han llevado al hotel para descansar antes de la cena, programada en un café con flamenco en directo. Pero Izumi no está cansada.

Sale a dar un paseo por la Gran Vía. Le apetece confundirse con la gente, beber cerveza y pensar.

Furusato.

El guía local, con su acento extraño y sus tartamudeos, le ha traído recuerdos de infancia.

La clientela del Corral de la Morería está compuesta por grupos de turistas mezclados con algún español amante del flamenco. El grupo es bueno: dos guitarristas, una cantaora y tres bailaores que irrumpen en el escenario por turnos. El ambiente vibra de palmas, taconeos y acordes de guitarra, la cantante se retuerce en la expresión del sentimiento más hondo que se pueda imaginar y, a pesar de todo, Izumi se aburre. Lo peor es que debería estar disfrutando de la actuación. Siente curiosidad por las cosas que no conoce, quiere empaparse de una música racial y dejarse sacudir por su ritmo, su dolor y su verdad, pero una resistencia en su interior se lo impide.

Saca su diario y escribe sus reflexiones.

> Noche de flamenco, el grupo es bueno, el ambiente musical a más no poder. Debería estar disfrutando

y no lo hago. No soy capaz. Pero tengo que insistir. Creo que eso es viajar: someterse al cambio. A base de música, de cuadros, de paseos y de descubrimientos conseguiré recuperar el gusto por la vida.

En una de las mesas, un joven bebe una copa de vino. A Izumi le parece que la mira más a ella que a los artistas. Se pregunta si no lo ha visto también en el Museo del Prado. No está segura. Escribe en su diario.

Le entran ganas de fumar. Por cortesía, espera a que termine una canción y aprovecha el clamor de los aplausos para levantarse y alcanzar la salida. Le gusta aspirar el aire de la noche. Dentro del café hacía mucho calor. Busca su mechero y comprende que está en el bolso, colgado en el respaldo de la silla.

Un hombre se acerca con algo en la mano. Le va a dar fuego, seguro. Pero cuando está a un paso, Izumi siente un pinchazo en el cuello y le sale un maullido de gatito con sueño. Se desmaya en brazos del hombre, que la recoge y la mete en una furgoneta con sorprendente agilidad. Después se fija en el colgante que ella lleva puesto: es una estrella de mar azul con reflejos de esmeralda. Lo sostiene en la mano mientras lo observa con ojos febriles. No es un colgante cualquiera, él sabe lo que significa. Se lo arranca de un tirón que provoca una sacudida en el cuerpo de Izumi. El abdomen se ha levantado de un modo poco natural. El hombre aprieta la estrella de mar en la mano hasta hacerse sangre. Mira a Izumi con una sombra de recelo. ¿Está fingiendo el desmayo? Sí, tiene los ojos cerrados, pero está despierta, sería capaz de incorporarse.

Como en un duermevela, como si llegara a través de un filtro, Izumi oye el flamenco, la voz desgarrada de la cantaora, los taconeos, las palmas. Su conciencia es apenas una neblina, como la que siempre tiñe el lago de su pueblo. Desde un lugar muy profundo, cada vez más lejano, piensa en su padre, que la ha repudiado pero puede estar buscándola. No dio con ella en Tokio, aunque Izumi a veces había sentido que la podían estar siguiendo. Quizá su padre la haya encontrado en Madrid, quizá la haya mandado matar por escaparse de casa, por saltarse las normas familiares y hacer su santa voluntad. Lo último en lo que piensa antes de recibir un puñetazo en la cabeza es su padre durmiendo en el futón, su rictus severo borrado por el sopor de la siesta.

2.

Sofía Luna se contempla en el espejo y llega a la conclusión de que ha engordado mucho más de lo que indica la báscula. Puede que sean los nervios, se dice, puede que la inseguridad de volver al trabajo después de un año de suspensión le haga verse más fea de lo que está. O quizá sea Carlos Luna quien se ríe al otro lado del cristal. El hombre que ella era antes de la operación de cambio de sexo se despide para siempre con una carcajada final: ¿no querías convertirte en una mujer? Pues toma. Ahora te toca apechugar con la ropa que no te queda bien y con los kilos de más. En ese diálogo imaginario, Sofía le diría que los hombres también se preocupan por su imagen y por el peso. Pero lo cierto es que ella está mucho más pendiente de esos temas desde que es una mujer. Parece cosa de brujas, o como si el cirujano hubiera tocado algún botón.

Tal vez haya sido demasiado obediente. El médico insistió tanto en la importancia de guardar reposo después de la operación que ella apenas se ha movido. Las primeras semanas eran las más críticas. Tenía prohibido casi respirar hasta que las heridas hubieran cicatrizado del todo. A partir de ese instante debía recuperar lentamente su vida habitual, pero con mucho cuidado de no exponerse a las infecciones. Eso, en la práctica, equivalía a evitar los lugares públicos. En cuanto al ejercicio físico, podía dar paseos cortos, aunque sin forzar la máquina, para no sufrir sangrados vaginales.

—Yo he hecho bien mi parte —le dijo el médico—. A partir de ahora, el éxito de la operación depende de ti.

Le había costado un mundo llegar hasta ese punto. Dos años de terapia para conseguir el diagnóstico de disforia de género, y otros dos de tratamiento con el endocrino que convertía su cuerpo en un cóctel de hormonas y su vida en una montaña rusa. Cada día pasaba sin tregua por episodios de somnolencia y de hipersensibilidad, y los momentos de depresión sucedían a los accesos de ira en una sintaxis imposible. Al terminar la jornada, ya en la cama, antes de apagar la luz le daba las buenas noches a esa persona que se había metido dentro de ella y a la que no reconocía. Con todo lo que había sufrido, estaba dispuesta a hacerle caso al médico hasta en el último detalle.

Mirado con perspectiva y con un poco de indulgencia, el último año no ha estado nada mal. Ha podido descansar y tomarse la vida con calma. Se ha ido acostumbrando poco a poco a su nueva condición de mujer. Ha recuperado la buena relación que siempre había tenido con su hijo Dani, que a los diecisiete años encajó mal la noticia de que iba a perder a su padre para ganar una segunda madre. Ahora parece que tolera bien la novedad y de vez en cuando le hace a Sofía bromas al respecto. Se mete con su forma de andar, dice que se contonea para pavonearse un poco. La semana pasada Sofía le mandó una foto de ella maquillada y Dani la llamó pibón.

Estudia su rostro en el espejo y decide que el cirujano maxilofacial ha hecho un buen trabajo. Tiene el mentón afinado y en la nariz, más chata, ya no se aprecia el brillo traslúcido de los primeros días. No es un pibón, como dice Dani, pero a un desconocido le costaría encontrar en su rostro vestigios masculinos. Y con los labios pintados, un contorno en los ojos y un maquillaje suave puede ser una mujer atractiva. Ya se ocupará del sobrepeso más adelante.

Se va a poner unos pantalones de tela holgados que le ha regalado Natalia, su exmujer. Hace cinco años, cuando Sofía le comunicó que quería cambiar de sexo, se produjo la separación y atravesaron un periodo de frialdad. Un periodo que resultó más corto de lo esperado. Después del primer impacto, Natalia se convirtió en el apoyo principal de Sofía, hasta el punto de que se llevan muy bien, incluso mejor que cuando formaban un matrimonio.

Los pantalones son azul marino. Los combina con una camiseta blanca y por encima una blusa con encaje, del mismo color. Los pechos no le han crecido de forma exagerada, pero sí apreciable. Le da vergüenza enseñar el escote. Se contempla por última vez y sonríe al verse ya vestida y maquillada, dispuesta a volver al trabajo. Los nervios que siente la transportan a su infancia, a los días de inicio del curso escolar. Esa punzante anticipación del reencuentro con los compañeros, la ansiedad por contar las aventuras del verano.

La primera que la recibe al llegar a la Brigada es Caridad, una de las oficiales. Se caracteriza por decir siempre lo que piensa, así que para Sofía es uno de los encuentros más temibles. Se acerca a ella con los brazos desplegados y con una amplia sonrisa.

—Pero, bueno, qué sorpresa. Pero si pareces otra persona.

Sofía asiente ante la obviedad.

—Estás guapísima.

—Yo me veo tremenda, pero gracias.

—Bueno, sí, parece que te has comido a Carlos Luna, pero eso tiene arreglo.

Touché. La primera en la frente. Ella misma se lo ha buscado al tirarle de la lengua a Caridad, que lanza las verdades a la cara como si fueran puñados de arena. Sofía no tiene tiempo de encajar el golpe. La actividad en la Brigada se ha interrumpido y en cuestión de segundos hay un remolino de policías en torno de la recién llegada. Allí está Andrés Moura, también oficial, siempre concentrado, tan meticuloso en su trabajo que parece que le cuesta sonreír. Pero lo hace y su sonrisa resulta sincera.

El inspector Estévez podría ser un rival de Sofía en la Brigada. Es burdo, es agresivo, es ambicioso. Una pátina de integridad recubre el conjunto y él admite que Sofía, antes Carlos, es una gran inspectora y se merece llevar en persona los mejores casos. La saluda con un puñetazo en el hombro.

—Estaba usando tu despacho, luego saco mis cosas —dice.

—Me puedo meter yo en el tuyo.

—¿Para darle un toque femenino? No, gracias, te lo he quitado unos días porque tenía una gotera.

Sofía deja pasar la grosería machista. La subinspectora Bárbara Lanau, que siempre trabaja con Estévez, guarda las distancias y no le da dos besos ni un apretón de manos. Ni siquiera una sonrisa.

—Bienvenida, Luna.

Eso es todo. Es una mujer esquiva y con aire un tanto triste. Tal vez reserve el buen humor para su vida privada, que para los demás es un misterio. En el comité de recepción no está Laura Manzanedo, su compañera en la Brigada y su mejor amiga. Al entrar en su despacho encuentra un ramo de rosas con una tarjeta: «Bienvenida». Y la firma de Laura, que está en el umbral, tímida y sonriente, observando su reacción al ver las flores. Se dan dos besos y después un abrazo que Sofía trata de alargar lo máximo posible.

—Ahora sí que me tienes que contar las novedades —le dice a Laura.

Durante su convalecencia le ha prohibido hablarle del trabajo, pero ha llegado el momento de ponerse al día.

—Ya te irás enterando. Primero tendrás que saludar a Arnedo, ¿no?

—¿No debería venir él a saludarme? —dice Sofía.

Laura pone cara de que más bien no. Sofía toma aire y se dirige al despacho del comisario. Manuel Arnedo es el hombre que se opuso con más vehemencia a su decisión de cambiar de sexo y Sofía no sabe si va a recibirla con los brazos abiertos o con una mueca de desdén. Es verdad que le mandó un ramo de lirios al hospital, un gesto que Sofía valoró al conocer muy bien la mentalidad anticuada de su superior. Pero tres semanas después llegó a su domicilio una comunicación firmada por Arnedo. ¿Unas palabras de ánimo para afrontar la durísima convalecencia que le esperaba? No: una suspensión de empleo y sueldo durante un año. Había bastado que el juez aceptara a trámite la denuncia por agresión para que se iniciara en la Brigada un expediente interno. Los dos sabían que la agresión la había sufrido Sofía, una agresión tránsfoba, para más señas, y que ella simplemente se había defendido. Pero no estaban los ánimos para sutilezas y el castigo se hizo efectivo sin entrar en debates.

Sofía llama a la puerta y acto seguido la abre. El comisario está hablando por teléfono, pero cuelga al verla entrar.

—Luna, bienvenida. Se te ha echado de menos por aquí.

Se levanta y le tiende la mano. Sofía se la estrecha.

—Yo también, ya me estaba aburriendo en casa.

—Así que vienes con ganas de trabajar. Eso está bien, hay un montón de papeleo atrasado. Puedes empezar por ahí.

—¿Papeleo?

—No querrás que te embarque en una investigación el primer día. Poco a poco, Luna, que estás recién operada.

—Me operaron hace un año.

—No quiero ni pensar en lo que te han hecho. Te tienes que sentir muy rara.

—Me encuentro bien, puedo trabajar. Ya sabes que odio el papeleo.

—¿Y quién no? Lo dicho, Luna. Bienvenida. Y ahora, si no te importa, tengo que hacer unas llamadas.

Sofía vuelve a su despacho. Laura la está esperando allí, quiere saber qué ha pasado.

—Todo se resume en una palabra: papeleo.

—Pero ¿te ha recibido bien?

—Sí, yo creo que sí. Con afecto, incluso con cariño. Pero sospecho que le pongo nervioso.

—Arnedo suele estar nervioso.

A lo largo del día, el comisario se dirige a Sofía con voz suave, como si ella fuera una niña delicada, y en algún momento de distracción se la queda mirando con estupor. Por la tarde, Sofía entra en su despacho.

—Te noto raro, Arnedo.

—¿Raro por qué?

—No sé, tú sabrás. Me tratas como si fuera de porcelana.

—¿Prefieres que te trate a gritos?

—Creo que sí. Echo de menos tus voces.

—Qué difícil es contentarte, Luna —dice Arnedo.

—Lo digo en serio. Quiero que me trates como me tratabas antes.

—No me toques los huevos desde el primer día. Anda, vete a casa, ya has tenido bastante por hoy.

Esa noche, Sofía está en la cama pintándose las uñas de los pies, ya en camisón, cuando Arnedo la llama al móvil.

—¿Te gusta el flamenco? —suena su voz.

—No mucho.

—Una muerta por Las Vistillas. Junto a El Corral de la Morería. Date prisa.

La zona ya está acordonada. Una ambulancia y dos patrullas cortan el paso en la calle de la Morería, que es muy estrecha. El cadáver yace en el parque, en la llamada cuesta de los Ciegos. Sofía muestra su placa, por fin con su nombre verdadero, para cruzar el precinto. Laura es la primera en acercarse a ella.

—¿No querías acción? Pues ya la tienes.

—¿Qué ha pasado?

—Una turista japonesa, veinticinco años. Cinco cuchilladas.

—¿Viajaba sola?

—Con un grupo. Era un viaje organizado.

Le señala hacia la puerta del local, donde hay un revuelo de curiosos, varios de ellos japoneses. También ha salido a la calle la cantaora andaluza, que besa repetidas veces una medalla que cuelga de su cuello.

—Estaba viendo el concierto —explica Laura—. Salió a fumar.

—¿Testigos?

—El portero del local.

Sofía entra en el local y va al encuentro de un hombre entrado en años, con el rostro surcado de arrugas y la voz de fumador de toda la vida. Debe de ser una institución en el tablao. Se encoge de hombros al escuchar la primera pregunta y habla a regañadientes, como si le costara concederle autoridad a la policía. Sí, vio salir a la chica.

—¿La notó rara, preocupada, molesta por algo?

—Iba sonriendo, como todos los japoneses.

—¿Todos los japoneses sonríen?

—Bueno, esta sonreía. Llevaba un cigarro en la mano.

—¿Solo un cigarro? ¿No llevaba el paquete entero, el bolso...?

—Solo el cigarro.

—¿Y dónde están sus cosas?

El portero se encoge de hombros.

—El bolso se lo llevó una señora gorda, como no aparecía la chica...

—¿Dónde está esa señora?

—Y yo qué sé.

—¿Este es el grupo de japoneses? —pregunta Sofía señalando a los curiosos que han salido a la calle.

—Este es el grupo que ha venido esta noche a la actuación. Pero yo le estoy hablando de ayer.

Sofía lo mira con una mueca de desconcierto.

—¿Cómo que ayer?

—La chica que salió a fumar vino ayer. Y desapareció y se montó la de Dios es Cristo. Todos en la puerta preguntando a voces, porque esta gente habla muy alto, que dónde está Sumi, dónde está Sumi...

—¿Sumi? ¿Así se llama la chica?

—Me preguntaban a mí. Yo qué cojones sabía dónde estaba la japonesa. Se habría ido a dar un garbeo, a mí qué me estaban contando.

—¿Usted ha visto el cadáver?

—Claro, por eso he llamado.

—Acompáñeme, por favor.

—Es que no quiero verlo otra vez; yo no había visto un muerto en mi vida.

—Haga el favor de acompañarme. Necesitamos verificar que la muerta estuvo en este local anoche, cuando desapareció.

El hombre resopla y camina junto a Sofía mascullando maldiciones. En el parque, la Policía Científica está sacando el molde de una pisada que han encontrado. Se acercan al cadáver justo cuando están a punto de cerrar el sudario. A Sofía le da tiempo a ver que se trata de una joven muy bonita. El portero la mira apenas un segundo. Enseguida desvía la mirada.

—Es ella.

—Mírela con más atención, por favor.

—Es ella, ya se lo he dicho.

—No es posible que la reconozca en un segundo. Mírela bien.

El portero toma aire y se fija en el cadáver. Se santigua con movimientos lentos. Pero le coge gusto a la contemplación y ya no puede apartar los ojos de la muerta.

—Es ella. Es la chica que salió a fumar anoche. Iba contenta y ahora está frita. ¿Qué clase de hijo de puta le ha hecho esto?

—¿Es posible que el cadáver haya estado aquí un día entero sin que nadie lo viese?

—Imposible —dice el portero—. Este parque se llena de paseantes y de cacas de perro, que hay que ver lo que le cuesta a la gente recoger la mierda.

—Gracias. Si necesito hablar con usted de nuevo...

—Ya sabe dónde estoy. Aquí como un clavo, toda la vida —dice el portero. El ruido de una cremallera le hace volverse hacia el cadáver. Ya está cubierto por el sudario. El portero menea la cabeza y se aleja hacia el tablao.

Laura se aproxima a Sofía con aire grave.

—¿Ha reconocido el cadáver?

—Sí, pero no entiendo nada. La secuestran anoche, se la llevan, la matan y al día siguiente traen aquí el cadáver. ¿Qué sentido tiene eso?

—Para mí ninguno.

—Sería más lógico que el portero estuviera equivocado y que la hubiesen matado esta misma noche.

—Pero creo que dice la verdad.

—¿Por qué crees eso? No es lo que yo llamaría un testigo fiable.

—Pero ha dicho que hubo un revuelo y que los japoneses de su grupo preguntaban por una tal Sumi.

—No creo que este hombre tenga un buen japonés, Laura.

—Pero no tiene mal oído. Ven.

Sofía mira a Laura, intrigada. Se da cuenta de que ha descubierto algo, por eso se deja arrastrar hasta la calle de Yeseros, en la que el tablao flamenco tiene una salida de emergencia. Allí, en la pared del local, hay una frase escrita con espray de grafitero. Una pintada en rojo, y en un español perfecto:

Izumi estuvo aquí.

3.

A las tres de la mañana suena el móvil de Elena Marcos. Lo deja sonar un rato antes de contestar, pero no por montar la ficción de que la han despertado, eso le da igual. Está a punto de terminar un nivel del Angry Birds que se le está resistiendo y no quiere desconcentrarse en los momentos decisivos. Al final cede, pone el iPad a un lado y responde la llamada. Parece ser que ha muerto una chica japonesa. La citan a las nueve de la mañana en el hotel de Las Letras.

Elena se queda unos segundos con la espalda apoyada en el cabecero de la cama. Ha muerto una chica japonesa y yo sigo sin pasar el nivel once del Angry Birds, se dice. Qué mierda de vida. Se reprocha al instante la brutalidad de su pensamiento. Tiene que abandonar ese humor macabro, aunque ya solo opere en su cabeza. Pero no le resulta fácil.

Al otro lado de la puerta, Zambo sigue llorando. Es un perro mestizo, tiene dos años de vida y lleva un mes viviendo en casa de Elena. Es adoptado. La adiestradora insiste en la importancia de ser firme por las noches. La cama del perro es una manta vieja tendida en un rincón de la cocina y es ahí donde debe dormir. Nada de abrir la puerta del dormitorio, nada de compasión, un solo momento de flaqueza y se va al traste toda la crianza del animal.

Elena no es insomne, pero lleva un mes sin pegar ojo. Es imposible conciliar el sueño con los aullidos del perro. Tiene miedo de que algún día un vecino le dé una paliza en el ascensor.

Elena Marcos llega unos minutos tarde a la reunión. Ha cogido el sueñecito dulce del amanecer y se ha agarrado a él todo lo que ha podido. Al final ha tenido que saltar de la cama, darse una ducha rápida y tomarse de un trago una taza de café. Antes de salir de casa, le ha tocado limpiar cacas y meados.

Aunque no conoce a Laura Manzanedo ni a Sofía Luna, se da cuenta de que son policías nada más entrar en el vestíbulo del hotel. Están hablando con un joven en los sillones. Es Alberto Junco, el guía local del grupo de turistas japoneses. Nadie le ha citado para la entrevista de esta mañana, pero ha venido al hotel para recoger a otro grupo. Su especialidad es el Palacio Real, la plaza Mayor, la Puerta del Sol y el Museo del Prado.

—Izumi es la típica turista que no quieres tener en un grupo.

—¿Por qué razón? —pregunta Sofía.

—Porque va por libre, porque desobedece las normas, porque se separa de los demás y siempre hay que ir a buscarla. En todos los grupos hay alguien que te revienta el trabajo y en este caso era ella. Eso sí, muy educada, muy dulce, cuando llevas media hora esperando y tienes al conductor del autobús subiéndose por las paredes llega corriendo, explica que se le ha ido la hora y pide perdón.

—Yo soy así —dice Elena Marcos.

Todos la miran. Y entonces ella añade:

—Tal cual lo estás describiendo, esa soy yo.

Sofía reacciona con incomodidad a la intromisión. Laura, más despierta, intuye de quién se trata.

—¿Eres la traductora de japonés?

—Sí, Elena Marcos. Encantada.

Primero le da dos besos a Laura. Cuando parece que va a dárselos a Sofía, se separa, sonríe y la señala con el índice en un gesto juguetón.

—¿Tú eres la que ha cambiado de sexo?

Sofía esboza una sonrisa de incomodidad. Mira de reojo a Alberto Junco, para captar su reacción. El guía consulta su reloj y pregunta si necesitan algo más. Habla del mal humor que gastan los conductores de autobús, no conviene poner a prueba su paciencia y ya lleva quince minutos de retraso. Se tiene que ir.

—Te rogaría que fueras un poco más discreta —dice Sofía.

—Lo siento, soy una bocazas. Pero es que me han hablado tanto de ti...

Laura menea la cabeza en un gesto de incredulidad.

—¿Vamos dentro? Nos están esperando.

Sofía, Laura y Elena entran en la sala que la dirección del hotel ha reservado para que la policía pueda hablar tranquilamente con los veintidós turistas japoneses.

—*Konnichiwa* —saluda Elena.

Enseguida se gana al grupo con su simpatía, con sus sonrisas, con sus bromas bien preparadas. Pasa un rato hablando en japonés con los turistas y no traduce nada, como si se le hubiera olvidado en qué consiste su labor. Laura carraspea para hacerse notar y Elena se gira hacia ellas.

—Les he preguntado qué tal han dormido. Me han dicho que mal. Les he preguntado si les gusta Madrid. Me han dicho que sí. A una señora no le ha gustado mucho el Palacio Real por fuera, pero sí por dentro.

—¿Podemos ir al grano, por favor? —dice Laura.

—Claro. Lo mejor es que empecéis a lanzar preguntas.

—Pregúntales cómo era Izumi, si se comportaba de forma extraña.

La señora Shiburi contesta que era una chica muy rara, muy solitaria. Fumaba mucho, iba siempre escuchando música, no hablaba con nadie.

—A mí eso no me parece raro, pero bueno —apostilla Elena después de volcar al español la respuesta.

—Limítate a traducir, por favor —dice Laura—. No nos interesan tus opiniones.

Un japonés levanta la mano, como si estuviera en el colegio, y cuando Elena le da la palabra suelta una parrafada.

—Dice que Izumi no hacía fotos —traduce Elena—. Era la única del grupo que no hacía fotos. Por lo visto, no hizo ni una.

Laura y Sofía se miran como si esa revelación contuviera la esencia de algo importante. Pero no aciertan a saber qué es.

—Pregúntales quién ha cogido el bolso de Izumi —pide Sofía.

Es la señora Shiburi quien lo tiene a buen recaudo en su habitación. Le piden que lo baje. La mujer se dirige a los ascensores, lo que parece impacientar al guía japonés. Al menos eso piensa Sofía al escuchar su perorata, en voz alta y entonación nerviosa. Pero no conoce ese idioma, puede que se pronuncie a base de inflexiones agudas y por momentos ásperas.

—Tienen contratada una excursión a Toledo —explica Elena—. Dice que se tienen que ir, que se están metiendo en las horas de máximo calor.

La señora Shiburi vuelve con el bolso y con la chaqueta que llevaba Izumi la noche de su desaparición. Dentro encuentran el diario de la joven. La reunión se disuelve sin ninguna conclusión, aparte de la misantropía de Izumi, que viajaba sola y no quería hacer amigos ni fotografías.

Laura se despide de la traductora con sequedad y se encamina hacia el mostrador de recepción. Sofía se queda hablando un rato con ella.

—¿Puedes venir esta tarde a la Brigada? Tienes que traducir este diario.

—Allí estaré.

Elena se marcha. Sofía se acerca a Laura, que tiene en sus manos una llave.

—Cuatro dos tres. Cuarta planta.

Cogen el ascensor. Sofía advierte que su compañera está malhumorada.

—¿No hay otra traductora? ¿Tenemos que cargar con esta?

—¿Qué le pasa?

—Es la típica listilla —dice Laura.

La habitación de Izumi está ordenada. Un rayo de sol se filtra entre las cortinas y baña la estancia con una luz agradable. La maleta está abierta; las prendas, perfectamente dobladas. Como siempre que curiosea en las pertenencias de un muerto, Sofía siente que está profanando un lugar sagrado. Hay siete camisetas blancas, idénticas, tres pantalones vaqueros, un pijama azul de seda, unas zapatillas de deporte, un cinturón, ropa interior, un jersey negro de verano y un impermeable rojo. Es evidente que Izumi no invertía mucho tiempo en decidir qué ponerse cada mañana. Más bien parecía haber escogido un uniforme con el que mostrarse al mundo. En un bolsillo de la maleta encuentran un libro de Yukio Mishima y, en la mesilla, unos cuentos de Truman Capote. Los útiles de aseo están en el cuarto de baño. Llama la atención el kit de maquillaje, demasiado exiguo para un viaje al extranjero. En cambio, el botiquín está bien surtido y es el de una persona previsora (tiritas, yodo, vendas y un arsenal de pastillas).

—¿Cuánto tiempo lleva este grupo de turistas en Madrid? —pregunta Sofía.

—Tres días.

La inspectora se queda mirando la cama. Contiene el impulso de tumbarse y descansar un poco. Se siente agotada.

—¿Crees que pudo conocer a alguien en estos días? —pregunta Laura.

—No lo sé. Sus compañeros dicen que era una chica muy solitaria.

—Pero el asesino sabía cómo se llamaba. Y mira su documento de identidad.

Saca del bolso un cartón plastificado con la fotografía de Izumi y su nombre escrito con caracteres japoneses.

—Para hacer esa pintada, el asesino tenía que conocerla, o por lo menos haber averiguado su nombre.

—Averiguar el nombre de una persona es muy fácil, Laura.

—Lo que quiero decir es que no la ha abordado un loco por la calle. La conocía. Sabía muy bien a por quién iba.

—Es muy pronto para llegar a esa conclusión.

—¿Cuál es tu conjetura, entonces? —pregunta Laura.

Sofía cierra los ojos y los aprieta. Un modo de decir que se siente superada por la complejidad de la pregunta. No se siente capaz de construir una escena creíble de un posible ataque. Le gustaría tener la misma agilidad mental que Laura, pero está oxidada.

—Puede que la pintada la hiciera ella —termina diciendo.

—¿Con un espray? Me parece un poco raro.

—Bueno, no lo sé. Yo prefiero esperar a los resultados de la autopsia antes de aventurarme, como hemos hecho siempre.

Se acerca a la ventana y aparta la cortina blanca. El tráfico de la Gran Vía, la gente caminando deprisa, la normalidad de la vida.

Andrés Moura las espera en la Brigada con el informe de la autopsia. A Izumi le inyectaron ketamina, un relajante intramuscular. Después le asestaron cinco cuchilladas, todas ellas buscando el corazón.

—No es fácil acceder a ese medicamento —dice Laura.

—No —concede Moura—. A menos que trabajes en un centro médico.

—¿Hubo agresión sexual?

—No lo sé. Hay rozaduras en las paredes vaginales, pero sutiles.

—A lo mejor buscamos a un violador sutil —dice Sofía.

—Sutil y con alergia al látex —añade Moura—. Se han encontrado restos de silicona en la vagina.

—¿Hay condones de silicona? —pregunta Laura.

—Sí que los hay —explica Moura—. Indicados para hombres o mujeres con alergia al látex.

—Lo que no me cuadra es un violador poniéndose un condón —dice Sofía.

—También hay lubricantes de silicona —dice Laura.

—En efecto. Indicados para las mujeres con vaginitis —dice Moura.

—¿Tú por qué sabes tanto de este tema? —pregunta Sofía.

Moura se ruboriza.

—Trabajo policial. Al ver los resultados de la autopsia he investigado sobre la silicona. También está presente en vibradores y otros juguetes sexuales.

—Izumi no tenía lubricantes ni juguetes sexuales —dice Laura.

—A lo mejor el asesino sí que los tenía.

Moura lanza la conjetura y se queda esperando la reacción de las otras.

—Tampoco me imagino a un violador lubricando la vagina de su víctima —dice Sofía.

—Si tiene un pene muy grueso, podría ser una buena solución.

—Pero entonces habría dejado algo más que marcas sutiles en la pared vaginal.

—Tal vez domine las artes amatorias.

—Vete a la mierda, Moura.

—Solo intento comprender por qué hay restos de silicona en la vagina —se defiende él.

—A mí me gustaría más saber por qué la secuestra, la mata y al día siguiente deja el cadáver en el mismo sitio donde la encontró.

Repasan las pistas que tienen más a mano para concluir que no tienen pistas. Una turista japonesa que viaja sola, que no habla con nadie, aparece muerta. No encuentran el arma, no encuentran pelos ni chicles ni colillas que se pudiera haber dejado el asesino en la escena del crimen. Solo una huella. Según el laboratorio, pertenece a la suela de una zapatilla deportiva, del número cuarenta y cinco. El asesino tiene un pie muy grande, siempre y cuando la pisada no sea de cualquier paseante del barrio.

—Había un chico muy nervioso —dice Laura.

A Sofía le cuesta comprender a qué se refiere. En la reunión con los japoneses había un chico de no más de treinta años que también estaba solo. Laura describe la composición del grupo: nueve parejas y tres señoras que parecían viajar juntas. Y un joven solitario que tenía un tic nervioso en el brazo.

—Pues nada, si calza un cuarenta y cinco lo detenemos —se burla la inspectora Luna.

Laura se defiende: solo está intentando razonar con claridad. Izumi es una joven solitaria, está fuera de su país, nadie tiene razones para matarla.

—Puede ser la víctima desgraciada de un asesino, claro que sí, pero también puede ser que en ese grupo turístico hayan surgido pasiones que no conocemos. Solo hay que investigarlas. Había un joven solitario y nervioso en la reunión del hotel, no es descabellado que el asesino esté paseando en estos momentos por Toledo.

Sofía sabe que Laura tiene razón. Se ha mofado de ella porque está irritada consigo misma. Ni siquiera se ha fijado en la composición del grupo. Lleva un año mirándose en el espejo para ver si su rostro parece de mujer o no, considerando el afilamiento de sus pómulos y de su barbilla, luchando a brazo partido contra la tendencia natural de su vagina a cerrarse como si fuera el agujero que a una niña se le hace en los lóbulos para ponerle pendientes. En los últimos días no logra pegar ojo porque no se decide a depilarse las zonas íntimas, ya que entonces quedarían las cicatrices al descubierto. No consigue prestar atención a nada que no sea su cuerpo. El médico le ha prohibido hacer ejercicio físico excesivo. No está en condiciones de trabajar.

Le gustaría que el japonés solitario calzara un cuarenta y cinco y su tic nervioso se disparara más y más durante un interrogatorio que conduciría inevitablemente a la confesión. Sí, yo la maté. Me enamoré de ella y solo recibí su desdén. No podía consentirlo. La apuñalé cinco veces. Viajo con ketamina porque es lo único que me permite dormir. Sí, soy auxiliar de enfermería en Tokio. He escrito la pintada en español porque conozco la lengua, me crie con una canguro de robustos pechos que era de Zamora. Pero esas cosas no pasan, claro.

Alberto Junco llama a las ocho de la tarde. Ha hecho la ruta habitual con otro grupo de japoneses. En una de las arcadas de la plaza Mayor ha visto una frase escrita con espray: *Izumi estuvo aquí.*

Sofía y Laura van a verla. Está en la cara norte de la plaza, en una de las entradas a las que se accede desde la calle Mayor. Han debido de hacerla por la noche, es imposible no llamar la atención a la luz del día. La plaza está atestada de turistas, pese al calor intenso. Preguntan a los camareros de Casa María, el restaurante más cercano, si han visto a alguien haciendo el grafiti. No han visto nada. Preguntan en otros comercios.

Todavía están en la plaza Mayor, haciendo indagaciones aquí y allá, cuando Sofía recibe la llamada de Moura. Alberto Junco ha vuelto a telefonear. Mientras enseñaba el Museo del Prado a un grupo de turistas, ha presenciado un revuelo por una pintada que alguien ha hecho en un espejo de los aseos. *Izumi estuvo aquí.*

Sofía y Laura se desplazan al Museo del Prado. Acaban de cerrar, pero muestran sus placas y acceden al edificio. Les cuesta un buen rato encontrar el cuarto de baño en el que ha aparecido la pintada. El personal del museo no está al corriente de lo que ha pasado. Hasta que llega una señora de la limpieza que sí que lo sabe. Es una mujer cincuentona que tiene el pelo mojado y ya no lleva puesto el uniforme. Ha terminado su turno y está deseando irse a casa. El cuarto de baño se encuentra en el sector de pintura flamenca del siglo XVII. Sofía y Luna entran en el cuarto de baño y no ven nada. Un espejo impecable les devuelve su imagen. La señora de la limpieza explica que ella misma ha limpiado la pintada.

—Hasta el gorro estoy de vándalos.

4.

La embajada de Japón en Madrid se ha hecho cargo del cuerpo de Izumi y está realizando las gestiones necesarias para contactar con su familia.

Toshihiko Matsui, el embajador, pisa la alfombra persa de su despacho para alcanzar el teléfono. El lugar es un remanso de paz, apenas matizada por el murmullo del tráfico. Una colección de acuarelas con paisajes japoneses recorre una de las paredes. En otra cuelga un lienzo de Sorolla. España y Japón se dan la mano en esa estancia, ocupada en gran parte por un escritorio de caoba y un sillón junto a una lámpara para los momentos de lectura. Toshihiko habla con Gálvez, el jefe superior de la Policía de Madrid. No hay avances en la investigación, por el momento. Los rumores que han llegado a la embajada son ciertos: han aparecido pinturas referidas a la víctima en algunos lugares muy turísticos. Hay alguien que se está divirtiendo por ahí. ¿Podría ser la marca de un potencial asesino en serie? Esa es la pregunta que hace el señor Matsui. Gálvez le contesta que es muy pronto para sacar esas conclusiones. Madrid es una ciudad muy segura, no hay precedentes de asesinatos de japoneses, nuestra obligación es conservar la calma.

Un consejo fácil de seguir para el embajador, que es un hombre tranquilo. Se toma una copa en el jardín de su residencia, disfrutando de la última luz del día. Contempla las plantas aromáticas que cultiva: shiso, perejil, albahaca tailandesa, cilantro. Piensa en su hija Yóshiko. Piensa en el día en que la pilló con una maceta de marihuana en su habitación. En la bronca que tuvieron. Ella le dijo que no entendía su enfado. Nunca se ponían de acuerdo en nada, y para una afición que compartían, la de cultivar plantas, le prohibía seguir haciéndolo.

Yóshiko. La hija errabunda del embajador. Ha conocido cinco países en sus dieciocho años de vida. Nació en Japón, pero allí solo vivió dos años. El primer destino diplomático de Toshihiko fue Noruega, y allí se mudó toda la familia. Después Angola. Una experiencia muy dura. Un país lleno de mosquitos que transmitían enfermedades como el dengue o la malaria. Un país traumatizado por una guerra muy larga. Luego, Colombia. Un lugar inseguro, donde abundaban los secuestros exprés. Puede que allí naciera la obsesión de Toshihiko por la seguridad. Por fin llegó el traslado a Madrid. Una ciudad segura, abierta, dinámica. Un buen lugar para su familia.

Sin embargo, Yóshiko no es feliz en Madrid. Estudia en el Colegio Japonés, pero no ha forjado una sola amistad en los tres años que la familia lleva viviendo allí. Hace ya tiempo que Hiroko, su madre, no le insiste en que lleve a alguna amiga a merendar a casa.

—No voy a hacer amigas, mamá —le dijo un día—. Porque luego nos tenemos que mudar a otro país y me da mucha pena.

Desde ese día, no han vuelto a hablar del asunto. Yóshiko no hace amigas, se quiere proteger del dolor de la separación. Necesita la marihuana como forma de evadirse de una realidad que no le gusta, la que le ha tocado en suerte: ser la hija de un embajador. Se lo explicó a su padre con estas palabras, o con otras parecidas, cuando la pillaron con las macetas en su cuarto. Se empeñó tanto en que le permitieran tener esa vía de escape que hasta Hiroko se puso de su lado.

—¿Estáis locas? ¡Las dos, completamente locas! —bramó Toshihiko—. La hija del embajador tiene una plantación de marihuana en su casa. ¿Os imagináis esa noticia en el periódico? ¿Queréis hundirme?

Encadenó varias preguntas más, fuera de sí. Mandó retirar las macetas de marihuana de la habitación de su hija creyendo que así se acababa el problema. Sin embargo, aquello tuvo consecuencias. Yóshiko empezó a salir por las noches y volvía a casa por la mañana. La joven no tenía amigas, pero se las apañaba muy bien para los encuentros casuales, al calor de un bar o de una discoteca. Toshihiko probó a castigarla sin salir, pero Yóshiko se fugaba de casa. Le requisó el móvil durante un tiempo, para ver si así se producía una reacción. En absoluto. Como no tenía amigas, podía vivir perfectamente sin móvil. Y era peor para todos, porque cuando pasaban las horas y no llegaba a casa, su madre no tenía modo de localizarla. El tira y afloja duró su tiempo, lo que tardó Toshihiko en comprender que los castigos no servían para nada.

Para Hiroko tampoco es fácil. Su hija no rechaza su compañía, pero está segura de que hay algo perverso en ella. Hace unos meses, por ejemplo, consiguió que Yóshiko mostrara interés por la cocina. Le enseñó a preparar mochis, pasteles de arroz que quería llevar a la fiesta del año nuevo japonés. Como esposa del embajador, se sentía obligada a agasajar a los asistentes con una de sus grandes habilidades, la repostería. El día de la fiesta descubrió que las bandejas de mochis habían desaparecido. Yóshiko se las había llevado esa noche para alimentar a los mendigos de la ciudad. Explicó, con una ingenuidad que solo podía ser fingida, que era mucho más honesto eso que llenar la panza de los prebostes japoneses que iban a acudir a la fiesta.

Hiroko se dio cuenta de que no había nada que hacer. Su hija los odiaba, odiaba a sus padres por condenarla a una vida de nómadas, de país en país, en busca de un puesto libre en la embajada de turno. Y sabía cómo ejecutar su venganza.

Ahora se acerca el Bon Odori, una fiesta de danza tradicional para recordar a los difuntos. Se celebra en el Colegio Japonés y Yóshiko muestra interés en participar. Incluso le pregunta a su madre si ella le ayudaría a elegir un *yukata* bonito. Un *yukata*. Yóshiko, que no se siente japonesa, cosa que les restriega a sus padres a la menor oportunidad, quiere vestir una prenda japonesa para homenajear a sus antepasados.

Hiroko no se fía. Piensa que su hija está tramando algo, que su cabeza ha concebido otra clase de venganza. No la ve bailando en el Bon Odori. Ese día terminará agotada en alguna discoteca del centro de Madrid, en la de la calle Atocha o en alguna de los bajos de Azca. Así que no está dispuesta a ayudar a su hija con el vestuario de una fiesta a la que seguramente no irá.

Han hablado hace poco de su futuro académico. Yóshiko no quiere ir a una universidad privada de Japón o de Estados Unidos a cursar una carrera de empresariales, como pretende su padre. Le gusta la fotografía. Pero su padre dice que eso es una afición, no una carrera.

Un año sabático. Esa sería la mejor solución. Un año paseando, leyendo, haciendo fotos, imaginando vidas que podría merecer la pena vivir. Un año para definir mejor su vocación en lugar de precipitarse a la hora de dar un paso tan importante. No quiere matricularse en una universidad carísima para abandonar al curso siguiente. No quiere viajar a otro país, ya ha conocido bastantes. Para Toshihiko, eso del año sabático es perder el tiempo.

Llevan días sin hablarse.

El personal de la embajada ha logrado contactar al fin con el padre de Izumi. La conversación ha sido breve y brutal.

—¿Está muerta?

—Lamentamos comunicarle que desgraciadamente sí.

—Pues no quiero saber nada de ella.

Y ha colgado. Hiroko no se puede creer lo que le cuentan. Advierte que su hija también parece impresionada por el relato.

—¿Quieres que tu padre diga algún día eso mismo de ti? Pues haz el favor de hablar con él.

Yóshiko sonríe y sorbe su té.

5.

Hay un muerto en el parking del teleférico. Es un hombre joven, muy musculado. De poco le han servido las horas de gimnasio, piensa Estévez. Una patrulla de zetas ha acotado el lugar. El médico forense certifica la muerte por herida de bala en el pecho. La sangre apenas se distingue en la camiseta negra, ajustada, del muerto. Parece el estampado de una flor.

Una cuesta desciende hasta el paso a nivel de la vía del tren. En tiempos, comunicaba esta zona con el paseo de la Florida y el río Manzanares, pero lleva muchos años cerrado. Muy cerca está el albergue de San Isidro. Es una zona de mendigos alcoholizados que prefieren dormir en la calle antes que en una cama calentita. Es también una zona de putas. No se ve a ninguna ahora, han volado.

Subiendo una de las cuestas pronunciadas del parque del Oeste está el paseo del Pintor Rosales, uno de los más exclusivos de Madrid. Puede que en alguno de los pisos de esa calle se haya oído el disparo, pero nadie habrá pensado en un crimen violento. Es un barrio de contrastes.

El muerto no lleva documentación, habrá que esperar para identificarlo. No hay señales de pelea, un solo balazo ha acabado con su vida. En el bolsillo, Estévez encuentra una navaja suiza. Con eso se puede cortar un dedo en rodajas.

¿Testigos? Sí, hay una chica que lo ha visto todo. Eso dice uno de los municipales.

—Es la chica que nos ha llamado.

—¿Y por qué no está aquí? —pregunta Estévez.

—Cuando le he pedido que se identifique, ha colgado.

Mientras Estévez restriega su fracaso al municipal con una mirada de desprecio, Bárbara Lanau está pendiente de una sombra oculta tras los árboles del parque. Hay alguien mirando. ¿Un curioso? Tal vez. Lanau enciende su linterna y apunta en esa dirección. La sombra se mueve hacia un lado y después se agacha, como si estuviera jugando al escondite. Lanau se acerca a buen paso.

—¡Sal de ahí!

La sombra ya no es una sombra, es un joven que intenta escapar, pero que se detiene a la primera orden de la inspectora. Levanta los brazos en un gesto de rendición, aunque eso no se lo han ordenado.

Lanau lo alcanza en dos zancadas.

—¿Qué hacías ahí escondido?

—Nada.

—¿Nada? Documentación.

Es un joven negro que tiembla de miedo. Le cuesta sacar la cartera del bolsillo del vaquero. Estévez se une a la inspección.

—¿Quién es este?

—No he hecho nada. Estaba aquí con mi novia...

—¿Dónde está tu novia?

—Se ha ido. Es ella la que ha llamado a la policía.

—¿Tu novia ha llamado a la policía? —pregunta Lanau, mientras coge el DNI del chaval.

Algo parece decepcionarla. El chico tiene una buena excusa para estar en el lugar del crimen: es un testigo. Seguramente se estarían dando el lote. Ella misma se magreó con algún chico en el parque del Oeste cuando era más joven, hace ya tanto tiempo.

—¿Tú has visto algo? —pregunta Estévez.

—Lo ha visto ella. Estábamos abrazados y de pronto ha sonado un disparo, como un petardo. Carol lo ha visto todo, se ha puesto muy nerviosa. Me decía: «Joder, que ese pavo se acaba de cargar a un tío».

—¿Dónde está Carol? —pregunta Lanau.

—Se ha ido. No quiere que sus padres sepan que está conmigo. Se creen que está durmiendo en casa de una amiga.

Lanau dibuja en un segundo la situación: adolescente caucásica se enamora de chico negro. Gran problema familiar, piensa con sarcasmo. Aparta esos pensamientos de su cabeza tan pronto como aparecen. Hay que concentrarse en el testigo.

—Llámala y que venga a hablar con nosotros —ordena Estévez.

—No puedo hacer eso.

—Es el único testigo de un homicidio. Tiene que colaborar con la policía.

—Pero yo también soy testigo.

—Tú no has visto nada.

—El momento del disparo no, pero he visto al asesino.

Estévez y Lanau cruzan una mirada. Aunque afectan seriedad y hacen gestos de estar con la paciencia al límite, ninguno de los dos se puede creer su buena suerte. No es habitual encontrar testigos presenciales tan claros.

—¿A qué distancia le has visto?

—A la misma que hay ahora entre ustedes y yo.

Estévez le mira con enorme gravedad.

—Explícate —le conmina.

—Era un hombre mayor, de unos setenta años. Bastante tocho. Ha cogido ese camino para subir hacia Rosales, y nosotros estábamos justo debajo del árbol. Nos hemos levantado al verle venir, cagados de miedo. Nos ha mirado a los ojos. Nos ha dicho buenas noches y ha seguido su camino.

—¿Os ha dado las buenas noches? —pregunta Lanau.

—Como si no hubiera pasado nada.

—¿Estás seguro de que es el hombre que ha disparado?

—Mientras se acercaba a nosotros, se estaba guardando la pistola en el bolsillo interior de la chaqueta.

Estévez deja escapar una risa breve de incredulidad. Pero es Bárbara quien habla.

—¿Nos cuentas esto para no tener que molestar a tu novia?

—Que le he visto, lo juro.

—¿Le podrías identificar en una fotografía o en una rueda de reconocimiento?

—Sí. No me voy a olvidar de su cara en mi vida. Tenía una verruga en la nariz.

Es el momento de pedirle al testigo que los acompañe a la Brigada para firmar una declaración. También de sonsacarle los datos de Carol, a la que habrá que llamar de inmediato. O al día siguiente, si los inspectores quieren ayudarla a mantener la mentira que les ha contado a sus padres.

Aparece otra patrulla de zetas en la zona y se bajan dos municipales del coche como si hubieran recibido el aviso de un homicidio. Ya están subiendo al muerto a una ambulancia, ya está todo el pescado vendido, ¿a qué viene la aparición de una nueva patrulla?

—¿Qué hacéis aquí? —dice Estévez—. Yo no he pedido refuerzos.

Uno de los municipales lo mira con aire de superioridad. Ni siquiera se molesta en contestar. El otro sí contesta, pero antes de hacerlo le dedica una mirada piadosa, como lamentando que tenga tan poca información.

—Venimos a verificar que se ha producido un homicidio.

—Está más que verificado. ¿Quién os ha pedido que vengáis?

—El asesino.

La respuesta consigue intrigar a Estévez, que llama a Lanau con un gesto. Ella se suma al grupo.

Según cuentan, un hombre de setenta y dos años, de aspecto impecable y con pleno dominio de sus palabras, se ha presentado en la comisaría de la calle Rey Francisco y ha confesado haber matado a un hombre en el parking del teleférico. El hombre está retenido en la comisaría, pero han mandado una patrulla al lugar para confirmar los hechos. Llevaba una pistola encima que ha sido confiscada. Según el supuesto homicida, es el arma del crimen.

Estévez y Lanau se dirigen a la calle Rey Francisco.

Cuando llegan, el asesino confeso está sentado en un banco del pasillo, vestido con una americana que le debe de dar mucho calor. Parece tan tranquilo que entran ganas de quitarle las esposas. Lo custodia un oficial que saluda con un gesto a los inspectores.

—¿Usted ha firmado esta declaración? —pregunta Estévez.

—Sí, señor.

La respuesta llega con una voz enérgica. No hay arrepentimiento en ese tono, no hay nerviosismo ni angustia. Es la voz de un hombre seguro de sí mismo que aguarda con calma las consecuencias de sus actos. Lanau se fija en la enorme verruga que le afea la nariz.

—Tiene que acompañarnos a la Brigada de Homicidios.

Podrían hacerle más preguntas sin salir de allí, pero todos los detalles están reflejados en la declaración que acaba de firmar. Hay dos datos que llaman la atención. El primero es su domicilio. Vive en la calle Altamirano. Es un vecino del barrio. ¿A cuántas personas habrá dado las buenas noches en su paseo tranquilo, bajo el cielo de verano, hasta la comisaría más cercana?

El otro dato interesante es su nombre. Estévez, que ha sido el primero en leer la declaración, no se ha fijado. Su avidez le ha conducido directamente al relato de los hechos. Pero a Bárbara Lanau el nombre le ha saltado al primer vistazo.

—Juan, ¿has visto esto?

—¿El qué?

—Mira quién es...

Estévez revisa la declaración, lee el nombre del detenido. Se pone blanco.

—No puede ser.

—Es él.

—Joder...

Un caso sencillo, con testigos, con un homicida que firma su confesión. Y de pronto todo se complica. Estévez y Lanau preferirían estar deteniendo al rey de España.

6.

> Me encanta volar. Subirse a un avión es suspender por unas horas las preocupaciones de la vida. Si el avión se cae, morimos todos. Los ejecutivos de la clase business, la mujer que viaja con dos niños pequeños, esa pareja de novios y yo.

Elena Marcos traduce el diario de Izumi con una voz cadenciosa que invita al sueño. Eso, unido al efecto de las hormonas, obliga a Sofía a hacer enormes esfuerzos para mantenerse despierta. Caridad transcribe en un portátil lo que dice la traductora. Aprovecha las pausas para abanicarse. El aire acondicionado funciona solo a ratos.

—«Esta ciudad está llena de loros. Se les oye chillar todo el rato. Me gusta ver su plumaje colorido entre las ramas...»

—No hace falta que leas todo —interrumpe Laura—. Traduce solo lo que sea importante.

—En cualquier frase puede haber una pista —señala Elena con gravedad—. Mi trabajo es traducirlo entero.

Laura se recuesta en la silla para expresar su descontento.

—«También hay muchas urracas y unos pájaros pequeños que vuelan como murciélagos» —sigue leyendo Elena.

Laura se inclina hacia Sofía.

—Voy a salir a hacer unas llamadas.

Al no recibir respuesta comprende que su compañera se ha quedado dormida. No le extraña en absoluto, la traducción de ese diario va a matarlos a todos de aburrimiento.

En la sala común, Andrés Moura está muy concentrado en una tarea que le ha pedido ella. El Corral de la Morería no ha puesto pegas a la hora de facilitar la relación de clientes que estuvieron en el local la noche del crimen. Las dos vías para componer ese listado son cotejar el libro de reservas y comprobar los pagos de consumiciones o cenas que se hayan realizado con tarjeta de crédito. Esa información es privada, podrían haber alegado el derecho a la confidencialidad, lo que habría obligado a Laura a pedir una orden judicial, pero la dirección del tablao quiere colaborar con la policía.

A pesar de estas facilidades, el listado que ha conseguido Moura solo puede ser parcial. Hay varias reservas realizadas para cinco personas. Otra para doce. Un nombre encabeza esa última, dejando en el anonimato a los otros once. Algunos de estos habrán pagado con tarjeta la cena de cuatro. Otros habrán pagado en efectivo. Algún gorrón se habrá dejado invitar y por lo visto hubo una mesa que no pagó siquiera, un «simpa» en toda regla. Es imposible tener un listado exhaustivo antes de hablar con los titulares de cada reserva para ir rellenando los huecos. Ese es el trabajo que se dispone a hacer Laura: llamar a cada persona de la lista para preguntarle si vio algo raro y para que facilite los nombres de sus acompañantes. Un trabajo tedioso que además constituye la mera exploración de una posibilidad, la de que el asesino estuviera dentro del tablao flamenco. En cualquier caso, es mejor esto que seguir escuchando a la traductora, se dice.

> Me gusta saber que un día tenemos que morir. Miro a la gente rica y me río de ellos, pienso en los grandes cargos de las empresas japonesas, siempre viajando, siempre trabajando, y les compadezco. Un día estarán muertos, igual que yo, pero yo al menos habré pasado por el mundo cultivando una vida espiritual, interior, que ellos no han llegado siquiera a intuir.

—Qué buena esta parte —dice Elena Marcos.

—¿Eso forma parte de la traducción? —pregunta Caridad.

—No, es un comentario personal.

—Me lo temía.

—La idea de que la muerte nos iguala a todos, la idea de que la vida nos esconde las prioridades, aquello por lo que merece la pena vivir...

En vista de que Caridad no comparte su entusiasmo, Elena busca la aprobación de Sofía. Pero Sofía está echando una cabezada. Es Caridad quien la despierta.

—Inspectora...

—Perdón —dice dando un respingo—. ¿Algo interesante?

—Sí —se anima Elena—. Izumi pensaba que la vida estaba mal estructurada.

—Interesante desde el punto de vista de la investigación —matiza Caridad.

Esta advertencia desinfla a la traductora.

—Los policías tenéis la cabeza cuadrada —dice antes de sumergirse de nuevo en el diario.

—Lo que me interesa es saber si hay alguna anotación sobre la gente de su grupo —dice Sofía.

—Todavía no hemos llegado a ese punto —protesta Elena.

—Puede que hable sobre un chico que viajaba solo, como ella. ¿No hay ninguna anotación sobre eso?

Elena pasa las hojas del diario. Lee a saltos. Retrocede un par de páginas.

—La caligrafía de esta chica es muy desigual. A veces escribe con prisa y no se entiende bien lo que pone.

—Busca. Un chico con un tic nervioso en el brazo.

—Aquí habla de un chico del grupo.

La mirada de Sofía se anima.

—¿Qué dice?

—A ver…

Elena lee el fragmento primero para sí, como si necesitara entenderlo en su conjunto antes de ponerse a traducir. Caridad y Sofía se miran con impaciencia.

—«Hay un chico que viaja solo. Espero que no se sienta obligado a entablar conversación conmigo. Es alto, desgarbado y tiene cara de roedor. Me recuerda a un suricato» —Elena pasa las hojas del diario—. Esta es la primera anotación. Y un día después…

Toma aire, de nuevo repasa el texto entero antes de volver a hablar.

—«Creo que el suricato quería abordarme, pero no se ha atrevido. Se me ha acercado a la salida del Palacio Real como si tuviera preparada una buena frase para romper el hielo. Yo ni le he mirado. Ha detenido su avance y se ha puesto a consultar una guía de Madrid. Me da pena, creo que es muy tímido. Su timidez es mi mejor escudo, estoy a salvo.»

Elena mira a Sofía y comprueba que la anotación le ha interesado.

—¿Algo más?

—Hay un suricato dibujado.

Le muestra el diario. Un suricato en el margen derecho del cuaderno.

—Dibujaba muy bien —dice Sofía, pero la traductora tuerce el gesto.

—¿No crees que la cabeza es demasiado grande para ese cuerpo tan delgado? Vamos, que yo creo que los suricatos no son así.

—Bueno, no tiene importancia —zanja Sofía—. Caridad, anota en la transcripción que la víctima dibujó un suricato en el diario.

—Mientras no me hagas dibujarlo a mí… —masculla la oficial.

—¡Hay otra mención! —proclama Elena.

Emplea unos segundos en leerla. Parece disfrutar de los privilegios de ser la traductora: es la primera en conocer las anotaciones, la primera reacción sobre aquello que Izumi cuente en su diario es la suya. Y esta es llamativa. Se lleva la mano al corazón en un gesto que le queda muy teatral.

—Qué bonito es esto —exclama.

—¿Qué es? —se impacienta Sofía—. Traduce, por favor.

> Madrid no tiene ese exceso de neones ni de pantallas. Pero tiene la Gran Vía. Si miras hacia arriba, ves edificios alucinantes, con balaustradas y gárgolas. Ves fachadas modernistas y una mezcla de estilos que yo no encuentro en Japón. Si miras para abajo ves gente, un hormiguero de etnias y una mezcla de edades, gente de compras, gente con traje, gente sin techo y gente con maletín y corbata. En la plaza del Callao veo pantallas y neones, una miniatura de Tokio que me produce mucha ternura. Me siento en una terraza a tomar una cerveza. Necesito fuerzas antes de la noche de flamenco. La terraza está muy concurrida, pero tengo suerte porque justo cuando yo paso por allí se está levantando una pareja de una mesa. Lo considero una buena señal. Es la terraza del Museo del Jamón. Me abstengo del jamón porque voy a cenar dentro de un rato, pero me tomo tres cervezas. El suricato ocupa una de las mesas de la terraza. ¿Estaba allí cuando yo llegué o se ha sentado después, al verme a mí? No estoy segura. Se ha puesto una camisa negra que lleva por fuera y que tiene unos lunares blancos en el pecho. Es una camisa bonita. Se ha echado brillantina en el pelo. Que se haya arreglado tanto me hace sentir pena por él. Quiere gustar. Seguramente se siente un espíritu salvaje, pero quiere gustar. No ha conseguido superar esa tiranía. Espero que no se haya puesto guapo para gustarme a mí. Yo no quiero gustar a nadie. Y eso me hace libre. Tampoco me gusta nadie. Doblemente libre.

—Aquí acaba la anotación —dice Elena.

Se queda callada unos segundos y parece compungida. Caridad termina de transcribir el fragmento con aire funcionarial. Sofía se detiene a valorar el pensamiento de Izumi, aunque en el fondo solo quiere saber si pasó algo con ese chico tan tímido que se puso brillantina en el pelo.

—El deseo de gustar es la gran esclavitud de nuestros tiempos —afirma Elena—. ¿No estás de acuerdo con eso?

A Sofía no le gustan las preguntas directas, las que obligan a formular una opinión a toda prisa. Algo viene en su ayuda: la puerta se abre y entra Estévez. El gesto grave, la mirada fija en Sofía.

—Luna, ¿puedes salir?

Sofía sale al pasillo. Estévez cierra la puerta para que las dos mujeres de dentro no puedan escuchar la conversación.

—Tu padre está aquí.

Sofía no entiende nada. ¿Su padre? Hace años que no tiene noticias de él, fue repudiada cuando le comunicó su certidumbre de que había nacido con el sexo equivocado.

—¿Mi padre?

Es lo único que acierta a decir. Estévez opta por la información seca y directa.

—Lo trajimos anoche, era tarde, no te quise llamar. Le vamos a interrogar ahora.

—¿Por qué?

—Está detenido por homicidio. Ha matado a un hombre en el aparcamiento de un parque, de un disparo.

—No puede ser —dice Sofía.

Se queda temblando, una nube se le pone delante de los ojos y nota una punzada en la cabeza, el nacimiento de una migraña.

—Ha firmado la confesión.

A través de un cristal que permite mirar sin ser visto, en el observatorio de la sala de detenidos, Sofía comprueba que su padre se conserva muy bien. Ha encanecido y eso no debe de haberle gustado al hombre vanidoso que siempre fue. Ya nada queda del militar de pelo al uno y patillas recortadas al milímetro. Ahora el viejo coronel retirado se ha dejado crecer una melena que le da un aire de galán tardío. Es como si al envejecer hubiera migrado naturalmente hacia otro patrón estético para mantener el atractivo.

Sorprenden el pelo largo y el flequillo ondulado que se tiene que retirar de los ojos de cuando en cuando. Por lo demás, la misma complexión, las mismas espaldas anchas, la misma mirada inquisitiva. Un espectador desinformado podría pensar que su padre es el policía que hace las preguntas, y Estévez y Lanau, los pobres detenidos que tienen que rendir cuentas de sus actos.

Gerardo Luna, el coronel, habla de forma pausada y segura. Su tono de voz no trasluce angustia ni preocupación.

—Hacía mucho calor en mi casa —explica—. Y salí a dar un paseo nocturno.

—¿Con una pistola en el bolsillo? —pregunta Lanau.

—Siempre la llevo encima, me ayuda a sentirme seguro. Y a la vista está que hago bien.

—Cuéntenos lo que pasó, por favor —le pide Estévez.

—Ya se lo he contado a sus compañeros. Un hombre intentó atracarme y yo me defendí.

—¿Ese hombre iba armado?

—Llevaba un cuchillo.

—No hemos encontrado un cuchillo entre las pertenencias del muerto. Solo llevaba una navaja suiza, muy pequeña.

—A mí me pareció un cuchillo. Y le aseguro que no era pequeño.

—Hemos leído su declaración en la comisaría y nos hemos topado con algunas lagunas —dice Lanau mientras lee dos folios grapados—. ¿Cómo le abordó el asaltante? ¿De frente? ¿Le atacó por detrás?

—Por detrás. Me agarró del cuello, me dijo que le diera el dinero y me puso el cuchillo aquí —se señaló la mandíbula.

—Pero no le dejó ninguna marca, por lo que veo —Lanau se inclina hacia él para mirarle más de cerca.

—No llegó a pincharme. Yo me revolví en un segundo y saqué el arma.

—¿Disparó directamente o solo le amenazó con hacerlo?

—Sucedió todo muy rápido. No le dije nada, pero le apunté y eso, en mi opinión, vale por una advertencia. Él se abalanzó sobre mí. Entonces disparé.

—Un asaltante con una navaja suiza se ve encañonado por una pistola y su reacción es abalanzarse sobre usted —dice Estévez mostrando su escepticismo.

—Eso es.

—Un joven con mucho arrojo, por lo que veo.

—Se lo podemos reconocer. No sé si tanto como para darle una condecoración, pero en fin...

Sofía admira el sarcasmo de su padre. Un sarcasmo que roza la chulería. El incidente no ha descompuesto su figura en ningún detalle. No está despeinado, no tiene la camisa arrugada ni los zapatos sucios. Unos zapatos de vestir elegantes, poco prácticos para salir a caminar. Con el calor que hace, la elección de la americana tampoco parece la mejor.

—¿Por qué elige una zona tan oscura para su caminata? —pregunta Lanau.

—Me gusta bajar hasta las vías del tren y cruzar la pasarela hasta el parque de la Bombilla. Normalmente subo por el paseo de la Florida y paro a tomar un vino en algún bar de la zona.

—¿Es necesario cruzar el parking del teleférico para llegar hasta las vías?

La pregunta tiene sentido, piensa Sofía. Lo normal es caminar por la acera y dejar el parking a la derecha. ¿Hay un leve temblor en el rostro del coronel? ¿Una pausa algo más larga que las anteriores para ganar tiempo y meditar una respuesta convincente?

—Cruzo el parking porque se ataja. Ya sé que es poco lo que se gana, pero los militares estamos acostumbrados a valorar las ventajas del terreno, aunque sean mínimas.

Sigue un silencio. Sofía conoce este tipo de estrategias. Se trata de romper el ritmo del interrogatorio, hacer que el detenido pierda fuelle y empiece a mostrarse inseguro. Su padre aguanta el tipo sin apuros, como si estuviera en la sala de espera de una consulta médica. Solo le falta ponerse a silbar.

—¿Cuál fue su reacción después de disparar? —pregunta Estévez.

—Ya lo saben. Me dirigí a la comisaría más cercana para contar lo que había pasado.

—¿Por qué no llamó a una ambulancia? Ese hombre podía necesitar asistencia médica.

—Estaba muerto —dice el coronel.

—¿Cómo lo sabía? ¿Lo comprobó?

—Lo sabía. Nada más verle caer me di cuenta de que estaba muerto. Y no me equivoqué.

Sofía nota un brote de ansiedad en Estévez. No le gusta la arrogancia del detenido y se contiene porque se trata de su padre. Le gustaría entrar un momento en la sala para animarle a actuar con firmeza, con la agresividad de otras veces, como si estuvieran delante de cualquier criminal de pacotilla. Estévez se retuerce las manos, tratando de refrenar sus instintos. Es ahora cuando debería levantarse de un impulso y dejar caer la silla hacia atrás para meter un poco de miedo. Pero no lo hace. Bárbara coge las riendas del interrogatorio.

—Señor Luna, permítame que le haga una pregunta. ¿A usted le afecta de alguna manera lo que ha pasado esta noche?

—Indudablemente —contesta el coronel.

—Yo no lo veo muy afectado.

A Sofía le gusta la nueva línea que está abriendo su compañera. Ha llegado la hora de escarbar en la frialdad granítica de su padre. El hombre que lleva más de cuatro años sin hablar con su hija, viviendo como si no existiera, ¿es capaz de sentir alguna emoción por un maleante al que ha matado de un tiro?

Gerardo Luna saca un pañuelo cuya punta asoma por el bolsillo superior de la chaqueta. Se seca el sudor de la frente y de la cara. Dobla el pañuelo minuciosamente y al guardarlo en el bolsillo queda tal y como estaba antes de sacarlo, con una puntita sobresaliendo como el diente de un tiburón.

—No soy un hombre que muestre sus sentimientos así como así. Soy reservado. Pero soy humano. Sé muy bien que matar a alguien es un suceso trágico que me puede meter en un buen lío.

—Solo le preocupa su situación judicial, entonces —aprieta Bárbara.

—Si lo que quiere es que pronuncie palabras emotivas sobre el chico que me ha intentado atracar, puede esperar sentada, señorita.

—¿No le da pena que ese chico esté muerto?

Las pupilas del coronel flamean de rabia y de orgullo.

—No me da ninguna pena —contesta.

A Sofía le dan ganas de aplaudir. Ahí está su padre, terco, antiguo y soberbio. Ha matado a un hombre y ahora tiene que lamentar el fastidio de haber trasnochado más de la cuenta.

—¿Me pueden traer un vaso de agua? —dice el coronel—. Me toca la medicación.

Saca un blíster del bolsillo interior de la chaqueta. Sofía no consigue leer el nombre del medicamento. No sabía que su padre estaba enfermo. No sabe si es una afección leve o algo grave. No sabe si le importa.

Lanau sale al pasillo. Estévez permanece unos segundos más y sale también. Lo más normal sería que entrara a hablar con Sofía a la habitación adjunta, pero no lo hace. Está concentrado en el interrogatorio y no quiere contaminarse con la opinión subjetiva de la hija.

Sofía se queda mirando a su padre. Ahora que está solo, su postura se relaja y en ese abandono le caen varios años encima. Es entonces cuando se notan con claridad las marcas de la edad. La piel del rostro se le ha reblandecido y forma colgajos en la papada, como pequeños testículos.

Hay algo prohibido en la contemplación secreta de Sofía, pero también íntimo. Surge un sentimiento ambiguo al principio y que poco a poco va tomando la forma de la compasión. De pronto, el coronel mira hacia el cristal que los separa. Es una sensación extraña. No puede verla, aunque Sofía está segura de que su padre intuye su presencia al otro lado.

7.

—He encontrado algo —dice la traductora—. Lo más interesante lo escribió en el local de flamenco, justo antes de su muerte.

Sofía asiente con aire distraído. Ha vuelto a la sala para supervisar la transcripción del diario, pero le cuesta sacudirse la imagen de su padre.

—Caridad, léeselo —pide Elena.

Caridad lee el fragmento traducido, según lo tiene anotado en el ordenador.

—«Hay un chico que me mira constantemente, parece que le intereso yo mucho más que el grupo de flamenco. Me parece que también estaba en el Museo del Prado, pero no estoy segura. Tiene un cuello enorme que podría sostener el peso de un templo.»

—Buena imagen, la del templo —comenta Elena—. A esa chica le gustaba escribir.

—Sigue, por favor —dice Sofía mirando a Caridad.

Caridad carraspea para aclararse la garganta y continúa leyendo.

—«Sí, estaba en el museo. Se puso delante de mí cuando estaba mirando un retrato holandés. Recuerdo su pelo rapado, en plan militar, y su pendiente en la oreja. Es él.»

—Esa es la última anotación del diario —señala Elena.

Sofía organiza una reunión. Andrés Moura y Laura Manzanedo se unen al grupo.

—Tenemos la descripción de un hombre al que Izumi vio en el Museo del Prado y después en El Corral de la Morería.

—La estaba siguiendo —aventura Caridad.

—Eso no lo sabemos —puntualiza Moura, siempre tan meticuloso—. Pero sí podemos establecer que coincidieron en ambos lugares.

—Disponemos de un listado bastante amplio de los clientes de esa noche. ¿Por qué no los citamos aquí para ver si alguno encaja en esa descripción?

Es Laura quien propone dar ese paso, pero tuerce el gesto al ver que la persona que recoge el guante es Elena Marcos.

—Un cuello como Hércules, el pelo rapado y un pendiente, no puede haber mucha gente así.

—Sabemos que un cliente se marchó sin pagar —recuerda Sofía—. Esperemos que no sea ese.

—Me gustaría hablar también con el japonés que viajaba solo —dice Laura—. Izumi le cita en el diario y su conducta es extraña.

—Si me permites, subinspectora, esa conducta no es rara si se analiza desde el prisma japonés —puntualiza Elena—. En Japón tienen un problema nacional con la timidez de los hombres. No se atreven a abordar a las mujeres.

—Gracias por la información —dice Laura—. Aun así, quiero hablar con él. ¿Me puedes acompañar por la tarde al hotel de Las Letras o es mucho pedir?

No se molesta en disimular la antipatía que le despierta la traductora, aunque Sofía se consuela al constatar que al menos no rehúye sus servicios, imprescindibles en la investigación.

—Moura y Caridad, quiero que averigüéis todo lo posible sobre los clientes que aparecen en este listado. Buscamos a alguien que pueda tener acceso a un anestésico como la ketamina. Personal médico, proveedores, farmacéuticos, químicos.

—¿Me vas a acompañar a hablar con el japonés rarito? —pregunta Laura.

—No. Yo me quedo aquí para esperar a los testigos que vengan. Hoy prefiero no moverme mucho.

No añade nada más y Laura no indaga. Elena sí lo hace. Al terminar la reunión se acerca a Sofía y le pregunta qué le pasa. Mi padre, dice ella. Le han detenido. No entra en detalles, pero Elena se muestra perspicaz. Nota el dolor estancado en sus ojos, un temblor en el labio.

—La familia cuanto más lejos mejor. Hazme caso.

Sofía esboza una sonrisa.

—Algún día nos contamos las penas, con una copa delante.

—¿Algún día? —pregunta Elena—. Me sorprende que no quieras hacerlo hoy.

—Hoy estoy demasiado cerca del problema.

—Deberías invitarme a una copa esta noche en El Corral de la Morería. Para ver si aparece el acosador de la pobre Izumi.

—Hay muy pocas probabilidades de que eso pase.

—¿Por qué? A lo mejor le gusta el flamenco. Y hoy toca un buen grupo, que ya lo he mirado.

Sofía se queda en silencio unos segundos.

—Está bien, me has convencido. Vamos esta noche y hablamos de nuestras familias. Y de paso nos fijamos en la clientela.

—Gracias, pero esta noche no puedo —dice Elena—. He adoptado a un perro y me ha salido rana. Es agresivo y poco sociable. Esta noche le tengo que sacar a pasear sin falta.

—No entiendo —se queja Sofía—. Eres tú quien ha propuesto tomar una copa.

—Era un truco para ver si te apetecía, pero hoy me resulta imposible. Además, tengo mucho trabajo. Me has obligado a saltarme medio diario y lo quiero traducir entero.

—El diario no te lo puedes llevar a casa. Es una prueba de la investigación.

—No seas tan estricta con el reglamento. Lo traduciría aquí mismo, pero ya has oído a Laura. Me necesita esta tarde. Y yo no puedo dejar a mi perro solo tantas horas.

Sofía menea la cabeza, resopla.

—De acuerdo. Pero llévatelo con disimulo. Que no te vea nadie. Y mañana lo traes sin falta.

Por la tarde todas las líneas de investigación parecen calles cortadas. Moura y Caridad hacen un buen trabajo. Todos los clientes del listado que estuvieron en El Corral de la Morería la noche del asesinato comparecen en la Brigada y Sofía habla con ellos, uno por uno. Nadie es ni remotamente parecido al hombre que describe Izumi en su diario. Nadie vio nada que resulte llamativo o que al menos ofrezca un cabo del que tirar. Nadie trabaja en el sector sanitario.

A las ocho, cuando ya se está preparando para marcharse, Sofía ve venir a Estévez.

—Tu padre es un hueso, Luna. No le hemos sacado nada.

—¿Dónde está?

—Lo hemos puesto a disposición judicial. Que se apañe el juez con él.

—No le va a arrancar más que vosotros.

—¿Tú crees que es capaz de matar a un hombre a sangre fría?

—Ha sido en legítima defensa, ¿no?

—Puede. Pero es un militar condecorado, con una carrera impecable. No parece de gatillo fácil.

—Cargarse a un chorizo que le intenta atracar y presentarse acto seguido en la comisaría me cuadra perfectamente con mi padre.

Estévez la mira unos segundos. ¿Con cansancio? ¿Con desconfianza? ¿Con decepción?

—Eso es lo que quería saber.

Estévez también tiene un padre conflictivo. Un expolicía con la hoja manchada por excesos de todo tipo. Le gusta pensar que todos esos borrones proceden de intrigas y de puñaladas traperas de compañeros en la oficina, que su padre siempre se ha comportado de forma ejemplar. Le molesta que Sofía no defienda al suyo con pasión.

—Me miraba. Me miraba todo el rato.

El japonés se lame la mano y acto seguido se la huele, como si esnifara pegamento. Un tic nervioso que Laura no había presenciado cuando hablaron con el grupo de turistas.

—La noche de su muerte la vi en una terraza de la Gran Vía. Se sentó al ver que yo estaba allí, tomando algo en otra mesa.

—Izumi lo cuenta justo al revés en su diario —dice Elena.

No es del todo cierto. La anotación refleja las dudas de Izumi al respecto, no sabe si el japonés estaba allí sentado o si lo hizo al verla a ella. En cualquier caso, poco importa la precisión, piensa Laura. Una se sentía observada y el otro también, ella creía gustar a ese chico y él justo al revés, y así, a base de desencuentros, va avanzando la vida. Pero no está preparando un ensayo sobre la incomunicación humana, está investigando un crimen. El japonés se lame la mano nuevamente.

—Pregúntale si le ha afectado la muerte de su compañera.

Elena lanza la pregunta en japonés y enseguida llega la respuesta. Antes de traducirla, le hace una nueva pregunta. Laura asiste al diálogo armándose de paciencia.

—Dice que no le afecta demasiado puesto que no la conocía, que le habría afectado mucho si se tratara de su hermana o de una amiga.

Laura asiente ante la obviedad.

—Le he preguntado también si no se siente culpable por no haberla protegido. Si la hubiera acompañado a la calle cuando ella salió a fumar, probablemente estaría viva.

—¿Por qué le preguntas eso?

—Bueno, como sospechas de él, supongo que tu teoría es que él salió a la calle detrás de ella y la mató. Quería ver cómo reaccionaba.

—Tú no tienes que hacer las preguntas, solo tienes que traducirlas.

—Quería echar una mano, no te enfades.

Laura resopla. El japonés se está rascando el brazo, esperando a que termine la discusión. Elena reprime un conato de risa: se acaba de imaginar dándole una bofetada por rascarse de ese modo, y después levantando el índice en señal de advertencia para terminar de desconcertar al joven. Se imagina el estupor de Laura y le entran ganas de reírse. No puede evitarlo, su mente piensa tonterías todo el rato, transgresiones imposibles, escenas de bochorno, ella poniendo zancadillas a los transeúntes o tirando un vaso de agua a la cara de su interlocutor, sometido por sorpresa a una vulneración bestial de la normalidad. Para ella es heroico mantener estas tentaciones en el marco de su mente. Y le parece increíble que nadie sospeche lo loca que está.

—¿Qué te ha contestado?

Tiene que concentrarse en la pregunta de Laura, su cabeza va demasiado deprisa, salta sin descanso de un sitio a otro.

—Me ha dicho que se alegra de no haber salido detrás de ella, porque entonces le podría haber pasado algo también a él.

—Todo un caballero —dice Laura.

Cuando el japonés se va, Elena le propone a la subinspectora tomar una cerveza.

—No, gracias, no me apetece.

—Entonces me voy a casa. Ha sido un día muy largo.

Laura asiente. Elena coge su cartera y se dirige a la salida, pero se gira de pronto.

—¿Sabes? Estoy acostumbrada a caer mal a la gente, pero contigo he batido un récord. Me has cogido tirria a la primera.

—No te preocupes, no tenemos por qué ser amigas.

—En cambio, tú me caes bien. Es raro, porque la antipatía suele ser recíproca.

Laura se queda pensando en estas palabras. Se pregunta por qué le ha cogido tanta manía a esa mujer. Piensa también en el japonés, en sus tics nerviosos y en el egoísmo extremo que ha mostrado en sus respuestas. No ha sacado nada de la entrevista, pero hay algo que la ha dejado desanimada.

En estas circunstancias, agradece la llamada de Sofía y la propuesta de ir juntas al tablao flamenco para charlar, observar a la clientela y soltar un poco de estrés.

Solo llevan un rato en El Corral de la Morería y ya empieza a cundir el desaliento. ¿En qué momento han pensado que el asesino podía volver al lugar del crimen? ¿No es ese un tópico de las malas películas? Ningún cliente se parece al joven corpulento que describe Izumi en su diario. Puede que sea quien se marchó sin pagar. Al ver salir a la joven a fumar a la calle, él vacía su copa de un trago, se levanta sin llamar la atención y la persigue con la intención de matarla. El portero no le ve salir porque está distraído con cualquier cosa. Se está atando el zapato, se ha ido al baño a meterse una raya, ha entrado en la sala para escuchar de cerca una canción que le gusta mucho y le trae recuerdos de infancia. No saben nada.

¿Qué hacen allí? No beben alcohol porque están de servicio. Sofía bebe un zumo; Laura, un refresco. No se pueden abandonar a una noche de copas, flamenco y confidencias. Son amigas, están juntas y pueden hablar de sus cosas. Eso sí justificaría haber quedado esa noche, pero Sofía nota que su amistad con Laura ha entrado en una fase nueva. Hace dos años eran amantes. Dos años que a Sofía le parecen dos siglos. Ella era entonces un hombre y Laura una mujer infeliz en su matrimonio.

El romance con Laura es algo tan lejano que Sofía se pregunta si alguna vez ocurrió o solo se lo ha imaginado. Y aun así es su amiga, eso es indudable, una verdad que no se puede poner en cuestión. La única persona que la visitó en su casa cada semana durante el año de suspensión y convalecencia. Ha escuchado sus problemas, sus temores, sus angustias. Ha presenciado ataques de ansiedad y momentos de depresión.

Sofía comprende ahora que ese año tan largo ha modificado la amistad que las une. Laura ya no habla de su marido, de su falta de amor, de la horrible incapacidad de abandonarle para empezar una vida sola. No tiene hijos, dispone de un sueldo módico pero que podría ser suficiente para alquilar un apartamento y vivir sin agobios. La compañía de ese hombre al que ya no quiere debe de compensarla en algún sentido.

Son suposiciones, porque Laura no da detalles de su vida conyugal. Sofía le pregunta y ella contesta que bien, sin novedad, respuestas vagas o demasiado generales. Laura lleva un año escondiéndose en los problemas de Sofía para no tener que hablar de los suyos.

—¿En qué piensas?

Laura lanza la pregunta para iniciar la conversación, pero en realidad conoce la respuesta. En el coche, Sofía le ha contado el lío en el que se ha metido su padre.

—¿Tú qué crees? Sé que es una locura, pero no paro de pensar en él.

—Lleva años sin dirigirte la palabra. No se merece ni un segundo de tus pensamientos.

—Yo estaba segura de que no le iba a ver nunca más en mi vida, y ya me había acostumbrado a la idea. Pero de pronto...

—Está loco. ¿Quién sale a la calle con una pistola?

—A mi padre eso le cuadra perfectamente.

—¿Y cargarse a un tío porque le quiere atracar? ¿Eso también le cuadra?

Sofía sonríe con tristeza.

—«Prefiero que te mueras antes que verte convertido en un travesti.» Eso me dijo un día. Se me ha quedado grabada la frase.

—Pues no la olvides. En el momento en que te soltó esa bestialidad, dejó de ser tu padre.

Sofía asiente, pero tiene la mirada perdida en la nostalgia de sus recuerdos.

—Estaba guapo.

—Sofía, te ha hecho mucho daño, olvídate de él.

—¿Sabes lo que más me ha sorprendido cuando le he visto? Que le sigo teniendo miedo. Yo pensé que ya se me había pasado. Que podía mirarle con indiferencia. Y resulta que no. Todavía me da un miedo horrible.

—Razón de más para que dejes de pensar en él.

—No sé, es raro. Los padres siempre comunican seguridad a sus hijos. Sobre todo cuando son niños. Pero yo escarbo y escarbo en mi infancia y no recuerdo haberme sentido segura a su lado. Y era un hombre grande, un militar... Nada. Solo sentía miedo.

Laura conoce la sonrisa frágil de Sofía, más bien una mueca que le afea la expresión. Está sufriendo. Le coge la mano, un gesto tantas veces repetido, de amiga cercana, pero se la suelta al instante. Desde el cambio de sexo, le da repelús el contacto físico. No puede evitarlo. Solo espera que ella no haya notado el rechazo que ha sentido nada más tocarla. No lo parece. Sofía sigue embarrada en su efusión nostálgica.

—Estaba guapo.

En el descanso del concierto, deciden marcharse. Es tarde y no tiene pinta de que vayan a sacar algo en claro de allí.

Un hombre está dentro de un Citroën plateado, aparcado en un paso de cebra. Tiene las luces apagadas, el motor al ralentí y la vista clavada en la puerta del local.

Laura y Sofía no necesitan decir una palabra, las dos caminan hacia la calle Bailén y al rodear el Citroën ven el pendiente del conductor en su oreja derecha, brillando en la oscuridad del habitáculo como una gota de magnesio. Observan también que lleva el pelo rapado.

Sofía llama al oficial Moura, le dicta la matrícula, le pide que la cotejen cuanto antes. Laura le da un codazo. El Citroën se ha puesto en marcha. Baja por la calle de la Morería, despacio. Dos japonesas muy jóvenes han salido del local y caminan hacia la plaza de Gabriela Miró. El coche las está siguiendo, no hay ninguna duda. Laura y Sofía desandan el camino y vigilan la escena. Las japonesas están achispadas, se van riendo y hablan en voz alta. Son un poco escandalosas. Giran en la calle Don Pedro. Una de ellas corre hacia un taxi que está descargando a un viajero en Bailén. La otra apenas tiene tiempo de despedirse de ella con un gesto. El conductor del Citroën baja del coche y agarra a la joven de la muñeca. Intenta meterla en el coche. Ella forcejea.

—¡Quieto! ¡Policía!

Es Laura la primera que se ha acercado, la placa bien visible en la mano izquierda; la derecha muy cerca del bolsillo interior de la chaqueta, para sacar la pistola en un segundo si se hace necesario. El hombre mantiene su manaza aferrada a la muñeca de la japonesa.

—¡Suéltala! Documentación.

El hombre menea la cabeza. Mira a la chica con desprecio y tira bruscamente de ella para atraerla hacia sí, como si fuera un bailarín en una pirueta sofisticada, antes de empujarla con fuerza hacia Laura.

—¡Alto! —dice la subinspectora.

El hombre echa a correr. Laura tropieza con la japonesa en su primera arrancada y eso le concede varios metros de ventaja al fugitivo. Sofía, que ha seguido la escena desde la acera contraria para preservar un posible efecto sorpresa, no encuentra obstáculo alguno para emprender la persecución.

Baja corriendo Bailén, pasa de largo la travesía de las Vistillas, San Buenaventura, rodea la iglesia de San Francisco el Grande y se mete en la calle del Rosario. A la derecha, en el parque de la Cornisa, hay varias hogueras encendidas. Sofía no quiere mirar, ni siquiera tiene tiempo para caer en la cuenta de que es la Noche de San Juan. Toda su atención está puesta en la camiseta negra que le saca cien metros de distancia. En la revisión anual, el médico le ha recomendado que haga como mucho un poco de ejercicio suave, y ella está corriendo al límite de sus fuerzas. Y sigue haciéndolo hasta que la camiseta negra no es nada, un punto oscuro en la visión de Sofía, alterada por el esfuerzo físico después de un año de reposo. El hombre ha desaparecido. Pero no puede ser, no ha cruzado la calle, no ha girado en la esquina, tiene que estar oculto tras un coche. O en el parque. Varios grupos de personas se reúnen en torno a las hogueras. Queman papeles con sus desgracias anotadas, piden deseos mientras saltan por encima del fuego.

Sofía barre con la mirada la muchedumbre que se arracima en distintas hogueras del parque. No es fácil distinguir los rostros sin acercarse. En la noche cerrada, las brasas refulgen como luciérnagas. Se adentra un poco, se acerca a un grupo de chavales que hacen botellón. Están jaleando a una joven que se dispone a saltar por encima de la hoguera. En otras circunstancias, Sofía se quedaría a presenciar la hazaña.

En otro grupo hay saltos por parejas. Más allá, una pandilla de amigos que están asando comida. El cocinero ofrece chorizos al resto de un espeto que ha metido en el fuego. Saca cada pieza con un cuchillo, lo pone en una hogaza de pan, lo tiende a un compañero. Lo hace varias veces, parece que va a arder en llamas, gotas de sudor caen en el pan. Se salta a uno de los integrantes del grupo y ofrece la ración al que está a su lado. Sofía comprende al instante lo que pasa. No le ofrece la cena porque no lo conoce. Se aproxima a él con cuidado, sin llamar la atención. No se esmera lo suficiente en el disimulo. El hombre echa a correr, cruza el parque, llega a la cornisa que marca el desnivel con la Ronda de Segovia, recula, se desembaraza de Sofía con una finta y corre hacia la calle Ventosa.

Sofía corre tras él. Nadie en el parque distrae su atención de las hogueras, la persecución pasa por ser un juego de amantes o de borrachos. La calle Ventosa describe una u y el hombre la recorre entera, Sofía no. Se detiene jadeando y se acerca a un árbol para vomitar con discreción. Tantea en su bolsillo hasta encontrar un pañuelo. Se limpia. Mientras recupera el resuello piensa en su médico. Prohibido hacer ejercicio físico fuerte, le dijo. Nada de ir al gimnasio, nada de *footing*, olvídate de la natación y de montar a caballo. ¿Qué puedo hacer?, le preguntó Sofía. Pasear puedes, le dijo el médico. Y una tabla de flexiones está bien, para tonificar el cuerpo. Una tabla suave.

Convertirse en mujer significaba vivir como una anciana. O como una persona impedida. Poco a poco, le decía el médico. Todo volverá a la normalidad.

Ojalá me estuviera viendo en este momento, piensa Sofía. Mira a su alrededor y detiene la vista en las escaleras que descienden hasta la Ronda de Segovia. Baja varios peldaños hasta un descansillo. Y desde allí ve al tipo del pendiente y de la cabeza rapada. Camina con chulería, como un mono encantado de haber ganado una pelea. Se sienta bajo la marquesina de una parada de autobús.

Sofía quiere atraparlo de inmediato, pero las escaleras son empinadas. Siente un acceso de vértigo y se detiene. Respira hondo. Un autobús se aproxima desde la Puerta de Toledo, tiene que darse prisa si no quiere perder al sospechoso. Baja los peldaños de dos en dos, salta cuando le quedan seis o siete.

El autobús se detiene y las puertas se abren con un resoplido de animal prehistórico. El hombre sube al autobús. Sofía también.

—Todo el mundo quieto —dice mientras enseña su placa al conductor, que se gira para no perder detalle de lo que sucede.

Luego saca la pistola y apunta al hombre del pendiente, que se ha sentado y tiene una pierna encima de una barra, en plan jovenzuelo desdeñoso. Sofía saca las esposas. Está tan cansada que no se ve capaz de dar las instrucciones rutinarias —dese la vuelta, las manos a la espalda, no se mueva—, así que opta por esposar una de las muñecas del hombre a la barra más cercana. El autobús queda inmovilizado.

—Bájense, por favor, el trayecto acaba aquí.

Los viajeros obedecen. Aunque algunos la miran mal, se siente orgullosa de haber culminado con éxito la persecución. Está deseando llegar a la Brigada para verificar que no sufre un sangrado vaginal.

8.

En la Brigada de Homicidios hay un revuelo considerable. El hombre del pendiente está en la sala de interrogatorios, esposado, sin custodia policial. En el pasillo, la joven que forcejeaba con él para no subirse al coche padece un ataque de nervios. Pide a gritos que no llamen a su padre, que no quiere que lo despierten por un incidente tan nimio. Se llama Yóshiko Matsui y es la hija del embajador de Japón en España.

Moura ha investigado la matrícula del Citroën: el vehículo está adscrito a la embajada japonesa. El comisario Arnedo ha sido informado de los hechos y está de camino. Moura cree que la llamada le ha molestado mucho.

—Sabemos que eres el escolta de la hija del embajador japonés —empieza diciendo Sofía.

Ha entrado con un café en un vaso de plástico, muy cargado. Las hormonas le provocan mucha somnolencia y ya es tarde. El del pendiente la mira en silencio.

—El embajador está en camino, va a confirmar punto por punto lo que yo te estoy contando. No tiene sentido que te quedes callado.

—Está claro que me voy al paro —dice el hombre.

—¿Por qué te has dado a la fuga? —pregunta Sofía—. ¿Querías hacerme correr?

El detenido mira el vaso de café. Es su forma de insinuar que a él no le han ofrecido nada de beber.

—Sabemos que tienes antecedentes policiales por pasar droga en la puerta de una discoteca.

—¿Me vas a ofrecer un trato?

—Yo no tengo ningún trato que ofrecer. Solo te estoy haciendo preguntas muy fáciles de contestar.

—Vamos, que tiene que salir de mí.
—¿Cómo dices?
—El trato. Si no lo planteas tú, lo hago yo.
—¿Tú crees que estás en disposición de ofrecer un trato?
—Salgo libre y sin cargos y os doy nombres de gente que lo está petando con el trapicheo. Nombres gordos.
Sofía se lo queda mirando. Lo que ese hombre dice le puede interesar mucho a la Brigada de Estupefacientes. Le pasará un folio para que anote esos nombres. Pero todavía no.
—Solo quiero que me digas por qué me has hecho vomitar por las esquinas.
—Creía que los policías estabais bien preparados.
—Yo también lo creía.
El hombre se permite una sonrisa.
—He vuelto al tajo. Poca cosa, un trapis por aquí y otro por allá. Pero estoy marcado, si me coge un juez cabrón, me voy al talego.
—¿Por qué querías meter a la chica en el coche a la fuerza?
—Porque si no es a la fuerza, no entra. A esa chica le gusta quemar la noche. Y yo quería irme a dormir.
—¿Un escolta puede hacer eso? Que yo sepa, tu trabajo es seguir a la chica el tiempo que haga falta.
—Hay muchos tipos de escolta. Yo no soy de los que le ríen las gracias a la niña de los cojones.
—¿Cómo es posible que la embajada de Japón contrate a un escolta con antecedentes policiales?
—Pregúnteselo a ellos. A lo mejor les parecí guapo que te cagas.
—No eres guapo —dice Sofía, y el escolta hace el gesto de que le han clavado un dardo en el corazón—. Y te has metido en un buen lío, gilipollas. Así que deja de hacer el imbécil.
Sofía ordena que lo bajen al calabozo. Le pasará el caso a la Brigada de Estupefacientes para que le expriman hasta

la última gota. Pero sabe que ese hombre no pinta nada en el caso que está investigando.

Cuando sale al pasillo, se topa con Estévez.

—Tu padre está en la calle. Libertad con cargos.

Sofía intenta digerir la información que el otro le suelta así, de sopetón. ¿Su padre en la calle? ¿Tan pronto, después de haber matado a un hombre?

—No puede ser. ¿Qué juez le ha tocado?

—Jueza. Colmenares, es de las duras.

—No lo parece.

—Nos ha pedido que investiguemos el entorno de la víctima y cerremos el caso. Pura rutina.

—¿Ha señalado el día del juicio?

—No, pero visto lo visto, será un paseo triunfal para tu padre. Con tambores y cornetas.

—Veo que la jueza se ha dejado impresionar por las condecoraciones.

—Más bien por la edad y por sus problemas de corazón.

—¿Problemas de corazón?

Estévez no contesta enseguida, se queda esperando para ver si ella está hablando en broma. Pero comprende que no, que Sofía no está al tanto.

—Le pusieron un triple *by-pass* hace cinco meses. ¿No lo sabías?

—Primera noticia.

—Los disgustos que le das, Luna. Lo vas a mandar a la tumba.

—Gracias, eres muy amable.

—Me voy a dormir —dice Estévez, y añade mientras se está yendo—: Pasa el domingo con él, coño, que no cuesta nada. Invítale a una paella.

La última frase casi no se oye, Estévez la dice al tiempo que empuja la puerta de cristal. Pero Sofía sabe que es una frase venenosa.

—No sabes cómo te entiendo.

Sofía se gira hacia esa voz que suena a su espalda. Es una voz frágil, con acento extranjero, dulce como la de una niña. Yóshiko está sentada en uno de los asientos del pasillo, anclados a la pared. Ha escuchado toda la conversación.

—Yo tampoco me hablo con mi padre.

Lo dice y se sopla en la muñeca izquierda, que está muy roja.

—¿Te ha hecho daño?

—Un poco. Luis tiene la mano muy fuerte.

—Y unos modales demasiado agresivos.

—Él es así, pero es majo.

—¿Te parece normal que un escolta te meta en el coche a empujones?

Ella se encoge de hombros, como si estuviera acostumbrada a esa clase de violencia.

—¿Qué le va a pasar?

—¿Te preocupa mucho?

—Me gustaría que le soltarais. No quiero que se meta en un lío por mi culpa.

—No es culpa tuya, te lo aseguro.

Yóshiko extiende el brazo derecho hacia Sofía.

—Apriétame la muñeca.

Como ve que la inspectora no se mueve, la anima con un gesto.

—Venga, no hace falta que sea muy fuerte.

—No te voy a apretar la muñeca.

—Bueno, pues lo hago yo —se la aprieta y muestra el resultado—. Mira. Se me pone roja. Yo soy muy delicada, me salen moratones todos los días. Debo de tener algún problema con la circulación de la sangre.

La joven se levanta la falda para dejar al descubierto un hematoma en uno de los muslos.

—Este me salió el otro día y ni siquiera sé cómo me lo hice.

—¿Dónde está la subinspectora Manzanedo?

—¿La mujer que estaba contigo antes? Me ha dicho que ahora iba a venir mi padre y se ha ido. Creo que no le caigo muy bien.

—¿Por qué crees eso?

—Lo noto. Yo pongo nerviosa a la gente.

—Si te levantas la falda en medio del pasillo, es normal que la gente se ponga nerviosa.

—Tú no.

Sofía piensa en el cóctel de pastillas que se toma a diario. En el aletargamiento que le provoca.

—Lo mío no tiene mérito, te lo aseguro.

—Ni se te ocurra invitar a una paella a tu padre. No hagas caso a tu compañero.

—No le voy a hacer caso.

—Es mentira que tengamos que llevarnos bien con nuestros padres. De verdad, no sé por qué todo el mundo dice eso.

Sofía contempla a la chica, tan desvalida. Se sienta a su lado.

—Hombre, es mejor llevarse bien, ¿no crees? Sobre todo si pasas mucho tiempo con ellos.

—Pero no los hemos elegido. Mis padres no son mis amigos. Y actúan como si les molestara que yo sea feliz.

—Con el tiempo comprenderás que las normas que te ponían eran por tu bien.

—Mi padre no ha jugado conmigo ni una sola vez. Yo creo que ha tenido una hija por imposición social. Porque cree que eso es lo que hay que hacer para que te acepten los demás.

—No seas tan dura con él.

—¿Tú tienes hijos?

—Tengo uno. Es de tu edad.

—¿Jugabas con él cuando era pequeño?

Sofía sonríe al recordar esos años. Le daba baños muy largos a Dani. Ponía unos patitos de goma en el borde de la bañera y montaba escenas divertidas. También le gustaba tumbarse en la alfombra para estar a la altura del niño cuando empezaba a gatear.

—Sí, yo era muy juguetón.

—¿Juguetón? Será juguetona.

Corregido el lapsus, Yóshiko se queda sonriente. Y Sofía reprime el deseo de darle un beso sonoro en la mejilla. Esa japonesa extraña, que actúa con aire infantil y que muestra su desamparo, acaba de poner un sello en su pasaporte de mujer. No sabe que él era un hombre cuando Dani era pequeño. No sabe que ha sido un padre y no una madre. Y se siente muy feliz al confrontar su transformación con el mundo y notar que nada chirría.

—Claro, juguetona —concede.

—¿Y tu hijo se sentía querido?

—Sí, todo el rato.

—Pues entonces eres una buena madre.

Se pone triste al decirlo. Por un momento da la impresión de que se va a echar a llorar, pero Sofía se da cuenta de que no es así. Está entera, es más fuerte de lo que parece, le gusta fingir, darse un paseo por el lado de la tristeza y comprobar el efecto que eso causa en los demás.

—No aparentas tener dieciocho años.

—Es por el gen japonés, nos hace parecer más jóvenes a todos. Pero los tengo, a mis padres se lo recuerdo todo el rato. Que soy mayor de edad y puedo hacer lo que me dé la gana.

—¿Y lo haces?

—Más o menos. Les amenazo con irme de casa, pero luego no me atrevo. ¿Tú qué harías en mi lugar?

—Yo intentaría llevarme bien con mis padres.

—Con el tuyo no te salió bien.

—No me salió bien, no. Pero me da pena.

—¿No crees que debería salir del nido y vivir mi vida?

—Yo creo que todavía eres una niña.

—Me podría enfadar muchísimo contigo por decir eso. Pero creo que tienes razón. Todavía soy una niña.

El comisario Arnedo se acerca por el pasillo. Lanza una mirada a Sofía, que puede ser de gratitud por ocuparse de la joven y también de reproche por llenarle la cabeza de pájaros. Pero para eso tendría que haber escuchado la conversación, cosa que no ha hecho.

—Tu padre está aquí —dice.

Yóshiko suspira. Pone la mano en la rodilla de Sofía.

—Se acabó lo que se daba. Gracias.

—¿Gracias por qué?

No responde. Se levanta y se deja guiar por Arnedo, que le tiende el brazo. Antes de cruzar la puerta de cristal, Yóshiko se gira hacia Sofía y se despide de ella con la mano.

9.

Bárbara Lanau odia a Estévez varias veces al día. Esta es una de ellas, la primera del día, cuando él entra en su despacho quejándose del encargo de la jueza.

—Investigad el entorno de la víctima y ya está. Caso cerrado. ¿Qué cojones se ha creído esta tía, que hacemos magia?

—Vamos a esperar los resultados de la necrorreseña, Estévez.

—Ya hay resultados: cero coincidencias. El muerto no estaba fichado.

Mala suerte. Lo normal es que un atracador tenga antecedentes policiales y su huella digital coincida con una del archivo. Habría sido la vía más rápida para identificarle.

—Puede que algún familiar denuncie su desaparición —sugiere Lanau.

—De momento nadie lo ha hecho. Y han pasado dos días.

—Es pronto.

—Para nosotros es tarde. Arnedo quiere un informe mañana.

—¿Y cómo pretende que lo hagamos?

—Pues eso, haciendo magia. ¿Yo qué coño sé? Ocúpate tú, anda.

Ya está, ya lo ha dicho. Se quita de en medio haciendo valer su jerarquía. Y de paso desmiente de un plumazo la frase de que los dos son iguales, un equipo que funciona como un reloj bien engrasado porque no hay jefes ni subordinados. Ahora es ella y solo ella quien tiene que investigar el entorno de una víctima sin identificar. Tiene que perder el día con una investigación rutinaria y encima luego Estévez se colgará la medalla.

¿Por dónde empieza?

Por las fotos del muerto. No son las más agradables para enseñar por aquí y por allá, pero no hay otras. Por suerte, el coronel Luna le metió la bala en el pecho y no en pleno rostro; en ese caso ni siquiera tendría fotos que mostrar.

El segundo paso es hablar con el médico forense. Un cadáver da mucha información, dice siempre, solo hay que saber descifrarla. Y tiene razón. El muerto es un hombre joven y muy musculado. Se han encontrado restos de anabolizantes en su sangre. Es probable que sea socio de algún gimnasio. Ahora solo queda la parte más bonita del día: patearse la ciudad de gimnasio en gimnasio, con la foto del muerto, para ver si alguien le reconoce.

Organiza la búsqueda por capas, partiendo del parking de Rosales, donde se produjo su muerte. Si a esas horas de la noche andaba por ahí, a la caza de una víctima a la que atracar, podría ser su barrio.

Tiene suerte: el tercer gimnasio que visita está en la calle Maestro Victoria, junto a la plaza de España. Una monitora que atiende la recepción identifica al hombre de la foto. Busca su ficha y en pocos segundos la tiene en la mano. José Ignacio Laín Dorado. Una foto tamaño carné despeja todas las dudas: es él. En la ficha figura un número de teléfono y una dirección.

Lanau aprovecha para interrogar a la monitora. ¿Con qué frecuencia acudía al gimnasio? ¿Con quién se relacionaba? ¿Algún incidente reseñable?

Nada. Un joven que iba a machacarse al gimnasio. Siempre solo, pero era simpático. Hablaba con unos y con otros.

Animada, la subinspectora llama a Estévez, le cuenta lo que ha descubierto y le dicta el número de teléfono. Tal vez pueda pedir una autorización a la jueza para hacer un barrido de llamadas y mensajes.

—No te pases, querida. Nos han pedido una investigación de rutina.

—Perdón, pensé que a lo mejor te apetecía trabajar un poco.

—No pienses tanto.

Cuelga. Odia a Estévez por segunda vez en el mismo día y se dirige a la dirección que figura en la ficha. No está lejos del gimnasio, es un piso en la calle Amaniel. Como nadie responde al telefonillo, decide hacer tiempo tomando un café en la plaza de las Comendadoras en la idea de que a la hora de comer podría haber alguien en el piso. Y así es. Contesta una voz femenina. Lanau se presenta como policía, tiene que hacerle unas preguntas. Tras un silencio prolongado, suena el timbre que abre la puerta. Es un tercero sin ascensor.

La puerta del piso está abierta y una joven con una camiseta que le llega hasta las rodillas aguarda al otro lado con expresión de alarma. Lanau entra. El piso es pequeño y soleado, un ventilador lo refresca a duras penas. En la mesa baja del salón hay una ensalada oriental en un cuenco. La joven estaba comiendo. Es actriz. Conoce a José Ignacio, fueron compañeros de piso hace dos años.

—Hace mucho que no sé nada de ellos —dice.

¿De ellos? Sí, eran dos. Dos hermanos. Querían ser actores. Los conoció en un taller de interpretación, el de Corazza. Uno de los más prestigiosos. Compartieron ese piso durante un año, ella y los dos hermanos. El mayor se llamaba Arturo. El pequeño, José Ignacio. Tuvo problemas con ellos porque no pagaban el alquiler. Hasta que por fin se marcharon, no sabe adónde.

Lanau está lanzada, ahora se dirige al taller de Corazza. Clases de interpretación. Allí consigue las fichas de los dos hermanos. Son muy parecidos. ¿Gemelos? No, se llevan dos años. No consigue información relevante, más allá de que eran dos actores mediocres.

Como no quiere más bufidos de Estévez, llama a Caridad a la Brigada y le pide que investigue la filiación de José Ignacio Laín Dorado. Caridad es rápida y eficaz en ese tipo de trabajos. Media hora después del encargo, tiene todos los datos. La madre murió cuando eran niños, el padre vive en un pueblo de Córdoba.

Hablan con él y el hombre confirma que sus hijos se fueron a Madrid para estudiar interpretación. Querían ser actores. Lo dice con vergüenza, dando a entender que la decisión provocó un cisma familiar en su momento. Así parece ser, pues ninguno de los dos ha mantenido mucho contacto con su padre. Fueron a verle unas navidades y desde entonces nada más allá de algún mensaje telefónico preguntándole qué tal iba todo. Pese a la distancia que se ha instalado entre ellos desde hace años, el hombre se pone a llorar al teléfono al enterarse de que su hijo ha fallecido. Cuando se recompone, dice que irá al día siguiente a Madrid para hacerse cargo del cuerpo.

Antes de sentarse a redactar el informe, Lanau curiosea en las redes sociales de los hermanos. Muy activos en Facebook, como todos los actores. Fotos con el torso desnudo, fotos recién salidos de la ducha, fotos en la cama, insinuantes. Un despliegue de sus posibilidades físicas para quien pudiera interesarle. En Twitter no encuentra gran cosa.

Lo más chocante está en Instagram. Entre las muchas fotos de José Ignacio comiéndose un helado, jugando con un gato, entrando en el teatro o montando en bicicleta, hay una en la que aparece tomando un Martini con una señora muy elegante de unos setenta años. Da la impresión de ser un gigoló.

Entra en páginas de gigolós, de escorts, de acompañantes de lujo... Pasa dos horas viendo perfiles y navegando de una web a otra. Y por fin los encuentra. Los dos hermanos cordobeses, como gemelos, vestidos con un tanga por toda ropa y sonriendo a la cámara con expresión juguetona. Arturo y René. Así se anuncian. El mayor mantiene su nombre de pila, José Ignacio se esconde tras un seudónimo. Pero son ellos.

Le enseña las fotos a Estévez y le cuenta las novedades: son gigolós.

—Pues que les aproveche. ¿Has redactado el informe?

—Todavía no.

—Hazlo. Arnedo está de mal humor, se ve que su mujer no folla.

—¿No te parece raro que un gigoló se dedique a dar palos por ahí?

—Ni me lo planteo, Bárbara. La gente es rara.

—Parecen dos negocios diferentes. O eres gigoló o eres chorizo. Pero las dos cosas...

—Puedes ser gigoló, chorizo y además un hijo de puta. Tres cosas. O cuatro. No te preocupes, de verdad, haz el informe y olvídate del tema.

—Como quieras.

Lanau está a punto de salir del despacho. Estévez la llama y se gira hacia él.

—Buen trabajo, compañera.

Ella esboza una sonrisa desganada. Odia a Estévez por tercera vez ese día. Se sienta ante su ordenador, en la sala común, y abre un documento para elaborar el informe. Empieza a escribir. Borra. Se siente torpe. Suele ser muy rápida a la hora de redactar este tipo de escritos. Al tercer intento fallido comprende que está pasando algo anómalo. En su interior hay un runrún que no puede seguir desoyendo.

Doble clic en la página de Arturo y René, gigolós cordobeses, ojos azules. Pide una cita con ellos.

10.

Javier Monleón, treinta y dos años. Los siete últimos los ha pasado trabajando en el departamento de Seguridad de La Zarzuela. Ha sido escolta de la princesa de Asturias y de su hermana Sofía. Su hoja de servicio es impecable. No hay faltas de puntualidad, no hay quejas, no hay una palabra inadecuada.

Toshihiko repasa su currículum y las cartas de recomendación que le han enviado desde la oficina de Protocolo. Ha pedido ayuda a un amigo para encontrar al mejor candidato posible para cubrir el puesto de escolta. Ojos marrones, uno setenta de estatura, complexión atlética.

Después de siete años se cumple un ciclo y se produce una rotación en los puestos de seguridad. Es una forma de evitar la falta de atención derivada del desgaste. Las funciones de vigilancia y custodia son fundamentales, pero también monótonas.

Por eso está disponible Javier Monleón. Soltero, aficionado a la lectura. Vive en un piso en el barrio de Cuzco.

Anuncian por línea interna la llegada del escolta. El embajador pide que le hagan pasar. Se ajusta la corbata y se levanta. Prefiere recibirle de pie. Javier Monleón avanza hacia el señor Matsui con decisión y le estrecha la mano con fuerza; transmite firmeza y seguridad. Mira a los ojos al hablar. Contesta exactamente a lo que se le pregunta, sin divagaciones. Es un hombre educado y correcto en la forma de vestir, de sentarse, de gesticular.

El embajador le pregunta por su relación con las hijas de los reyes.

—Son unas niñas estupendas —se limita a contestar.

Es un hombre discreto, no se da aires de superioridad. El embajador le pregunta por sus lecturas favoritas.

—Tolstoi, Dostoievski, Stendhal.

No menciona ningún autor japonés. No busca halagar. Le gusta ese hombre, pero corre un riesgo al contratarle. Para él, que ha custodiado a la princesa de Asturias y a su hermana, ocuparse de la hija del embajador japonés puede parecer una tarea menor. Es importante hacerle comprender la dificultad del trabajo.

—Mi hija Yóshiko tiene dieciocho años y sale por las noches hasta altas horas. Es inmadura, caprichosa y rebelde.

Hace una pausa por si Javier quiere comentar algo sobre la personalidad de la joven que tiene que vigilar. No lo hace. Guarda silencio, como si estuviera procesando la información.

—No quiere tener escolta, de manera que le va a recibir con el gesto torcido.

—Estoy acostumbrado.

—A veces se comportará con hostilidad y con grosería. Pero también puede ser descarada y zalamera. Es posible que trate de intimar con usted para convertirle en su aliado. No debe entrar en sus provocaciones.

—En mi opinión, un escolta no debe ser un amigo.

—Eso mismo pienso yo. ¿Tiene alguna pregunta antes de conocer a mi hija?

—¿Cómo debo vestir para desempeñar mi trabajo? Si sale mucho por las noches, puedo llamar demasiado la atención con un traje y una corbata.

—Puede vestir ropa informal —descuelga el auricular—. Dígale a mi hija que venga, por favor.

Cuelga. Se frota el puente de la nariz. Bebe un trago de agua. Le pone nervioso la inminente aparición de Yóshiko.

—Tengo otra pregunta —dice el escolta.

—Adelante.

—¿Me va a pedir usted información sobre lo que hace su hija por las noches?

—No lo había pensado, pero no estaría de más que me la diera.

—En mi opinión, sí estaría de más. No me lo tome a mal, pero yo creo que en mi trabajo la discreción es muy importante. Y estaría faltando a ese principio si me convirtiera en un espía.

El embajador se queda en silencio unos segundos.

—Comprendo —dice—. No me informe, entonces. Limítese a cuidar de la niña, con su vida, si hace falta.

—Eso no lo dude, señor.

La puerta se abre y Javier reprime el deseo de girarse hacia la recién llegada. Se mantiene en su sitio y aguarda a que la joven entre en su campo de visión.

—Pasa, hija.

Yóshiko viene descalza y despeinada.

—Te presento a Javier Monleón, tu nuevo escolta.

Javier extiende la mano para saludar a Yóshiko.

—Encantado.

Ella le da la mano con languidez. Le mira con desgana.

—¿Y esa cicatriz?

Se refiere a una marca que tiene el escolta en el nacimiento del pelo.

—Me caí de un tobogán cuando era un niño.

—Es guapo. El más guapo de los cuatro que he tenido.

—Eso es irrelevante, hija.

—Para mí no. Si voy a estar con él todo el día, mejor que sea guapo.

—Quiero dejar claras algunas normas ahora que estáis los dos aquí —dice Toshihiko—. Javier no es tu chófer. Si quieres ir a algún sitio, vas por tus medios. Él te seguirá en el coche de la embajada.

Yóshiko sonríe con sorna.

—Tampoco es tu criado. No le puedes pedir nada. Ninguna gestión. Si quieres comprar tabaco, vas tú; si quieres cambiar un vestido de talla, vas tú; si quieres un helado, vas tú. Él te seguirá. ¿Está claro?

—Está clarísimo.

—Y lo más importante, hija. Javier no es tu amigo. No puedes hablar con él. No puedes preguntarle nada, no puedes intentar mantener una relación cordial.

—Qué bien nos lo vamos a pasar —dice Yóshiko mirando al escolta.

—Javier tiene órdenes de mantenerse siempre en silencio. Te recomiendo que actúes como si él no existiera.

—Para eso tendría que hacerse invisible. No es fácil actuar con naturalidad sabiendo que tengo a un espía detrás.

El embajador cruza una mirada con Javier, que se mantiene serio y aguanta el chaparrón con calma.

—¿Un espía? Quiero que sepas que le he pedido a Javier que además de vigilarte me informe de tus movimientos. Y él me ha dicho que no piensa hacer tal cosa, porque su trabajo no es hacer de chivato.

—Oh, qué maravilla de respuesta. Estoy conmovida —se toca el corazón con el puño sin el menor énfasis—. ¿Me puedo ir ya?

El embajador asiente.

—¿Qué le ha parecido? —pregunta cuando se quedan solos.

—Es difícil sacar conclusiones.

—Solo le estoy pidiendo una primera impresión.

—Es joven, tiene dieciocho años y detesta la tutela de su padre. Es normal.

—No quiero que piense que mi hija es normal, porque no lo es. Quiero que piense que este es el trabajo más difícil al que se va a enfrentar en toda su vida. ¿Lo entiende?

El tono del embajador ha pasado de lo cordial a lo imperativo. Javier se obliga a ser cauto.

—El primer escolta dimitió porque mi hija intentó seducirlo. Al segundo lo volvió loco con sus caprichos, le encargaba recados y le daba esquinazo una y otra vez. Con el tercero se iba a dar paseos en coche y la cosa acabó fatal, no voy a entrar en detalles. Usted es el cuarto. Y yo ya no puedo más.

11.

A las siete de la tarde todavía hay más de treinta grados de temperatura. Lanau se muere de calor. Por suerte, a la calle Libertad no le da el sol a esas horas. Llama al telefonillo del número seis, donde la han citado. Nadie responde. Es raro. Se cuestiona si no debería marcharse. Se está metiendo demasiado en lo que debería ser una simple investigación de rutina. Sonríe al pensar que lo que ella está haciendo es algo así como una huelga japonesa: trabajar de más como método de protesta.

Una señora sale del inmueble tirando de un carrito para hacer la compra y Lanau aprovecha para entrar. Sube un piso y llama al timbre del primero derecha. Alguien abre la puerta sin quitar la cadena. Unos ojos pintados de negro la observan.

—Soy Bárbara, he quedado aquí con Arturo y René.

Le cierran la puerta en las narices. Es como si hubiera pronunciado dos nombres prohibidos. Pero no: acto seguido se oye el ruido de la cadena rascando el carril. El joven está quitándola y a continuación abre de par en par. No tiene más de veinte años. El pelo muy corto, un aro en la ceja izquierda, el pecho desnudo adornado por un collar de cuentas. La única prenda de vestir que lleva puesta es un calzoncillo tan exiguo que parece un taparrabos. Lanau disimula el asco que le causa el chapero y se pregunta si alguna vez en su vida ha visto a una persona tan delgada.

—Hola, bonita. Llegas muy tarde.

Habla a base de susurros y el efecto es grotesco.

—Hemos quedado a las siete.

—Me he dormido mientras te esperaba. ¿Quieres beber algo?

—No quiero nada.

—Quieres ir al grano. Muy bien. Espera aquí. Enseguida estoy.

El joven se pierde por el pasillo y ella se sienta en la única silla que hay en el recibidor. En una mesita reposan un jarrón de flores y un platito con caramelos. En la pared se ven fotografías de actores americanos de los años sesenta. No los reconoce. Kirk Douglas, quizá. O Burt Lancaster. Con el torso desnudo, en poses que podrían excitar a una mujer cachonda que busca un poco de sexo.

—Ven, cariño.

De nuevo la voz susurrante. Se levanta, se deja conducir por el pasillo hasta una habitación espartana. Una cama, una mesilla con una caja de condones, un bote de vaselina y una botella de aceite. En el techo, una luz violeta. Una puerta comunica con un cuarto de baño.

—¿Te quieres dar una ducha?

—Tú no eres el de la foto —dice Lanau.

—Me puedo duchar contigo, si quieres. ¿O prefieres que te folle directamente?

—Yo creía que iba a follar con Arturo o con René. Los que salen en la web.

—Yo soy mejor que Arturo y que René. Ya lo verás. No te voy a defraudar.

—¿Dónde están?

—Están ocupados.

—No me importa esperar.

—Eres preciosa —dice tocándole el pelo—. Eres la mujer más guapa que he visto en mi vida.

—Yo pago para estar con Arturo o con René. Dime cuánto tengo que esperar para poder estar con uno de los dos.

—Eso nunca se sabe. Vas a estar mejor conmigo, cariño. Mira qué polla tengo.

Se saca la polla. Es larga, pero no está erecta. Le cuelga en diagonal.

—Pero ¿vienen de vez en cuando o no?

—Eso te lo voy a decir al oído.

Introduce una bocanada de aire caliente en el oído derecho de ella. Quiere parecer un hombre muy excitado, incapaz de esperar más. Le muerde la oreja.

—Cógeme la polla.

Guía la mano de Lanau hacia su polla. Ella le agarra los huevos y los aprieta con fuerza. El joven suelta un aullido.

—¿Dónde está Arturo?

—Suéltame, coño, que me haces daño.

Lanau aprieta con más fuerza. El hombre es tan liviano que casi lo levanta del suelo tirando de los testículos hacia arriba.

—O me dices dónde está Arturo o te reviento los huevos.

—¿Eres policía?

Le sale un gallo al hacer la pregunta. Se le saltan las lágrimas de dolor.

—¿Dónde vive?

—No lo sé.

Aprieta más fuerte y a la vez lo estampa contra la pared.

—¿Dónde puedo encontrarlo?

—No lo sé. Va mucho por la Joy. Pero no sé más.

Alguien golpea a Lanau en la cabeza. Al sentir el golpe se gira, como si pudiera enfrentarse al agresor. Se le nubla la vista y apenas logra ver los pelos enmarañados de un pecho que asoman por una camisa de flores. Un segundo culatazo la derriba. El chapero se agarra los huevos, se acuclilla, se levanta. No encuentra una postura para mitigar el dolor. También él recibe un culatazo en la cabeza.

—Esto por decir dónde está Arturo.

El hombre pasa de los cincuenta y sus brazos están surcados por tatuajes. Tiene cara de dormido y el pelo revuelto. Los gritos del chapero le han despertado de la siesta.

—Me estaba haciendo mucho daño.

El otro levanta la mano con la que empuña una pistola enorme y el chapero se acurruca contra la pared para protegerse del golpe. Pero el golpe no llega, solo la amenaza.

—Cállate. Cállate la puta boca o te mato a hostias.

El chapero se pone a llorar. El recién llegado se fija en la mujer, hecha un ovillo en el suelo. Le retira un mechón con la boca de la pistola, para verle mejor la cara.

—¿Es policía?

—No lo sé.

El hombre asiente para sí.

—¿Ahora qué hacemos con ella? ¿Eh?

El chapero no contesta. Sigue en posición defensiva, con el brazo delante de la cara para evitar un posible golpe. Está muerto de miedo.

—¿Qué diría Arturo si le llamamos para preguntarle? ¿Tú qué crees?

—No lo sé...

—Diría que hay que matarla. Eso diría.

El chapero tiembla. Daría cualquier cosa por salir de allí y respirar el aire del verano.

—Yo la mato y tú te deshaces del cadáver. ¿Te parece bien?

—Déjame que me vaya, por favor.

—O al revés. La matas tú y yo me encargo del cadáver. Toma.

Le tiende la pistola. El chapero se limpia con el dorso de la mano unos mocos que le salen por la nariz.

—¡Mátala tú! —grita el chapero con saña—. Tú la matas y yo el cadáver.

El hombre sonríe con desprecio y amartilla el arma.

Hay días en los que Estévez odia a Bárbara Lanau por su mala disposición o por su rebeldía. En estos momentos la odia porque no responde al móvil. ¿Dónde está el informe que le ha pedido? Debería haberlo redactado con los datos que tenían a su disposición, una faena de aliño para salir del paso.

No lo encuentra. No está en la mesa de su despacho, donde ella le suele dejar los informes. No está en la bandeja de su correo electrónico, donde podría haberlo soltado, así, sin imprimir, como forma de protesta por una tarea que no le apetecía realizar.

Son las siete y media de la tarde y Estévez ya debería estar en su casa. La mujer colombiana que cuida de su padre le ha rogado puntualidad porque tiene hora con el médico. Lleva tres meses esperando esa cita y no la quiere perder.

Pero Estévez no se puede ir hasta que no encuentre el informe sobre la víctima del caso Gerardo Luna. La jueza lo reclama, tiene prisa por zanjar el tema y ha llamado al comisario Arnedo para preguntar si ya está listo.

Estévez abre el ordenador de su compañera y busca los archivos recientes en Word. Encuentra un esbozo del informe: «La víctima, José Ignacio Laín Dorado, nació en Córdoba y allí vivió hasta que decidió trasladarse a Madrid para perseguir su sueño de ser actor. No lo consiguió. Es posible que esta frustración o la necesidad de dinero le empujaran a dedicarse a la prostitución».

Ahí se interrumpe el texto. Demasiado escueto para un informe. No está firmado, no se mencionan las fuentes de la investigación, no se adjuntan datos relevantes como la existencia de un padre y de un hermano, o el impago de varias mensualidades en un piso de alquiler. No es propio de ella dejar un informe a medias, a menos que no hubiera cerrado todavía sus pesquisas.

Rastrea el navegador. Encuentra las páginas de gigolós. Encuentra el contacto con Arturo y René. Llama al teléfono que figura en la web. Nadie responde. Llama a Lanau una vez y otra y otra. Nada. Encarga a Caridad que averigüe la dirección de esos gigolós, necesita saber dónde reciben a sus clientes. Que peine la web, que busque comentarios, que frote una bola de adivinación, lo que sea. Quiere ese dato ya.

Está nervioso, no entiende por qué no responde a sus llamadas. Se le ocurre que tal vez esté enfadada con él y esa sea su forma infantil de demostrarlo. Encarga a Moura que la llame desde su móvil. Tampoco recibe respuesta.

Trata de mantener la calma. Todo indica que ella ha seguido investigando y ha pedido una cita con Arturo y René porque quiere hablar con el hermano vivo. Un buen trabajo policial, sin duda. Pero una desobediencia en toda regla. Él le pidió que no lo hiciera. Ahora estará interrogando al hermano. Tal vez se esté dando el gustazo de un polvo cósmico, piensa. No es su estilo, pero quién sabe.

Suena el teléfono de su despacho. Corre a cogerlo. Es Arnedo, quiere el informe ya. Suena el móvil de Estévez. Deja al comisario con la palabra en la boca y se lanza a mirar quién llama. Es la cuidadora de su padre. Dice que se tiene que ir, que llega tarde al médico. Que su padre ha vomitado y no sabe qué hacer.

Estévez duda. En veinte minutos podría redactar el informe y dejar a Arnedo contento, pero no tiene tiempo. Su padre se encuentra mal y la cuidadora está nerviosa. Y Lanau no da señales de vida. Su cabeza funciona como un torbellino, estableciendo las prioridades. La experiencia le dice que las prisas de Arnedo son relativas, que no pasa nada por redactar el informe al día siguiente. Bárbara lleva todo el día enseñando su mal humor y haciendo ostentación de su enfado. Puede estar en el cine o en un baño turco. Y su padre le necesita.

Pregunta a Caridad si ha averiguado la dirección de los gigolós.

—Es en Chueca, eso seguro —dice ella—. Mira este comentario en la web.

—No tengo tiempo, hazme un resumen.

—«Hermanos viciosos en el barrio gay de Madrid. Una pasada.»

—¿Eso es todo?

—Hay algo más. «Una mamada escuchando la música del café concierto. Algo así debe de ser la felicidad.»

—Hay muchos cafés conciertos en Chueca.

—No he encontrado nada más.

—Sigue buscando. Si averiguas la dirección, manda una patrulla. Llama a Lanau todo el rato. Si hay novedades, me avisas.

La última frase la dice desde el pasillo. Corre hasta su coche, conduce lo más rápido que puede. Se desespera por el tráfico. Detecta el nacimiento de la ira dentro de sí y trata de serenarse. Conoce muy bien el ciclo, ha tenido problemas otras veces por sus conatos de agresividad. Respira hondo, piensa en Lanau. No está en el cine, no está en un baño turco.

Pero no sabe dónde está y además tiene que ocuparse de su padre.

Cuando llega a casa, lo encuentra en el sillón azul, dormido. Un reguero de vómito desciende desde la comisura de los labios hasta el babero, que está asqueroso. Los labios resecos, la respiración muy tenue. Un principio de deshidratación.

Jeannette se ha ido. El ventilador está mal orientado y al viejo no le llega nada de aire. Estévez le toma el pulso. Le parece que es débil. Se lo toma otra vez: le parece que es regular. No sabe. Intenta despertar a su padre dándole bofetaditas. Otras veces da resultado esa maniobra, pero ahora no. Le limpia el vómito con un trapo que hay en el brazo del sillón. Le moja los labios con un vaso de agua. Su padre no se mueve. Está desencajado por el calor, la piel se ha vuelto muy pálida. No queda nada del rubor que tenía por la mañana.

Le acerca el ventilador, los cuatro pelos del viejo baten al aire como los hilos de ceniza de una hoguera. No reacciona.

Estévez pide una ambulancia. Llama al móvil de la cuidadora colombiana, no sabe si para preguntarle si su padre se ha tomado las pastillas o para abroncarla. No hay respuesta.

Los sanitarios llegan al cabo de veinte minutos. Evalúan al enfermo. Estévez les pone al día: le dieron quimioterapia la semana pasada, siempre le sienta muy mal, hace un año y medio le extirparon el estómago, el cáncer se le ha reproducido y afecta al hígado y al páncreas.

Le ponen una mascarilla de oxígeno, lo pasan a una silla de ruedas y lo bajan a la ambulancia. Le ingresan en el Clínico.

Estévez aguarda noticias en la sala de espera. Llama a Caridad para ver si ha averiguado algo más.

—La dirección no aparece en ningún sitio. He llamado al teléfono de contacto, pero no lo cogen.

—¿Algo de Lanau?

—Nada, tampoco lo coge.

—Joder...

—Aunque... No sé, igual es una tontería.

—¿El qué? Dime, Caridad, lo que sea. ¿En qué estás pensando?

—En la web de los hermanos gigolós. Arturo y René, Sexo en Libertad. Dice eso. Y la palabra *libertad* con ele mayúscula.

—¿Y qué?

—Que a lo mejor es el nombre de la calle. Hay un café concierto en Libertad, 8. Es muy famoso, he ido alguna vez.

Estévez considera la pista durante unos segundos. No sabe si es por la desesperación, pero le parece buena.

—Manda una patrulla y que pregunten por allí.

Cuelga. Pasea por la sala de espera. No es capaz de quedarse sentado. Sale a la calle a fumar un cigarrillo mientras piensa en su padre. Los sanitarios han pasado el testigo al personal de urgencias y han hablado de deshidratación y crisis respiratoria. Ese es el cuadro médico que les han transmitido. Una crisis respiratoria. ¿Por el calor o porque la metástasis ha llegado a los pulmones?

Piensa en Arnedo, en las explicaciones que le dará al día siguiente. Piensa en Lanau. Ojalá se esté poniendo morada de follar. Ojalá esté en el cine. Pero no está en el cine. Se lo dicen las tripas.

Se acerca al mostrador de urgencias y pregunta si hay noticias de su padre. No saben nada todavía. El médico saldrá enseguida a informarle. Pasea por la sala de espera. Intenta no fijarse en los rostros de los pacientes. Un hombre muy gordo se sujeta un apósito en la frente. Un anciano de unos noventa años, vestido con una chaqueta de pijama, tiene la boca abierta y la mirada perdida.

Suena el móvil de Estévez. Nota las miradas de reproche de la gente y sale a la calle. Es la cuidadora colombiana. Quiere saber qué tal está su padre, ella se tuvo que ir porque llegaba tarde al médico, lo siente mucho.

—Estás despedida. No vuelvas nunca más.

Cuelga. Está furioso. Se sube a un taxi y pide que le lleven a la calle Libertad. Según se acerca al barrio de Chueca, ve carteles que anuncian el desfile del Orgullo Gay. Un coche patrulla está aparcado en la calle Infantas, justo en el principio de Libertad. Los policías han preguntado en el café, y nadie sabe nada de una casa de citas en ese inmueble, así que han ido puerta por puerta, en el número 8 y en el 10. Nada. Ahora iban a hacerlo en el 6.

Un hombre está abriendo esa puerta y Estévez aprovecha para meterse en el portal. El otro se gira hacia él, sobresaltado, antes de subir el primer tramo de escaleras. Estévez aguarda. No quiere intimidarle, no quiere que piense que le va a asaltar o algo así. Le dejará entrar en su piso y él empezará a llamar a los timbres, comenzando por el último. Pero el rostro del recién llegado, que ha entrevisto un segundo, ha captado su atención. Sube las escaleras y se detiene en el rellano del primero. El hombre es Arturo Laín Dorado, ha visto la fotografía una sola vez, pero es él. En efecto, guarda un gran parecido con su hermano.

Arturo se disponía a entrar en el primero derecha, pero ahora se hace el remolón, finge estar buscando las llaves. Sabe que tiene detrás a Estévez, nota su aliento en la nuca, está esperando que él abra la puerta para entrar en tropel.

—Disculpe —dice el inspector.

Ha decidido intervenir. La mano en la pistola, preparada.

No ve venir el codazo.

Arturo se ha girado muy deprisa y el golpe le acierta en la nariz. De un salto, Arturo salva la altura de la barandilla y se deja caer por el hueco hasta el suelo. Son cuatro metros. Estévez baja tres escalones, los necesarios para ganar un ángulo de visión del portal. Saca la pistola al tiempo que se coloca con la espalda apoyada en la pared, pero solo llega a ver la puerta de la calle cerrándose. Arturo se ha ido.

Estévez vuelve al rellano del primero, se fija en la puerta de la derecha. Es de las viejas. Cede al segundo patadón. Entra con el arma agarrada con las dos manos y gritando que es policía.

Una bala le roza el hombro. No se ha oído la detonación, ha sido un puf muy tenue. Él dispara al bulto. Solo ha visto pasar corriendo a un hombre con tatuajes en los brazos y una pistola en ristre, que ahora huye por el pasillo. Estévez se gira para verificar que no hay nadie a su espalda y en ese instante el gigoló, que estaba acurrucado detrás de la puerta, sale corriendo del piso. Estévez avanza. Hay varias puertas a izquierda y derecha. Abre una de un fuerte embate y entra en posición de ataque, dispuesto a todo. No hay nadie. Una cama, una mesilla con condones, una lámpara. Un aseo adjunto. Entra en el aseo. Un plato de ducha, un sobre de gel, una toalla.

Regresa al pasillo y abre más puertas. Las habitaciones del burdel. El corredor muere en un salón con balcones que dan a un patio interior. Las ventanas abiertas, la cortina inflándose en ondas por la corriente. Estévez se asoma al balcón. Un tejadillo permite descolgarse fácilmente hasta el suelo.

Unos gemidos van ganando presencia. Parecen los esfuerzos penosos de alguien que no puede hablar.

—¿Bárbara? —grita.

Los gemidos se vuelven más apremiantes. Parecen provenir de la habitación más cercana. Concretamente del único aseo que no ha inspeccionado. Lo hace ahora. Lanau está sentada en el plato de la ducha con las manos esposadas, los pies atados por unas correas de cuero. En la boca, un trozo de cinta americana. Sangre en el pelo y una expresión de angustia indecible en la mirada.

Estévez le quita la mordaza y ella empieza a respirar con ansiedad, como si necesitara grandes bocanadas de aire entrando por la boca.

—Ya está, ya está. Tranquila. Ya estás a salvo.

Ella asiente, incapaz de hablar mientras él le busca la brecha. Hay una plasta de sangre coagulada en el pelo, pero parece que ya no sangra.

—No tenemos edad para ir a un boys —dice Estévez.

Ella apoya la cabeza en su pecho, agotada.

12.

Elena Marcos aparece en la Brigada con el diario de Izumi hecho jirones. Su perro se lo ha comido. Sofía no se lo puede creer. Ese diario no debería haber salido de allí, Elena se había comprometido a traducirlo en su casa y a devolverlo intacto.

—Es culpa mía, lo sé. No me acostumbro a la conducta de mi perro. Me digo todos los días que es un perro normal, como si así pudiera conjurar los problemas. Pero no lo es.

Sofía suspira haciendo acopio de paciencia.

—Se come todo lo que se le pone por delante. Los cojines, mis sandalias. Mira.

Se quita una sandalia y muestra la suela mordisqueada.

—¿Te ha dado tiempo a traducirlo?

—Casi entero. Es muy interesante, esa chica tenía un ángel dentro. Pero un ángel triste. Me gusta mucho cómo ve la vida, siempre a través de la lluvia, de la niebla. No hay nada luminoso para ella.

—¿Eso te gusta?

—Bueno, no digo que sea la manera ideal de ver el mundo. Pero me consuela que haya gente como yo, depresiva.

—Vamos, que no hay nada que nos sirva en la investigación.

—Según se mire. Yo creo que Izumi no podía tener enemigos. Una persona así no los tiene. Y eso significa que el asesino no la conocía.

—Eso dificulta la investigación.

—Ya sé que es más fácil atrapar al culpable cuando hay un móvil del que tirar. Pero al final cometerá un error, ¿no decís eso siempre los policías?

—¿Cuántos cadáveres va a dejar por el camino hasta que lo cometa?

—Qué negativa eres, Sofía. Solo intento presentar la falta de novedades como algo positivo.

Sofía guarda el diario en una bolsa de plástico, de las que utilizan para preservar las pruebas. En vista del estado del cuaderno, más parece una bolsa de basura.

Se despide de la traductora y corre al encuentro de Natalia. Han quedado en el pub Richelieu para tomar una cerveza y charlar un rato. Lo hacen de vez en cuando. El divorcio las ha convertido en amigas, y a Natalia, por alguna razón que Sofía ya no intenta comprender, le hace gracia ser la víctima principal de su transexualidad. Solo le falta ponerse una chapa en el abrigo: «Yo estuve casada con un hombre que no lo era». O algo así. Las conversaciones con ella suelen estar llenas de pullas y de provocaciones, pero a Sofía no le molesta. Es como si entendiera la necesidad de Natalia de vengarse de la afrenta a base de pequeños dardos. Y lo cierto es que los mezcla con palabras de cariño y consejos bienintencionados. Quiere contarle la detención de su padre, cómo la ha removido verle en la sala de interrogatorios, el descubrimiento de que está enfermo del corazón. Un malestar pegajoso la acompaña a todas partes desde entonces, y sabe que hablar de los problemas con una buena amiga ayuda a que pierdan gran parte de su carga destructiva.

Natalia está sentada a una mesa del pub, cerca de la puerta. No la regaña por llegar tarde, como suele hacer, no espera a que se siente.

—He conocido a alguien.

Suelta el bombazo sin preámbulos, sin darle a Sofía la posibilidad de introducir otro tema de conversación. Ella podría contestar: «Mi padre ha matado a un hombre», y dejar que la onda expansiva haga su efecto y ordene los temas por su grado de importancia. Pero sabe que es inútil. Cuando Natalia considera que algo que le sucede tiene peso, hay que escuchar con gravedad y deslizar comentarios que alimenten la confidencia.

—Qué sorpresa, ¿quién es?

—Eduardo —dice ella con enorme seriedad.

—¿Por qué lo dices así, con esa cara de funeral? ¿Es Eduardo de Buckingham?

—Está casado.

—Bueno, Nata, no es para tanto, ¿no?

—No. De hecho, es mejor para mí. Así no se hace ilusiones.

—Entonces tenemos que brindar. No lo cuentes como si fuera una tragedia.

—Es que hace mucho que no me ilusiono por un hombre. Por eso me ves un poco pálida.

—¿Estás ilusionada?

Natalia esboza una sonrisa ambigua.

—Dentro de mi rango emocional, que es muy corto.

—¿Dani lo conoce?

—Lo odia. Le cogió ojeriza el primer día y ya no hay forma de que cambie de opinión.

—¿Por qué lo odia?

—No sé, supongo que no quiere que su madre folle con otros. A lo mejor me quiere meter en un convento.

—Siempre se te ha dado bien la repostería. Harías unas yemas de chuparse los dedos.

—Vete a la mierda, querida. Estoy preocupada por Dani.

—¿Por qué? Eduardo entenderá que no le puede caer bien a todo el mundo.

—Creo que Dani censura mi conducta. No le parece correcto que esté saliendo con un hombre casado.

—Veo que le has dado todos los detalles.

—Precisamente porque yo no le doy importancia a su estado civil. Pero me he topado con un inquisidor.

—Dani es joven, es un chaval sano, es tolerante.

—A ti no te aceptó a la primera.

—Le costó un poco, pero lo hizo.

—¿Estás segura de que Dani es tolerante? Porque yo miro a la gente joven y me parece que estamos en una involución. Cada vez son más conservadores.

—Nos hacemos mayores, Nata. Nos cuesta mucho entender los nuevos tiempos.

—Te estarás haciendo mayor tú, yo me siento más joven que nunca.

—Y se nota. Estás muy guapa.

—Muchas gracias. ¿Tu vagina qué tal?

—Progresa adecuadamente.

Hace ya mucho que Sofía no se deja impresionar por el desparpajo de su ex.

—¿La has estrenado?

—Eso es un tema muy privado, Nata.

—¿La has estrenado o no?

Sofía agradece la llamada de Laura. Es como si acudiera a su rescate ante la insistencia de Natalia. Pero la llamada no es halagüeña. Conoce muy bien el tono de voz de su compañera cuando ha pasado algo grave.

Cuando Sofía llega a la Brigada, Elena Marcos lleva un rato hablando con un japonés al que no había visto antes. Se llama Taichiro, tiene veinticuatro años, es delgado y un brote fuerte de acné le afea el rostro. Laura toma notas en un cuaderno, pero deja de hacerlo al ver entrar a Sofía.

—Dice que su amiga ha desaparecido.

Su amiga se llama Naoko, viajan juntos. Han venido a conocer Madrid. Se alojan en el Reina Victoria, en la plaza de Santa Ana. El mítico hotel de los toreros. Después de un día intenso de turismo, pararon a tomar algo en la terraza de la Cervecería Alemana. Él entró en el local para ir al baño y, al salir, ella no estaba.

—¿Cuándo ha sido eso? —pregunta Sofía.

Es Laura quien contesta:

—Hace una hora y media.
—¿Una hora y media?
Laura asiente con fastidio, sabe que es poco tiempo para consignar una desaparición, pero el joven está muy nervioso. Se ha dirigido a la comisaría de la calle Huertas para poner una denuncia y no le han permitido hacerlo: hay que esperar al menos veinticuatro horas antes de activar las alarmas.
—Como saben que estamos investigando la muerte de una turista japonesa, nos han avisado —explica Laura.
Sofía asiente y observa a Taichiro. Está abatido, mirando un punto fijo de la mesa. De pronto se arranca con un soliloquio en japonés, sin apartar la vista ni un ápice. Podría ser una oración o un mantra que recita para sí. Elena contesta algo en japonés, él se queda callado, poco convencido de las palabras de ella, o nada satisfecho. Añade una frase que parece que va a ser más corta, pero que luego remonta y se convierte en una buena parrafada. Laura hace un gesto de paciencia, no entiende por qué Elena espera tanto para traducir el diálogo.
—Dice que ha preguntado al camarero que les atendía y también a la gente de las mesas cercanas y en el hotel, por si Naoko había subido a su habitación para algo. Ha dado una vuelta por la plaza, por si acaso ella se pudiera haber sentido atraída por alguna cosa. Nadie se ha fijado en nada. Cero.
—Se ha volatilizado —resume Sofía.
—Eso, o se la ha tragado la tierra —dice Elena.
—Dos opciones muy realistas —dice Laura—. Si ha tenido un percance con alguien, es imposible que nadie lo haya visto; la plaza está abarrotada a esas horas.
—Precisamente eso puede hacer que la gente se fije menos.
—No me jodas, Elena. ¿Nadie? Ni el que está en la mesa de al lado, ni el viejecito del banco, ni el camarero...
—Está claro que se ha ido a dar una vuelta —dice Sofía.

—Eso no se lo voy a traducir —dice Elena—. Ya se lo he sugerido yo y se ha puesto como una hidra. Asegura que es imposible, que su amiga jamás se habría ido sin avisarle.

—Pregúntale si estaban enfadados —pide Laura.

—Y también de qué estaban hablando antes de que él se fuera al baño —añade Sofía.

Cuando el japonés termina de contestar a la primera pregunta, Elena desliza la segunda. Siente la tentación de traducir mal la respuesta, inventarse algo extravagante para ver cómo reaccionan las policías. «Dice que está muy agobiado y que no va a poder dormir, que si podéis pasar la noche con él en su cuarto.» Algo así. Pero se contiene.

—No estaban enfadados. No recuerda de qué estaban hablando, dice que hablan de muchas cosas. Son muy amigos y jamás han discutido.

Laura toma notas en el cuaderno, pero no hay mucho que rascar. Golpea el papel con el bolígrafo varias veces.

—Dile que no podemos denunciar una desaparición hasta mañana por la noche. Es muy pronto. Puede que en unas horas su amiga aparezca borracha.

—No bebe —dice Elena.

—¿Ya se lo has preguntado?

—Sí. No le gusta trasnochar.

—¿Cuándo se lo has preguntado? —quiere saber Laura.

—¿Qué más da eso?

—Pregúntale si tiene fotos de Naoko —dice Sofía.

Taichiro entiende la palabra *foto*.

—*Photo, picture* —dice mientras saca su móvil.

Muestra varias de Naoko. Son muy recientes. Es una joven alegre de pelo moreno y dientes separados. Posa en el Templo de Debod, en la Puerta del Sol, en la Cibeles, en la Puerta de Alcalá.

Sofía es la primera en estudiar las fotografías antes de pasarle el móvil a Laura.

—Son de distintos días —dice.

Elena traduce la observación. El japonés dice que llevan tres días en Madrid. Las fotos son de ayer y de hoy.

—Pero lleva la misma ropa.

Sofía coge el móvil y vuelve a mirar las fotos. Es cierto: en todas las fotos, Naoko viste una blusa amarilla y una falda blanca. Taichiro explica que a su amiga le han perdido la maleta en el aeropuerto, por eso lleva tres días poniéndose lo mismo. A lo largo del día habrá llamado más de diez veces al hotel para ver si había llegado.

—Desde la Cervecería Alemana se ve la entrada del Reina Victoria. ¿Puede ser que haya visto el momento en que alguien traía su maleta y se haya acercado?

Laura lanza la conjetura mirando al japonés, como si él pudiera entenderla. Elena traduce la frase. El japonés se enfada, o su respuesta parece llegar de forma más desabrida.

—Dice que no, que él ha preguntado en el hotel y le han dicho que Naoko no ha estado allí. Que no le preguntemos por detalles que ya están claros.

—Vaya, se ha enfadado —dice Sofía.

—Pues entonces solo veo una opción: Naoko ha aprovechado que Taichiro se iba al baño para largarse con un tío. Ya sabemos lo pegajosas que pueden ser algunas amistades. Y este tiene pinta de amigo celoso.

Sofía reconviene a Laura con un gesto. Entiende su mal humor por estar a las diez y media de la noche en la Brigada, pero no le gusta que ataque al japonés en un idioma que él no conoce.

—¿No se lo estarás traduciendo?

La pregunta de Laura obedece a que Elena está hablando en japonés con Taichiro. Elena le pide calma con un gesto.

—Dice que eso es imposible.

Así que le ha traducido la observación.

—¿Por qué es imposible? ¿No se puede haber fijado en un tío?

—Dice que no.

—¿Por qué? —eleva Laura la voz—. Esto no se lo traduzcas, pero Naoko es una chica atractiva y él es un espantapájaros.

—No, eso no lo voy a traducir.

—¿Es tan arrogante como para pensar que su compañía es lo máximo a lo que puede aspirar su amiga?

—A lo mejor son novios —dice Sofía.

—Él dice que solo son amigos —dice Elena.

—Pregúntale si le gustaría que fueran novios —dice Laura.

Elena no quiere preguntar eso. Mira a Laura, después a Sofía. Las tres están en un callejón sin salida. El silencio lo rompe Taichiro, que ahora habla a toda prisa, como si sus explicaciones no pudieran esperar más. Y lo que dice despierta el interés de Elena, que antes de traducir lanza nuevas preguntas.

—¿Qué coño pasa ahora? —pregunta Laura.

—Dice que no puede haberse ido con un chico porque su amiga es asexual.

—¿Cómo asexual?

—Pues eso, que no le interesa el sexo.

Taichiro habla de nuevo.

—Dice que han estado en un encuentro de asexuales que se inauguró ayer en Madrid.

—¿Dónde fue ese encuentro?

Elena se lo pregunta y el japonés contesta que se celebró en el café Comercial. Acudieron cerca de cuarenta personas.

—No parece que fuera un éxito —dice Laura.

Elena le traduce la observación y el japonés contesta con llamativo entusiasmo.

—Sí que fue un éxito. Dice que resultó muy interesante.

—Así que Naoko no se pudo ir con un hombre porque no le interesa el sexo —dice Sofía—. ¿Qué pasa si le gusta el coqueteo?

El japonés contesta que su amiga, además de ser asexual, es arromántica. Es decir, ni siquiera le interesa el romanticismo de las relaciones. No hay modo de que pueda haberse sentido atraída por nadie.

Elena traduce esta explicación, que Laura y Sofía escuchan con interés. Taichiro añade algo y Elena le sonríe con ternura.

—Dice que le da pena que Naoko sea así. A él sí le gustaría mantener una relación romántica con ella.

Taichiro la interrumpe para matizar algo.

—Pero sin sexo, por supuesto.

Laura y Sofía asienten embobadas.

13.

Yóshiko cruza corriendo la Puerta de Alcalá y entra en el Retiro por la calle Alfonso XII. No le gusta correr, pero quiere someter al escolta a una experiencia desagradable. Una gorra con visera le cubre la cabeza y se ha hecho una coleta para ir más cómoda. Viste un pantalón muy corto y una camiseta de tirantes.

Javier lleva unos vaqueros y una camisa blanca de manga corta. Calza unas deportivas. No va mal preparado, pero una hora de *footing* a las dos de la tarde debería bastar como lección el primer día de trabajo: esto va a ser más duro que cuidar de las infantas.

La joven corre a buen ritmo. El escolta la sigue a unos cincuenta metros. Parece estar en forma; el primer escolta era mucho más fondón y se oían sus resoplidos incluso a esa distancia. Al llegar a la estatua del Ángel Caído, se detiene. Quiere comprobar hasta dónde llega el celo del otro. Javier se detiene a unos cincuenta metros.

—¡Me encanta esta estatua! —grita.

Javier no contesta. Ella sonríe al ver que el hombre está sudando con profusión. Reanuda la carrera. Media hora después, se nota cansada y decide sentarse un rato bajo un árbol. Se queda mirando el Palacio de Cristal. Le gusta ese lugar, le parece romántico, aunque es más bonito al atardecer. A esas horas el sol golpea con fuerza y el cristal emite destellos y reflejos deslumbrantes. Es difícil contemplar el efecto sin hacerse daño en los ojos. Aun así lo mira, como en un duelo de resistencia contra el sol y los cristales. Lo mira hasta que la vista se ensucia de puntitos negros que flotan en el aire, delante de ella. Le gusta notar que se está quedando ciega; unos segundos más sin cerrar los ojos pueden bastar para conseguirlo.

Javier está sentado en un banco, recuperando el aliento, del todo ajeno al peligro que corre ella al mirar tanto tiempo el reflejo del sol en el Palacio de Cristal. A Yóshiko le gusta este pensamiento, lo saborea como una victoria.

Se levanta y busca una terraza donde tomar algo.

—Puedes sentarte conmigo —le dice a Javier.

Él se sienta en una mesa alejada. Cuando ve que ella pide una cerveza, él pide una botella de agua. La paga de inmediato. Un profesional, piensa ella. No quiere perder tiempo esperando la cuenta, si yo me marcho sin previo aviso. Se levanta, coge su bebida y se acerca a la mesa de él.

—¿Me puedo sentar contigo?

—Estoy bien solo, señorita.

Yóshiko lo mira con una sonrisa apenada y vuelve a su mesa. Los tres escoltas que ha tenido antes sí le permitían sentarse con ellos. Este es duro de pelar. Su padre le ha aleccionado.

Se le ocurre una idea. Diez minutos después ya ha salido del Retiro y camina a buen paso rumbo al metro. Coge la línea 2 hasta Goya y la línea 4 hasta Argüelles. Javier tiene experiencia en seguimientos bajo tierra. Parece conocer todos los trucos. Ella cambia de vagón en el último instante, como para despistarle, y él actúa con tranquilidad. No le importa entrar en el tren por un compartimento diferente, porque luego se desplaza al de ella una vez dentro. Se coloca a la distancia perfecta, ni muy cerca ni muy lejos. Estudia a la gente con rapidez, para detectar posibles amenazas. Lo más asombroso es que no le quita el ojo de encima, pero nunca parece que la esté mirando.

Esta vez su padre ha contratado a un profesional de los buenos, pero ella ha urdido un plan. Sale a la calle en Argüelles y baja por Marqués de Urquijo hasta el paseo del Pintor Rosales. Se sitúa en la taquilla del teleférico y saca un billete. Javier saca el suyo. Se montan en cabinas consecutivas.

A Yóshiko le encanta el viaje en teleférico. Le gustan las alturas, sentir que está volando, las vistas del Palacio Real y del río Manzanares, tan escuálido, tan poco caudaloso, pero con esos puentes tan bonitos. Ahora, sin embargo, no se fija en las vistas. Toda su curiosidad está puesta en su escolta, que parece tenso. Es evidente que se siente incómodo en esa situación. Hay un lapso de treinta segundos entre una cabina y otra, y no sabe cómo va a actuar ella al llegar a la Casa de Campo, donde está el final del trayecto.

No le sorprende verla salir la primera de su cabina, bajar las escaleras de dos en dos y echar a correr entre los árboles. Ella es ágil y rápida. Cuando sale de la estación, Javier apenas ve un puntito blanco serpenteando por los pinos y los matorrales. Inútil perseguirla.

El único modo de volver a la ciudad es coger de nuevo el teleférico, así que tendrá que regresar tarde o temprano. A menos que pretenda caminar campo a través hasta Batán, donde podría coger el metro o el autobús. Si lo hace, asumirá su fracaso delante del embajador. Pero él debería entender que no se puede vigilar a una persona cuyo objetivo es darte esquinazo.

Javier aprovecha para comerse un bocadillo y se sienta a esperar. Sofoca un acceso de inquietud. Desde que aceptó el trabajo, se tiene que decir muchas veces que ella no es una niña; es una joven mayor de edad. Sin embargo, todo el rato se la representa como si tuviera diez o doce años. Corregida esta anomalía en su mente, minimizado el prejuicio, se queda tranquilo. Sabe que ella no corre ningún peligro en la Casa de Campo. Una caída, tal vez. Una picadura de avispa, como mucho.

Yóshiko regresa tres horas más tarde. Le mira con una sonrisa juguetona que él no le devuelve. Se dirige a los tornos que dan acceso a las cabinas y él la sigue. Esta vez se meten en la misma. Se sientan enfrentados, ella le mira satisfecha con la novedad.

—Qué bien que viajes a mi lado, así podemos hablar.

Él la mira y levanta una ceja en señal de escepticismo.

—¿Por qué no has venido a pasear conmigo por la Casa de Campo? Es preciosa.

Se da cuenta de que no le va a arrancar ninguna palabra.

—Aunque me gusta más el Retiro. ¿Sabes que el Ángel Caído es la única estatua del demonio que hay en todo el mundo? Por eso me gusta.

Javier saca un pañuelo y limpia el cristal de sus gafas de sol.

—¿Te gusta tu trabajo? A mí me parece un rollo. Pero sería más agradable si hablaras conmigo.

Cuando llegan a Rosales, Yóshiko sale primero y camina con apatía. Él la deja ganar cincuenta metros de ventaja y empieza a caminar por detrás.

14.

Lanau tiene un hematoma subdural que le presiona el nervio óptico y le provoca visión doble. Diplopía, lo llaman los médicos. Ha pasado la noche en observación, en el Hospital de La Paz. Una noche de migrañas infernales que han resistido a la acción de los analgésicos. Con todo, lo más incómodo es la visión doble. Si ya le cuesta soportar a Estévez, tener dos delante de su rostro es demasiado.

—¿Soy igual de guapo en las dos imágenes? —pregunta el inspector, que ha ido a visitarla.

Ella sonríe y esta sonrisa da la medida de su desamparo, porque su seriedad nunca cede ante los chistes de Estévez. Puede que el golpe la haya vuelto más sensible. Él ha leído historias de gente fría que se vuelve impúdica en la expresión de las emociones a causa de un problema neurológico.

—Si me tapo un ojo, veo bien.

—Mañana vengo con un parche. ¿Lo prefieres de pirata o un modelo más discreto?

A ella le gustaría pedir disculpas por haber seguido investigando en contra de sus órdenes, pero no lo hace. Él tampoco habla del tema: no la regaña por su desobediencia ni por haberse puesto en peligro. Ha estado a punto de morir y ese es el hecho que todo lo simplifica. Se han esfumado las rencillas que los habían alejado.

El comisario Arnedo también ha comprendido que la situación ha cambiado por completo. Ya no hay prisa por presentar un informe de rutina en el juzgado. La Policía Científica está inspeccionando el piso de la calle Libertad en busca de cualquier prueba que permita identificar al joven gigoló y al proxeneta. No es una tarea fácil. En el piso hay más de cien huellas dactilares distintas, algo normal en una casa de citas.

—El gigoló era muy joven y muy pánfilo, puede que no esté fichado —dice Lanau—. Pero el chulo seguro que sí.

—¿Por qué estás tan segura?

—Porque ese tío ya no cumple los cincuenta y tenía cara de llevar toda la vida cometiendo delitos. Me iba a matar, Juan.

—Eso no lo sabemos.

—A ti te disparó.

Estévez se lo concede con un gesto. La bala le rozó el hombro, incluso oyó su silbido. Un tipo que contesta al saludo de la policía con un disparo no es un maleante primerizo.

—¿Le viste bien?

—Claro que le vi bien. Era corpulento. Una mata de pelo blanco le salía del pecho. Me da asco pensar en él.

—Yo solo vi sus tatuajes.

—En los dos brazos. Y en el cuello tiene otro, una frase. No pude leerla.

—Le encontraremos, la Científica está sacando un montón de huellas.

Ella asiente con desesperanza, aun cuando sabe que ese trabajo no siempre da resultado. Pero de pronto se anima su mirada.

—La mordaza.

—¿Qué mordaza?

—Me tapó la boca con cinta americana. Allí se quedan las huellas impresas y solo la tocó él.

—Y yo al quitártela.

—Pero allí las van a encontrar. Llámales, Juan. Que busquen la mordaza, no la vayan a tirar. Ahí tienen el molde perfecto de la huella de ese cabrón.

Estévez sale al pasillo, llama a Caridad y le transmite la gestión. Cuando vuelve junto a Lanau, la encuentra dormida. ¿Es posible que le haya entrado el sueño en esos dos minutos? Se acerca a ella con sigilo. El vendaje en la cabeza deja al descubierto las entradas del pelo. Está abotargada y fea.

—Lanau...

—Trae el álbum —su voz parece venir de otra dimensión. Suena muy distante.

—¿Qué álbum? ¿De qué hablas? Me voy un momento y empiezas a delirar...

—El álbum de los delincuentes fichados. El proxeneta tiene que estar ahí.

—Yo pensaba traerte algo de lectura, un libro ameno.

—El álbum, Juan.

—El álbum y un parche, porque si no, vas a ver delincuentes por todas partes.

—Me tapo un ojo, idiota. Tráeme el álbum, que me aburro mucho. Y quiero que cojan a ese cabrón.

Estévez le da un beso en la frente. Espera que ella abra los ojos o que conteste al beso de despedida. Pero no reacciona.

Se va al Clínico a ver a su padre. Parece un visitador médico, con su mercancía de hospital en hospital, solo que no lleva maletín ni medicamentos bajo el brazo. Únicamente acarrea su angustia y ni siquiera puede enseñarla, pues está educado en el disimulo de las emociones. Su compañera ha estado a punto de morir. Su padre se está despidiendo de este mundo. Esa es la situación. Casi ofende la normalidad de la vida en las calles en esa mañana soleada de junio.

El padre de Estévez está hidratado gracias al suero y respira con la ayuda de una mascarilla de oxígeno. Tiene la piel amarillenta y muy arrugada.

El oncólogo expone el diagnóstico: la masa tumoral ha alcanzado el hígado y el páncreas. Al paciente le quedan unos pocos meses de vida si continúa con el tratamiento de quimioterapia. Si lo abandona, días o semanas.

—Lo que le está matando es la quimioterapia.

Es una frase dictada por la impotencia. Estévez no se acostumbra a los efectos secundarios del tratamiento en su padre. Las náuseas, los dolores, la caída del pelo, la inapetencia. No quiere que le den más sesiones. El oncólogo opina que podrían subirle la dosis de morfina para que pase mejor la noche. Con voz sugerente, compasiva y profesional, está planteando una eutanasia.

—Nada de morfina —dice Estévez.

El oncólogo le hace ver que el paciente sufre dolores espantosos, que ya no tiene calidad de vida.

—¿Cuándo me lo puedo llevar a casa?

—Ahora mismo no es recomendable.

Estévez piensa que un hombre fuerte como su padre, curtido en mil batallas, puede soportar un poco de dolor por las noches. Está seguro de que él prefiere pasar en casa sus últimos días de vida. Les dará tiempo a mantener una docena de conversaciones más. Todavía puede relatar las viejas historias policiales una o dos veces. Quizá cuente de nuevo sus chistes favoritos y, si se pone sentimental, a lo mejor le da por rememorar cómo conoció a su madre.

Con un apretón de manos sellan el acuerdo. En una semana le darán el alta. Si puede ser antes, porque el paciente acusa una mejoría, será antes. El único tratamiento que va a recibir es un cóctel de analgésicos y calmantes. El pronóstico es un mes de vida como mucho.

Estévez toma una bocanada de aire al salir a la calle. Después se dirige al portal número 6 de la calle Libertad. El primero derecha sigue precintado. Dos integrantes de la Policía Científica están buscando pruebas y le saludan al verle.

—¿Habéis encontrado la mordaza?

Se la enseñan en una bolsa de plástico.

—¿Algo más?

—Huellas, pelos, poco más.

—Ya sé que os hacéis una paja con cada huella que encontráis, pero yo me refiero a algo interesante. Documentos, drogas, armas...

—Nada. Pero ya que estás aquí, echa un vistazo.

Claro que va a echar un vistazo, a eso ha venido. No puede encarar la rutina como si fuera un día cualquiera. La sola idea de llegar a la Brigada y sentarse a la mesa de su despacho le produce escalofríos. Necesita acción. Se adentra en el piso. Sin el apremio de la noche anterior, puede valorar el lugar con calma y con un criterio ajustado: es inmundo. Desconchones en las paredes, marcos de madera carcomidos, polvo por todas partes. Entra en una de las habitaciones. Sábanas con manchas que tienen un cerco amarillo. Colchones rajados por la policía en busca de algún escondite.

Inspecciona el resto de los cuartos. Golpea con la puntera del pie en las paredes, en busca de alguna oquedad sospechosa. Toca con los nudillos los azulejos de los aseos. Descuelga cuadros, mueve estanterías, levanta los cojines de un sillón. Todo ese trabajo lo han hecho ya sus compañeros, puede que esté perdiendo el tiempo.

En el salón hay un tresillo, una alfombra raída, una mesa baja y un carro de plástico con una licorera. Destapa la botella y olfatea. Coñac. Parece que el salón es la zona VIP del burdel. Dos ventanas desportilladas, de marco verde, dan a un pequeño balcón. Por ahí escapó el proxeneta. Ahora, con la luz del día, se ve mejor lo fácil que es saltar a un tejadito y de allí al patio interior. Luego habrá salido a la calle por algún cuarto de basuras.

Estévez salta al tejadito y busca. Tal vez el chulo perdió algo en su huida. Salta al patio interior y localiza la puerta por la que pudo salir. Quizá en su carrera se golpease con uno de los cubos de basura que hay en el pasillo angosto. Lo cruza, abre otra puerta, se encuentra con el portal del número 8. Sale a la calle. Entra de nuevo en el 6, sube al primero, cruza el precinto. Sus compañeros le miran con estupor. No le habían visto salir.

—Hago magia —dice Estévez sin detenerse.

Vuelve al salón. No hay escondites posibles allí. Ni en el mueble bar ni en los sofás ni en un dobladillo de la alfombra. Tal vez no haya nada. El piso es un picadero, punto. Pero Arturo Laín se disponía a entrar. Tenía llave del lugar. Y los otros estaban esperándole para decidir lo que debían hacer con Bárbara. Arturo es el jefe y por eso tiene todas las llaves.

Estévez hace memoria. Entró en el piso, esquivó de milagro la bala, se adentró por el pasillo abriendo cada puerta. Solo una se le resistió, precisamente la que conducía al cuarto de baño en el que tenían a Bárbara prisionera. Esa puerta estaba cerrada con llave. Comprueba que ninguna otra puerta tiene cerradura y acto seguido se centra en esa habitación. Es como las otras, las sábanas también están sucias, los marcos de las ventanas podridos, la pared llena de grietas. Pero tiene cerradura. Entra en el cuarto de baño. Es un aseo pequeñito, con un lavabo, un retrete y un plato de ducha. Y un espejo. Lo retira. Toca con los nudillos los azulejos. Nada sospechoso. Mira el filo de uno de los azulejos. Mete la yema del dedo y lo recorre. Encuentra una resistencia. Una pequeña muesca, un saliente en la pieza. Aprieta. La loseta salta un milímetro, lo justo para poder manipularla. La retira con las dos manos. Al otro lado hay una hornacina practicada en la mampostería. Dentro de ella, tres teléfonos móviles, varios fajos de dinero y un saco de paño que contiene dos cuchillos, un cúter, un destornillador y un estuche pequeño con balas.

Aunque sonríe ante el hallazgo, le fastidia haber encontrado tan pronto el escondite. Estaba preparado para una inspección minuciosa de varias horas. Incluso se podría haber quedado en ese piso el día entero.

15.

—No quiero parecer grosera, pero es que no entiendo a qué viene esta reunión.

Sofía se pregunta si Laura Manzanedo se ha levantado con el pie izquierdo o si tiene sentido su protesta. Ha convocado al equipo para organizar el trabajo. Quiere conocer al detalle la jornada turística del grupo de Naoko. También quiere saber quién convocaba la reunión de asexuales en el Comercial. Laura no entiende tanto celo en la investigación cuando esa chica japonesa podría estar en cualquier parte. Le parece que Sofía se está dejando contagiar por las aprensiones de Taichiro y también por las de Elena Marcos, la traductora, que parece cultivar una imaginación muy fantasiosa.

Por fortuna, ni Caridad ni Moura se suman al principio de motín de Laura. No son dados a cuestionar las órdenes de Sofía. Son eficientes. Apenas ha pasado una hora desde el encargo cuando Caridad anuncia la visita de un tal Gabriel Montes. Es el hombre que ha organizado las jornadas sobre asexualidad en Madrid. No le ha costado mucho localizarlo y no ha puesto problemas a la hora de presentarse en la Brigada.

Sofía habla con él en su despacho y enseguida queda claro que Gabriel siente más curiosidad que desconcierto. No entiende qué hace allí, en la Brigada de la Policía Judicial, pero le gusta sentirse en medio de alguna clase de aventura. Sofía le muestra una fotografía de Naoko. Él la reconoce de inmediato.

—Estuvo en café Comercial, no hay duda. Aunque apenas participó en los debates. Era muy tímida.

—¿Pasó algo raro en la reunión?

—¿A qué le llama raro?

—No sé, algún participante que se enfadara con ella, o que mostrara un interés especial por lo que decía.

—Es que apenas abrió la boca. Pero no lo sé, no se sentaba en mi mesa. Tenga en cuenta que éramos treinta y cinco.

Lo dice con orgullo. Ocupaban siete mesas del bar. Sofía muestra interés por las jornadas. Gabriel explica que son las terceras que se organizan, aunque estuvo tentado de anunciarlas como si fueran las primeras.

—Hace dos años solo éramos cuatro, la convocatoria fue un fracaso. Pero el año pasado subimos a quince. Y este año mire: casi cuarenta.

Gabriel explica que este año ha contactado con asociaciones de otros países para ampliar la convocatoria y le ha salido bien. Sofía muestra interés por la estructura de las jornadas. La cosa es muy sencilla. Una semana para intercambiar impresiones y quejas y consensuar un manifiesto que dar a conocer a los medios. Los asexuales no quieren que se les considere un grupo raro o con alguna desviación psicológica, aspiran a un reconocimiento pleno, como el que tienen los homosexuales y los bisexuales. Sofía sonríe al pensar en lo miserable que es la vida: por muy marginado que uno se sienta, siempre hay una minoría que está en peores condiciones. Gabriel se ufana del éxito de una convocatoria cuya sede es un bar y a la que han acudido unas pocas decenas de personas. Le da la sensación de que ese colectivo está todavía en las cavernas.

La conversación no da mucho de sí. Gabriel tiene prisa por llegar al café para montar la cuarta sesión, que comienza al día siguiente a las doce. Promete avisar si Naoko comparece, como dijo que iba a hacer. Sofía se pregunta si tiene sentido mandar a Laura al Comercial para echar un vistazo y estudiar a los integrantes del grupo. Sabe que va a torcer el gesto. Le va a parecer una pérdida de tiempo. Y puede que tenga razón. Así que opta por abandonar esa vía de investigación y lanzarse ella misma a la calle.

Se dirige a la plaza de Santa Ana. Muestra la fotografía de Naoko a varios camareros de la Cervecería Alemana. El primero resopla al ver la imagen.

—Tengo muchos clientes japoneses y son todos iguales. Es imposible distinguirlos —se lamenta.

Nadie arroja una luz sobre lo que pudo pasar la tarde anterior en esa terraza.

La conclusión es que no pasó nada. La joven se levantó de la mesa y se alejó por voluntad propia. No fue coaccionada. Un forcejeo en esa plaza a esas horas habría llamado la atención. ¿Por qué se fue entonces? ¿Por qué no esperó a su amigo? ¿Quiso marcharse sin más?

Sofía recuerda lo mucho que le sorprendió conocer, al poco de ingresar en la policía, las estadísticas sobre desaparecidos de los que nunca más se sabe. A los familiares directos les cuesta aceptar que quien se ha ido se sintiera infeliz en su entorno, y mucho más todavía imaginarlos preparando una fuga, fantaseando durante meses con una vida sin mujer, sin hijos y sin oficina. Tal vez con una nueva identidad. Por eso prefieren pensar en un secuestro o en un incidente violento. Pero es mucho más común el abandono del hogar sin motivos aparentes, tan solo por la asfixia de una vida que se ha vuelto insoportable.

¿Ese es el caso de Naoko? ¿Ha elegido una visita a Madrid con un buen amigo para desaparecer sin dejar rastro y empezar una nueva vida?

Sofía piensa en lo poco que sabe de esa mujer. Ha venido a Madrid para participar en unas jornadas sobre asexualidad. Ha acudido a uno de los encuentros, apenas ha participado en las conversaciones, según el organizador, pero estaba dispuesta a seguir yendo. No parece el perfil del que se marcha sin previo aviso, pero cualquiera sabe.

Si se descarta esta opción, es evidente que Naoko se levantó de la mesa porque algo captó su interés. Algo o alguien. Si fue algo —una canción sugerente que un músico toca en la plaza, un baile espontáneo, un tumulto—, debería haber vuelto a la mesa o bien al hotel en un tiempo razonable. Si fue alguien, tuvo que valerse de un buen subterfugio para atraer a la joven sin despertar sospechas.

Pero ¿cuál? ¿Quién es ese secuestrador que actúa a la luz del día en un lugar turístico lleno de gente?

Las palabras de Elena Marcos resuenan en la cabeza de Sofía. Nos interesa que vuelva a matar, porque solo así se amplía la posibilidad de que cometa un error. Todo sería mucho más fácil en la investigación si Naoko apareciera asesinada. Esa es la terrible idea que brota en su mente y que trata de arrancar cuanto antes.

Sofía se dirige al hotel Reina Victoria. Hay revuelo en el vestíbulo porque un grupo de turistas americanos está haciendo el *check-in*. Dos recepcionistas se ocupan de ellos. En un extremo del mostrador, el conserje da indicaciones a una señora entrada en años, pero de sorprendente agilidad de movimientos, sobre una dirección en un mapa de la ciudad que ella ha desplegado. A este conserje le enseña Sofía la foto de Naoko.

—La chica desaparecida, sí. No sabemos nada de ella.

A Sofía le sorprende que el hombre esté al tanto de todo, aunque tiene sentido. Naoko es aún huésped del hotel.

—Ahí está su maleta. Acaba de llegar.

El conserje la señala con lástima. Una maleta morada, grande, rígida, con un lazo amarillo en el asa y el nombre de Naoko escrito en la etiqueta en caracteres occidentales. No han pasado veinticuatro horas desde la desaparición de la joven y el asunto no es todavía competencia policial, pero Sofía se muere de ganas de llevarse la maleta a la Brigada y revisar su contenido. No sabe si por celo profesional o por curiosidad malsana.

De momento, se limita a dejar su tarjeta al conserje para que la llame si hay novedades. Le pide que guarde la maleta de Naoko en un lugar seguro.

—La policía podría requisarla esta misma tarde —explica, pero lo cierto es que le da mucha pena verla tan solitaria, abandonada en un rincón.

El oficial Andrés Moura lee los apuntes de su libreta.

—Alberto Junco tiene treinta y cinco años. De los veinticuatro a los veintiocho estuvo en Japón estudiando en una escuela de cocina.

Laura escucha con cara de aburrimiento. Caridad está más animada.

—¿Quería aprender a hacer sushi? —pregunta.

—Eso no lo sabemos. Pero al volver a Madrid abrió un local de comida japonesa en la calle Recoletos. No funcionó, cerró al cabo de un año.

—Y entonces pensó que tenía que aprovechar su dominio del japonés y se convirtió en guía local —resume Caridad.

—No sé si pensó eso porque no me puedo meter dentro de su mente, Caridad. Pero lo cierto es que Alberto Junco lleva seis años ganándose la vida como guía local con grupos de turistas japoneses.

Laura deja el bolígrafo sobre su libreta en un gesto de hastío.

—Vamos a ver, Moura. ¿Por qué nos cuentas la vida de este señor?

—Porque me ha pedido Sofía que investigue los pasos del grupo de Naoko. Y su guía local durante toda la estancia en Madrid es Alberto Junco. El mismo que tuvo el grupo de Izumi, la chica que asesinaron.

—Puede ser casualidad. No creo que haya muchos guías locales de japonés.

—Hay doce.

—¿Doce? Pues ya me parecen muchos —dice Laura.

—También son muchos los turistas japoneses que vienen a Madrid. Hay demanda.

—¿Has averiguado algo más? —pregunta Caridad.

—Sí. Ha trabajado para tres mayoristas. Dos años en el primer trabajo, hasta que fue despedido.

—¿Por la crisis económica?

—No. Estafaba a los turistas con las excursiones opcionales. Visitas que salían a cuarenta euros las cobraba a cien. Podía sacarse un sobresueldo de tres mil euros al mes con este sistema.

—¿Cómo le descubrieron?

La pregunta la hace Laura, que ahora sí parece interesada.

—Eso no lo sé. Supongo que hubo quejas de turistas. Ya se sabe que hay gente que viaja para sacarle pegas a todo.

—En este caso, las quejas tenían mucho fundamento.

—Eso parece —concede Moura.

Laura se levanta y pasea por la habitación. Cuando debe ordenar las ideas le gusta hacerlo en movimiento.

—Así que tenemos un guía local que acompaña a dos grupos de turistas japoneses. El de Izumi, a la que matan a la salida de un tablao flamenco, y el de Naoko, que ha desaparecido. Un guía que podría odiar a los japoneses porque vivió en Japón y tuvo una experiencia terrible.

—No nos consta que haya tenido una experiencia terrible.

—Estoy haciendo conjeturas, Moura, no seas tan estricto.

—Tuvo una mala experiencia con su restaurante de cocina japonesa, eso sí que lo sabemos —intercede Caridad.

—Bien. Me parece poco para tomarle declaración.

Laura se sienta justo después de concluir que no hay indicios sólidos. Moura la mira con malicia.

—Todavía no te he contado por qué le despidieron de su segundo trabajo como guía.

—Soy toda oídos.

—Se acostó con una turista japonesa.

—¿Eso es un delito? —pregunta Caridad.

—No, pero parece ser que los guías locales tienen que observar un protocolo de conducta. Y tirarse a una turista está fuera de las normas.

—¿Cómo se enteraron sus jefes de esa trastada? —pregunta Laura.

—Esto sí que lo sé. Se enteraron por un chivatazo del conductor del autobús.

—¿Y qué coño podía saber ese señor?

—Parece ser que entre el guía local y el conductor del autobús se establece una relación muy estrecha. Supongo que se hacían confidencias. Y le traicionó.

—Y después de dos despidos en cuatro años, ¿se vuelve a colocar? —pregunta Caridad.

—Hay pocos guías que hablen japonés. Y hay mucha demanda.

—Ya —Laura asiente de forma mecánica. No hay hilo del que tirar, Alberto Junco puede ser un tarambana y también un caradura, pero eso no le convierte en un asesino.

—Junco enseña esta tarde el Templo de Debod a un grupo de turistas japoneses —dice Moura.

Deja caer la información para que Laura la recoja. Y ella lo hace. Esa tarde se planta en la zona para observar al guía en su salsa, con los turistas. El sol cae a plomo, hay gente relajándose en el césped, paseantes con perros, solitarios leyendo un libro en un banco a la sombra. Una decena de autocares aparcados a la entrada del parking.

Alberto Junco conduce a un grupo de japoneses entre la multitud. Lleva una rosa en la mano, que mantiene alzada para que nadie se pierda. Laura se acerca con discreción. Oye al guía hablar en un japonés que parece fluido. Es simpático, al menos algunos turistas se ríen de lo que dice. Sabe captar la atención del oyente. Es especialmente solícito con las personas mayores. Cuando termina su disertación sobre el templo egipcio, se señala el reloj y da un tiempo a todos para que curioseen por ahí. El grupo se dispersa. Alberto saca un cigarrillo, se lo enciende. Se coloca bajo la sombra de un árbol y se queda fumando. En esa estampa, mirando el ir y venir de gente en la explanada, parece un depredador agazapado a la espera de su siguiente presa.

Laura lo observa unos minutos más antes de acercarse. Él la reconoce.

—Inspectora...

—Subinspectora Manzanedo. ¿Podemos hablar un minuto?

—¿De qué quiere hablar?

—Parece que se le ha perdido otra turista.

Le muestra la fotografía de Naoko en el teléfono móvil.

—¿La reconoce?

—Claro, es del grupo del Reina Victoria. Están todavía en Madrid. Mañana me los llevo al Thyssen.

—Puede que esta chica no esté en condiciones de apreciar la pintura.

—¿Qué quiere decir con eso? Yo no tengo que cuidar de los turistas del grupo, son mayorcitos para cuidarse solos.

—Pero van dos en cinco días. Una japonesa asesinada y otra desaparecida. A lo mejor es usted un poco gafe.

Alberto la mira con estupor.

—¿No estará pensando que yo tengo algo que ver con esas chicas?

—Creo que esta mañana se ha llevado a un grupo a El Escorial. ¿Cuánto les ha cobrado por la excursión?

Ahora Alberto se muestra ofendido. Da dos caladas seguidas al cigarrillo y lo tira al suelo.

—No sé qué pretende insinuar, creo que es mejor que vaya al grano.

—¿Por qué no responde a la pregunta? ¿Cuánto vale esa excursión opcional?

—¿Me han estado investigando? ¿Es eso?

—No se ofenda, somos policías, solo hacemos nuestro trabajo.

—Cuarenta y cinco euros la excursión a El Escorial y al Valle de los Caídos.

—Un poco cara, ¿no? Aunque también se podría cobrar más. Cien euros, por ejemplo.

—Su trabajo es investigar, eso lo entiendo. Pero no insultar, eso no lo voy a permitir.

—No me explique cómo se hace mi trabajo.

—Ni usted cómo se hace el mío.

—No pretendo hacerlo. Ya sé que el precio de las excursiones está estipulado. Usted se limita a soltarles el rollo, ser simpático y enredar a alguna japonesa incauta, si es que hay suerte.

Alberto sonríe en señal de incredulidad. Junta las muñecas como para que se las esposen.

—Deténgame. Vamos, me lo merezco.

—Deje de hacer el tonto y cuénteme cómo es la chica que ha desaparecido.

—No conozco a cada turista, tengo muchos.

—¿Es alegre?, ¿triste?, ¿callada?, ¿habla por los codos?

—No me acuerdo.

—¿No vio nada extraño?

—Nada.

Se queda mirándola en silencio. Ha optado por el laconismo y por la chulería. Laura le sostiene la mirada. Para un espectador ajeno a lo que está pasando, podría parecer la mirada intensa que precede al beso.

—¿Quiere algo más de mí?

—Sí. Quiero que colabore en la investigación. Usted se mueve con turistas japoneses y aquí está pasando algo raro. Quiero que mantenga los ojos bien abiertos, que se fije en la presencia de posibles merodeadores. Alguien que hace fotos a sus turistas o que se acerca a hablar con ellos, especialmente con las chicas.

—Pero eso pasa continuamente. No es un rebaño, se relacionan con la gente, les piden una foto, se paran a hablar con cualquiera...

—Por eso tiene que afinar la mirada, para separar el comportamiento normal del anómalo.

—Está bien, lo intentaré.

—Gracias.

Laura le tiende su tarjeta. Él duda un instante, apenas un segundo. La coge y se la guarda en el bolsillo de la camisa.

Ha sido dura con él, pero necesitaba apretarle un poco para ver si se ponía nervioso. En su opinión, ha aguantado bien el tipo. Y sin embargo, hay algo peculiar en el modo en que ha cogido su tarjeta. Lo ha hecho por inercia, como dando a entender que era absurdo que él la conservara, pues no tiene la menor intención de utilizarla. Lo cual da que pensar, porque a todo el mundo le gusta ayudar a la policía en la medida de sus posibilidades. De hecho, uno de los grandes problemas de pedir la colaboración ciudadana es que la centralita se colapsa de llamadas de miles de personas que quieren aportar su granito de arena y dan por buena cualquier tontería que creen haber visto u oído. No ha sido esa la actitud de Alberto Junco. No parecía muy interesado en arrimar el hombro.

Suena el teléfono de Laura. Todavía está saboreando sus reflexiones sobre el guía local y de pronto se encuentra con su voz al otro lado de la línea.

—¿Se ha ido ya, subinspectora, o sigue por aquí?

—Sigo por aquí —dice Laura. Por un momento piensa que el otro quiere invitarla a una cerveza, que su lado seductor se ha abierto paso.

—Tiene que venir a ver esto. La espero junto al Templo de Debod.

Laura desanda el camino que había recorrido, por la acera arbolada del paseo de Rosales. Alberto Junco tiene el brazo derecho levantado y con la mano empuña la rosa. Tiene gracia que se muestre así ante Laura, como si ella fuera una turista extraviada.

—No esperaba que me llamara tan pronto.

—Ahora va a pensar que esto lo he pintado yo —dice Alberto.

Laura no entiende a qué se refiere. Con un gesto de la cabeza, le señala la pared del templo. La frase está pintada en rojo. *Naoko estuvo aquí.*

Laura la ha llamado para contarle lo de la pintada en el Templo de Debod. No hay duda de que el mismo hombre que mató a Izumi ha secuestrado a la otra joven, aunque no hay cadáver, todavía están a tiempo de dar con ella. Pero ¿cómo? El asesino actúa a plena luz del día y parece encontrar placer en ello. Es como si tuviera un poder sobrenatural para pasar desapercibido. Un asesinato, un secuestro, pintadas callejeras en lugares turísticos. ¿Cómo se las ingenia para que nadie le vea?

Laura le ha pedido perdón por haber desconfiado de sus intuiciones. A ella le parecía que esa chica se podría haber largado a dar un garbeo por ahí, de verdad lo pensaba. O incluso podría haber desaparecido a propósito para cambiar de vida y empezar de cero. Todo el mundo acaricia esa fantasía alguna vez.

En ese giro de la disculpa, a Sofía le ha parecido que su amiga iba a soltar alguna confidencia sobre su vida conyugal, sobre su infelicidad, sobre su deseo de bajar un día a por tabaco y huir para siempre. Pero no. Se han puesto a hablar del caso y del misterioso asesino invisible y se han despedido sin mencionar lo que las dos intuyen: que Naoko está muerta y que pronto aparecerá su cadáver.

Cuando ya se está preparando para acostarse, Sofía recibe un wasap.

«Mi perro ha cagado una estrella de mar.»

Sofía Luna lee el wasap y sonríe. Ve que Elena Marcos está escribiendo. Aguarda. Le parece que tarda demasiado en aparecer el siguiente mensaje.

«Izumi cerraba sus anotaciones con el dibujo de una estrella de mar.»

De nuevo, Elena Marcos está escribiendo. Sofía se la imagina examinando la mierda del perro para recuperar los fragmentos perdidos del diario. Piensa en lo asqueroso que tiene que ser eso. Tal vez se ha excedido a la hora de regañar a la traductora por no haber cuidado bien la prueba.

«Un laxante más y recupero el diario entero.»

Sofía sonríe, pero de pronto da un respingo y se lanza al ordenador. Ha pasado un rato curioseando en la convocatoria de las jornadas sobre asexualidad y cree haber visto algo. Busca la página, no tarda en encontrarla e intenta calmar su ansiedad al comprobar que la memoria visual no le está jugando una mala pasada: en el membrete de las jornadas sale una estrella de mar.

En diez segundos tiene abierta una página sobre esos animales. Descubre que algunas especies se pueden reproducir de forma asexual. Escribe un wasap a Elena.

«¿Sabías que la estrella de mar es un animal asexual?»

La información zoológica sorprende a la traductora, o al menos tarda mucho en responder. Pero lo hace.

«A lo mejor tiene algo que ver con la querencia de tu asesino.»

Se produce un parón en el WhatsApp de Elena. Es fácil visualizarla aguardando una respuesta. Sofía escribe:

«Gracias. Mañana hablamos. Es muy tarde y odio los wasaps.»

Enseguida se enciende el doble *check* azul y en un segundo Elena Marcos está escribiendo.

«Yo también los odio. Sobre todo a la gente que pone emoticonos.»

Sofía escribe:

«Entonces odias a todo el mundo.»

Elena Marcos escribe:

«Sí. Buenas noches. Descansa.»

Sofía encuentra la página de Facebook de la Asociación de Asexuales, que figura con las siglas inglesas ACE. Lo primero que ve es una carta de Gabriel Montes presentando las Terceras Jornadas sobre Asexualidad en Madrid y animando a la participación. Cincuenta y dos personas han confirmado su asistencia. Se han rajado varios, piensa Sofía, pues al final han acudido treinta y cinco. Pero todavía quedan cuatro días de debates. Examina los perfiles de los asistentes. Entre ellos están Naoko y Taichiro. Se imagina al asesino haciendo lo mismo que está haciendo ella en esos momentos. Pero él eligiendo a su próxima víctima.

En la pestaña «Tal vez asista» hay sesenta y cinco personas. Sofía despliega la lista de los posibles asistentes. El corazón le da un vuelco y casi se sorprende de mantener los reflejos lo bastante activos como para coger el móvil de un zarpazo y llamar a Laura.

—Izumi quería ir.

—¿Sofía? —pregunta Laura, poco acostumbrada a que su amiga se salte el saludo a la hora de empezar las conversaciones.

—Tengo abierta la página de las jornadas. Naoko daba por confirmada su asistencia. Y en la pestaña de los que tal vez iban a asistir está Izumi.

—¿También era asexual?

—Eso parece. Ya tenemos el móvil del crimen, si se puede llamar así. El asesino busca japonesas asexuales.

II. Naoko

16.

Se calcula que hay en el mundo setenta millones de personas asexuales. El uno por ciento de la población. El grupo se define por su falta de atracción sexual, aunque en esto hay matices. Hay quien siente atracción sexual de forma esporádica, pero no le da mucha importancia a este estímulo. Lo considera un elemento más de la vida, sin la menor preponderancia. Ni siquiera en una relación de pareja las relaciones sexuales ocupan un lugar principal.

Solo con leer unos minutos, Sofía ya nota una corriente de simpatía. Ahora que se ha operado, ahora que tiene una vagina, siente un miedo cerval al sexo. A que le hagan daño, a provocar rechazo en su pareja, a no sentirse una mujer plena. Presiente el alivio de una vida sin esa servidumbre. A veces, al pensar así, cree que está alcanzando la gran sabiduría oriental; pero acto seguido se siente una cobarde. Mejor seguir leyendo.

En 2016 se crea la ACE, siglas que corresponden a la Asexual Community España. No es un colectivo en armas contra una legislación que no contempla sus derechos. Se conforman con obtener visibilidad y con divulgar las características de su orientación, que todavía no está reconocida. Hasta el año 2013, la asexualidad estaba considerada como un trastorno mental.

Entra en foros, lee opiniones de usuarios. «Fui al sexólogo porque estaba hecha un lío. Su consejo fue que me obligara a tener relaciones sexuales para curarme.»

Sofía tiene que dejar de leer. Estos testimonios traen a su memoria el sufrimiento de su adolescencia. Los psicólogos descarriados que en lugar de ayudar al paciente le hunden un poquito más en el barro. Los prejuicios del entorno familiar y social, la crueldad de la gente que más te quiere. O por lo menos que más te debería querer. Tu amigo del alma, tu hermano. Tu padre. De nuevo su padre, no consigue quitárselo de la cabeza. Se pregunta cómo estará, si sentirá remordimientos por haber matado a un hombre o si habrá retomado su rutina como si nada. Se pregunta si pensará en ella alguna vez, tal como está haciendo ella en esos momentos. Su padre. Nota el inicio de la rabia, del odio, sabe que está a punto de comenzar de nuevo el recuento de las humillaciones sufridas. Maldice la hora en que lo trajeron a la Brigada. No puede dejarse dominar por él, no ahora que está investigando un crimen. Intenta aplastar los pensamientos obsesivos, insanos, y vuelve a la lectura del ordenador.

Algunos asexuales pueden sentir atracción romántica. Otros, los arrománticos, ni eso. Hay grisexuales, que a veces sienten atracción romántica o sexual, y a veces no. Un embrollo de categorías que pinta en realidad a un colectivo vivo, complejo y palpitante como la vida. Un colectivo que quiere salir a la calle y relacionarse con los demás sin el estigma de ser raros.

Su padre. Sofía se levanta, se sirve una copa, pasea intranquila por el salón y trata de concentrarse.

¿Cuánta gente se habrá casado sin haber sentido jamás atracción sexual hacia su pareja? ¿Cuántos asexuales llevarán toda la vida disimulando la falta de deseo, consintiendo un polvo a su pareja de cuando en cuando para preservar la armonía conyugal?

¿Por qué tantos años sin hablar con su padre?

Entra en algunos foros. Hay una queja que comparten muchos usuarios: la hipersexualidad de la vida. Arremeten contra los usos publicitarios, que transforman en icono sexual a una actriz que posa de manera insinuante en la portada de una revista. ¿Es necesaria esa provocación para dar a conocer el estreno de una película? Les horroriza la sexualización de la infancia. Los modelos de ropa infantil retratados como si fueran adultos. En general, la omnipresencia del sexo en el cine, en la literatura, en las conversaciones de amigos. Una marca de nuestros tiempos que a ellos, por contraste, los convierte en mojigatos, friquis o reprimidos.

Su padre.

—¿Qué cojones es esto? Ahora resulta que follar poco te convierte en asexual. ¿Cuántas veces al mes te crees que mi mujer está por la labor? —al comisario Arnedo, hombre antiguo donde los haya, no le ha gustado nada conocer la existencia del colectivo—. Yo te lo digo. Una o ninguna. Y eso es así en casi todos los matrimonios, que mis amigos están a dos velas igual que yo. Aquí se folla lo justo, Luna, no me vengas con cuentos chinos.

Sofía aguanta el chaparrón.

—Solo digo que las dos japonesas eran asexuales. Estamos obligados a investigar en ese círculo.

—Pues investiga. Tráeme a ese asesino de japonesas raritas, y tráemelo pronto.

—No son raritas, Arnedo, precisamente están luchando por que la gente supere el prejuicio.

—No me eches sermones. Dime si estás en condiciones de trabajar.

—Claro que lo estoy. ¿Por qué lo preguntas?

—Me han dicho que te quedaste dormida en la sala de reuniones.

—Fue una simple cabezadita.

—Aquí no se viene a echar la siesta. Si no puedes trabajar, te vas a tu casa.

—Ten en cuenta que llevaba mucho tiempo sin trabajar. Y además las hormonas dan mucho sueño. Pero ya me voy acostumbrando.

—Hormonas para cambiarte de sexo, reuniones de asexuales... ¿En qué mundo vivimos?

—Un mundo apasionante, comisario. Lleno de cambios.

—Yo solo quiero saber que mi equipo está en condiciones de sacar esto adelante. Tengo a Lanau con visión doble y migrañas, a ti con somnolencia... ¿Tú qué tal estás, Manzanedo?

—Tengo la regla —dice Laura—. Por lo demás bien.

—Joder...

Arnedo se cubre el rostro con las manos.

—El embajador japonés está muy nervioso. Esas pintadas en el Templo de Debod...

—Hay más —dice Laura—. Esta mañana me ha llamado el guía local. Ha visto otra en una pared del Palacio Real.

—¿Posibilidades de encontrarla con vida?

—Yo no soy optimista.

—Yo tampoco.

—Pues entonces, preparémonos para lo peor.

—Ya lo estamos —dice Sofía.

—No sé si me estás entendiendo —Arnedo se quita las gafas—. Una turista asesinada puede pasar por un hecho aislado. Pero dos muertas no. Ahora hablamos de un asesino en serie que mata turistas, y esta ciudad es tranquila y alegre y vive del turismo. ¿Sabéis lo que eso significa?

—Me lo puedo imaginar —dice Laura.

—Vamos a tener encima a Gálvez, a la alcaldesa y al rey, si hace falta. Y la prensa va a empezar a machacar con el tema. Y cuando me presionan, me sangra la úlcera y me pongo de un humor de perros. ¿Entendéis lo que quiero decir?

Sofía y Laura asienten.

—Coged a ese hijo de puta antes de que se cargue a otra turista.

Arnedo ajusta los registros más graves de su voz para lanzar esas advertencias. Cree que así tienen más peso. Pero ninguna de las dos necesita ayuda para calibrar la gravedad del problema.

Se meten en el despacho de Sofía para trabajar.

—He estado pensando en las pintadas —dice Laura—. ¿Cuándo las hace?

—Las tiene que hacer por la noche.

—Pero yo estuve ayer en el Templo de Debod y no las vi.

—Porque no las buscabas.

—¿Y el guía local tampoco las vio? Estaba con el grupo delante del templo, les soltó la chapa y luego yo hablé con él. Me pregunto si en esos momentos ya las había visto.

—En ese caso, te lo habría dicho.

—Ya, eso es lo raro. Me llamó un poco después, cuando yo me estaba yendo.

—Las vería después, Laura.

—Sí, supongo que sí.

—No te veo muy convencida.

No lo está. Se queda pensativa, rumiando sus sospechas. Pero ninguna cristaliza en una certeza. Se pregunta si existe una tinta de impregnación diferida, algún invento que permita escribir una frase en una pared a las seis de la mañana y que solo se haga visible doce horas después. No se atreve a formular en voz alta estas reflexiones. Aunque, bien mirado, es mejor pensar en eso que en un asesino con poderes sobrenaturales. Tal vez lo más sencillo sea aceptar que la pintada estaba allí, delante de sus narices, y que no fue capaz de encontrarla.

Sofía gira su ordenador para que también lo pueda ver su compañera.

—Yo he estado investigando hasta bastante tarde.

Le muestra el perfil de Facebook de Gabriel Montes.

—Cuando me lo enseñas es porque has encontrado algo sospechoso.

—Hay un antes y un después en su vida. No sé si tanto como para considerarlo sospechoso.

—Todo el mundo tiene un antes y un después.

—Sí, pero en el caso de este hombre parecen dos vidas diferentes. Lleva tres años absolutamente volcado en la causa de los asexuales. Todo lo que pone en su página tiene que ver con eso.

—¿Y cómo era su vida antes?

—Tenía novia, hay fotos de ellos abrazados, besándose, en fiestas, en la playa...

—Los asexuales se dan besos, no son marcianos. Se emparejan, se casan, tienen hijos.

—Lo sé. Y sin embargo, hay algo que me inquieta en este perfil. El contenido que colgaba en su muro hace cinco años es muy distinto del que cuelga ahora.

—Por lo que me cuentas, le ha succionado la causa.

—Mira esta foto. Es de hace cuatro años.

Amplía una foto de Gabriel Montes. Lleva el pelo corto, con rizos morenos, viste una camiseta negra ajustada y sonríe a la cámara. Es la imagen de un hombre vanidoso que quiere gustar.

—Y ahora mira esta. Es de hace un mes.

A Laura le cuesta creer que sea el mismo hombre. En la segunda fotografía, la más reciente, Gabriel luce un flequillo que le tapa media frente, lleva gafas y una camisa holgada de manga larga. Aparece con un gesto raro en la boca, una mueca lo bastante grotesca como para haber borrado la foto nada más verla. Y sin embargo, ahí está, colgada en su muro.

—Es como si ya no quisiera gustar. Como si quisiera esconder su atractivo.

Laura contempla las dos imágenes durante unos segundos.

—Es verdad que es todo un cambio. Pero no sé adónde quieres ir a parar.

—Anoche me hablaste de las pintadas en el Templo de Debod, averigüé que Izumi, la primera muerta, era asexual... Y he pasado la noche imaginando lo que va a ser de nosotros cuando encontremos el cadáver de Naoko.

—Vamos a tener que abrir varias vías de investigación.

—Eso es lo que he hecho. Le escribí un mensaje a la novia de Gabriel Montes.

Laura la mira con los ojos muy abiertos.

—¿Con qué pretexto?

—Con el de hablar de su exnovio. Le he dicho que soy policía y que estamos investigando un crimen.

—Citaciones policiales por Facebook, esto es nuevo. Cuéntaselo a Arnedo, que quiero ver su reacción.

—Mejor le dejamos tranquilo, que tiene una úlcera. El caso es que esta mañana me ha contestado. Se llama Yolanda y parece muy maja.

—¿A qué hora viene?

—No viene. Tenemos que ir nosotras. Dice que no se puede mover.

—¿Y eso?

Sofía se encoge de hombros.

Yolanda Zavala vive en la Fuente del Berro, una zona de chalecitos y calles arboladas, junto al parque que da nombre al barrio. Abre la puerta una mujer enjuta, de unos cincuenta años, con un rictus amargo en la expresión. Está avisada de la visita. Las conduce a un patio interior lleno de macetas y flores. Allí, bajo un limonero, sentada en una silla de ruedas, está Yolanda. Saluda con languidez, señala unos asientos de hierro y pide disculpas por no haber podido desplazarse hasta la Brigada. A Sofía le cuesta reconocer a la joven alegre, de rabiosa vitalidad, de las fotografías de hace cuatro años.

—Así que queréis hablar de Gabriel —dice casi a modo de saludo.

Laura asiente, pero deja que sea Sofía quien lleve la conversación.

—Estamos investigando la desaparición de una chica que participó en las jornadas sobre asexualidad.

—Ah, sí, Gabriel se ha metido ahora en ese tema. Cada vez que veo las cosas que cuelga me descojono.

Yolanda sonríe para sí, con sarcasmo.

—¿Por qué?

—Porque no es asexual. Estaba todo el día viendo porno. Y quería follar todo el rato. Eso no es ser precisamente asexual.

—Puede que haya cambiado —dice Laura.

—La gente no cambia —replica Yolanda con una extraña convicción—. Lo que te cambia es esto. Una enfermedad, un accidente. Pero nadie se convierte en asexual de la noche a la mañana.

—¿Qué te ha pasado, si no es indiscreción?

Es Sofía quien desliza la pregunta.

—Un accidente de coche hace dos años. Castigo de Dios, supongo.

—¿Por qué dices eso? —pregunta Laura.

—Bueno, yo me metía mucho con él. A veces no se le levantaba y yo... le decía que era un maricón. Ya sé que lo ideal es ser más comprensiva, pero yo no lo era. Estábamos siempre discutiendo, nos llevábamos como el culo, supongo que también le insultaba por eso. Ahora me arrepiento, pero ya es tarde.

—A lo mejor no se le levantaba precisamente porque no sentía deseo sexual —dice Sofía.

—¿No habéis mirado si Gabriel tiene antecedentes?

Sofía y Laura cruzan una mirada de sorpresa.

—No le consideramos sospechoso de nada, Yolanda.

—Y entonces, ¿por qué estáis aquí?

—Es una investigación de rutina.

Yolanda se queda asintiendo un buen rato, como embobada por una explicación tan insatisfactoria.

—Yo le denuncié por agresión sexual. Por eso lo digo. Luego retiré la denuncia, pero no sé si queda en el registro.

—¿Por qué le denunciaste?

—Una noche él quería follar y yo no. Y me forzó. Al día siguiente le denuncié. Pero luego me pidió perdón, hicimos las paces y retiré la denuncia.

—Estamos hablando de una violación —dice Laura.

—Llámalo como quieras.

—¿No volvió a suceder?

—No. Pero supongo que la cosa dejó su huella. Rompimos al cabo de un par de semanas.

—¿No habéis tenido relación desde entonces?

—No.

—¿Ni siquiera fue a visitarte después de tu accidente?

Yolanda aprieta los labios y menea la cabeza. Da la sensación de que le duele esa desatención.

—No sé en qué más os puedo ayudar. Acabamos muy mal, pero él era majo, era divertido, molaba. Tenía ataques de ira, pero como todo el mundo. Y desde luego, no es el perfil de un asexual. Por lo menos, según mi experiencia con él.

17.

A Bárbara Lanau le han quitado el vendaje de la cabeza y le han dado el alta porque ella lo ha pedido. Se aburría en el hospital. Allí, al hojear el álbum, ha reconocido al hombre que la atacó. Ha sacado la ficha del archivo y ahora la estudia con interés. Las palabras se desdoblan y bailan en el folio como derviches. Se tapa un ojo y así consigue enfocar bien.

Reyes Lapuerta Gómez. Así se llama el tipo que estuvo a punto de matarla. Detenido tres veces por tráfico de drogas. Ha pasado cuatro años en prisión. Ahora está en libertad, disfrutando del tercer grado. Parece que quiere actualizar su currículum y se ha convertido en proxeneta.

El expediente incluye nombres de testigos y de soplones. Suficiente para empezar.

Estévez tuerce el gesto al encontrarla en la oficina.

—He ido a verte al hospital con un ramo de flores.

—¿Y dónde están?

—Se las he dado al gordo con paperas que ahora ocupa tu cama.

—Seguro que le han encantado.

—¿Qué haces aquí, querida? Tienes un hematoma, migrañas, visión doble...

—Y mucho trabajo. No puedo perder el tiempo.

—Cuidar la salud no es perder el tiempo.

—Gracias, mami. ¿Quieres ver esto?

Le muestra la ficha de Reyes Lapuerta.

—¿Quién es?

—¿No lo reconoces? Es el tío que te disparó.

—Yo no le vi la cara. ¿Estás segura de que es este?

—He llamado al laboratorio, la huella de la cinta americana es suya. No hay duda.

Estévez echa un vistazo al historial delictivo.

—Todo un veterano, por lo que veo. Habrá que hablar con los confidentes habituales, no creo que nos cueste mucho encontrarlo.

—¿Vamos?

Lanau tiene prisa y hace la pregunta mientras guarda los papeles en una carpeta, pero su compañero no se mueve.

—¿Tú qué tal estás?

—En plena forma.

Estévez la mira con escepticismo. Saca del bolsillo de la americana un parche de pirata. Lo ha debido de comprar en una tienda de disfraces.

—Mira lo que te he traído.

Ella lo mira un instante y luego sigue a lo suyo.

—Muy gracioso.

—Póntelo, seguro que te queda muy bien.

—Dime si me vas a acompañar a hacer estas pesquisas o me va a tocar ir sola.

—Primero tengo que enseñarte algo.

—¿Algo serio o del estilo del parche?

Él le hace un gesto y ella lo sigue por el pasillo. En la mesa de Estévez están los objetos que encontraron en el piso de los chaperos. Coge el fajo de dinero y lo sopesa.

—Veinticuatro mil euros en billetes de cien. Parece que los de quinientos han caído en desgracia.

—¿Qué es esto, Juan?

Estévez la pone al corriente del hallazgo.

—Joder con los hermanitos que querían ser actores.

—He peinado los teléfonos móviles. Son de prepago, los datos personales que facilitaron para comprarlos son falsos. A este le quedan cinco euros de saldo, los otros dos están secos y no nos sirven para nada. Pero este...

Muestra uno de los tres teléfonos. Lo enciende.

—Este sí es interesante. Mira.

Le muestra la galería de fotografías. René, el chapero muerto, aparece en varias imágenes acompañado de mujeres muy elegantes. Todas entradas en años.

—Parece un escort de lujo —dice Lanau.

Va pasando fotos. Imágenes en restaurantes, casinos, salas de fiesta. Tomadas de forma oculta.

—Zapatos italianos, reloj de oro. Impecable.

—Y ahora te enseño el mensaje.

—¿Qué mensaje?

Es un SMS muy escueto. Estévez lo lee.

—Veinte mil euros antes del viernes o difundimos el vídeo.

—¿Extorsionan a las señoras?

—Eso parece.

—¿Y dónde está el vídeo?

—No lo sé, pero está claro que las graban. Supongo que en escenas íntimas.

—Hay que registrar de nuevo el piso de la calle Libertad. Seguro que tienen una cámara oculta en la pared.

—No las graban allí.

—¿Por qué lo sabes?

—Primero, porque ayer inspeccioné las paredes y no había escondites para una cámara de vídeo. Y segundo, porque estas mujeres son muy elegantes. No las llevarían a ese cuchitril.

—¿Crees que las grabaciones las hacen en un chalé?

—Eso creo. Pero Arturo Laín Dorado no tiene domicilio conocido. Su último registro en el padrón es el piso de la calle Amaniel.

Lanau se fija en el lote incautado. Las balas, las armas, el dinero.

—¿Ha visto esto Arnedo?

—Se lo enseñé ayer, le interesó mucho. Nos da más tiempo para redactar el informe.

—Qué considerado.

—Pasamos una tarde muy entretenida. Me pidió que le mandara las fotos.

—Menudo listo, seguro que quiere meneársela mirándolas.

—¿Esa es la imagen que tienes de mí, Lanau? —dice Arnedo, que está apoyado en el quicio de la puerta. Lanau traga saliva.

—Disculpe, no le había visto.

—Ya me lo imagino. ¿Estás mejor?

—Sí, ya estoy bien. Con ganas de trabajar.

—Me alegro. Porque tenemos entre manos un asunto muy feo. A Gálvez se lo ha parecido y a la jueza también.

—¿Le has llevado las fotos a la jueza? —pregunta Estévez.

—Las fotos y los mensajes de extorsión. Os doy medios, os pongo gente, todo lo que necesitéis. Pero quiero que me traigáis de los cojones a ese chapero que se dedica a extorsionar a millonarias cachondas.

Arnedo clava la mirada en Lanau y ella se ve obligada a mantenérsela. Su problema no remite: delante de ella tiene a dos comisarios.

18.

El camión municipal de la limpieza sube con pesadez la Cuesta de la Vega, una de las calles más empinadas de Madrid. Son las seis y cuarto de la mañana. Los barrenderos se comunican con gestos cuando las escobas están activadas, es inútil imponer la voz sobre ese zumbido: un manotazo en el hombro del compañero para señalar a una pareja que se está magreando en un portal, un gesto de cabreo al sortear un vehículo aparcado con el culo fuera. Por eso llama la atención el grito de alarma del copiloto.

—¡Para! ¡Para!

El camión suelta un enorme resoplido al detenerse. El copiloto se apea y baja la cuesta unos metros para verificar lo que le parece haber visto. Hay un cadáver al pie del talud. El cadáver de una mujer. Un reguero jabonoso forma un remolino en el pie descalzo de la muerta.

La llamada del comisario Arnedo despierta a Sofía.

—Creo que han encontrado su cuerpo —dice. No se molesta en presentar la información con algún detalle explicativo, pero tampoco hace falta. Incluso recién salida del sueño, Sofía sabe que se refiere a Naoko.

Cincuenta minutos después de la llamada, Sofía recoge a Laura en su coche y se dirigen a la Cuesta de la Vega. Como pasa siempre que el cadáver aparece a una hora tan temprana, ni el médico ni el juez de guardia han hecho aún acto de presencia. Sí que hay miembros de la Policía Científica recogiendo pruebas. Son cuatro, pero se mueven mucho, de un lado a otro, y dan la sensación de ser un enjambre. Aunque el rostro de Naoko está deformado por la rigidez y manchado de barro, y a pesar de que solo lo han visto en una fotografía, les basta con un vistazo para confirmar que es ella. La falda blanca la tiene medio subida y deja ver uno de los muslos, sorprendentemente delgado. La blusa amarilla, como una paleta de pintor, es ahora naranja por el efecto de la sangre. La expresión de la muerta es de espanto indecible. Unas ramitas de pino pegadas a su cara con extraña simetría le dibujan los bigotes de un gato.

—No lleva bragas —dice Sofía.

Se ha acuclillado para tener mejor ángulo de visión. Maite, de la Policía Científica, se acerca a ella.

—No lleva, no. También le falta un zapato. Hemos batido la zona, pero no aparece.

Un zapato plano, negro, como una manoletina. Sofía se lo imagina dentro del maletero de un coche o de una furgoneta, el vehículo que utilice el asesino para transportar los cadáveres. El zapato de la muerta entre el batiburrillo de cosas que se guardan ahí, una bolsa para la compra, un parasol, unas bombillas de repuesto y una caja negra con un kit antipinchazos.

—¿Y las bragas? —dice Laura—. Izumi sí que las tenía. ¿El asesino se ha vuelto fetichista?

—¿Habéis recogido muestras? —pregunta Sofía.

—No hay semen, por lo menos a la vista. En la autopsia veremos. Pero hemos encontrado un pelo.

Maite muestra una bolsita de papel, precintada. Deja ver en su interior un cabello cobrizo.

—No es de la muerta, igual hay suerte.

—¿Algo más?

Maite les enseña otra bolsa de recogida de pruebas. Dentro hay una estrella de mar con un cordón insertado. Un colgante.

—Estaba en el suelo, junto al cadáver. No es seguro que sea de ella, pero lo hemos recogido por si acaso.

—¿Seguro que no lo llevaba puesto? —pregunta Sofía.

—Lo he recogido yo misma.

—Naoko no llevaba un colgante —dice Laura. Busca en su móvil la fotografía de la joven, tomada por su amigo el día de su desaparición.

—A lo mejor se lo puso más tarde —dice Sofía.

—Una mujer no hace eso.

Laura no pone intención en la frase, pero a Sofía se le clava como una puya. Ella no es lo suficientemente mujer y todavía no ha integrado los gestos comunes de la coquetería. Si quieres ponerte un colgante, te lo pones por la mañana. No lo llevas en el bolso para adornarte con él a media tarde y provocar un cambio inesperado en tu aspecto.

—¿No se lo pudo comprar a las siete en una tienda? —pregunta.

—Puede ser —concede Laura—. Le preguntaremos a su amigo para salir de dudas.

—Yo prefiero que sea del asesino —dice Maite—. De este colgante se puede sacar una huella.

—Lo más probable es que sea del asesino. Está claro que nos está dando una pista.

Laura habla con convicción, no tiene ninguna duda. El colgante no era de Naoko.

—¿Una pista? —pregunta Maite.

—Por si acaso no nos hemos enterado todavía, nos indica que su objetivo son las mujeres asexuales.

Maite no entiende nada, de modo que Sofía sale en su ayuda.

—La estrella de mar es un animal asexual.

—Ah. Pues a mí me parece un colgante bonito. Yo me lo pondría.

—¿Habéis encontrado pisadas? —pregunta Laura.

—No, está claro que el cuerpo ha rodado por el talud. El asesino no baja. La tira, lanza el colgante y se va.

Laura se acerca a los municipales y les pregunta si han averiguado algo. De momento no hay testigos. Los barrenderos que descubrieron el cadáver ya se han ido a su casa, estaban terminando su turno. No hay paseantes de perros que puedan contar nada. Una pena, son aliados habituales de la policía por sus horarios intempestivos.

Llega el juez Fraguas acompañado del médico forense. Vienen a levantar el cadáver. Sofía sabe lo poco que les gusta a los forenses que un inspector les meta prisa, pero aun así lo hace.

—La autopsia cuanto antes, por favor. Es la segunda muerta, hay nervios.

El médico masculla que sí, que se meterá con la japonesa cuanto antes.

—Tenemos que hablar con Taichiro —dice Laura—. Y con la gente de su grupo turístico. Tenemos que inspeccionar su habitación y su maleta.

Sofía admira la transformación de Laura, después de haberse resistido a investigar la desaparición de Naoko. Es como si quisiera recuperar el tiempo perdido.

—Y tenemos que llamar a Elena —añade—. Necesitamos que nos haga de traductora. ¿La llamas tú?

Lo dice con determinación, reprimiendo el fastidio que siente al mencionar su nombre. En el coche, Laura aprovecha para tomar notas mientras Sofía conduce. En los semáforos se asoma con disimulo a su libreta y ve que ha escrito «asexual y arromántica». También ha trazado una columna y allí ha consignado las pruebas halladas en el cadáver con algunas anotaciones personales: «Estrella de mar. ¿Suya? Pelo cobrizo. ¿Asesino pelirrojo?».

Sofía sonríe. Esa es la compañera que le gusta, la que va con la libreta a todas partes, la que lanza preguntas a cualquier hora del día para iluminar, o intentarlo al menos, las zonas oscuras del caso.

En la recepción del hotel Reina Victoria hay movimiento de turistas. Sofía muestra su placa y pide que le entreguen la maleta de Naoko. Intenta contactar con el guía del grupo de japoneses, pero a esas horas ya están de excursión. Han madrugado para visitar Segovia y Ávila.

Cuando están subiendo la maleta al coche, Sofía ve a Taichiro mirándola desde la puerta del hotel. El joven tiene los ojos clavados en ella, como si quisiera atravesarla. Su actitud resulta hosca y amenazante, la pone en guardia. Pero de pronto ve que brotan dos lágrimas de los ojos de Taichiro, lágrimas increíblemente espesas, como surgidas de un volcán. Sofía se acerca a él.

—Lo siento —le dice.

Le abraza. Él no reacciona al gesto, no rodea la espalda de Sofía, aunque sea por inercia o por corresponder a la deferencia. Se queda tieso como un palo, como si fuera un muñeco al que hay que dar cuerda para que cobre vida. Es imposible hablar con él en ese trance. Ya tendrán tiempo de preguntarle por la estrella de mar o las razones por las que no se ha sumado a la excursión de su grupo. Cuando está en el coche, camino de la Brigada, Sofía comprende que el joven lleva más de dos días apostado en la puerta del hotel, desentendido del grupo, de las excursiones y de la ciudad desconocida, toda su energía concentrada en el acto de esperar a su amiga Naoko, con la que aspiraba a tener una relación no sexual pero sí romántica. No sabe por qué le conmueve tanto la desventura de Taichiro.

La maleta de Naoko contiene ropa variada y colorida. Nada permite pensar que la propietaria de esas prendas sea una joven sin interés por gustar a los demás. Sofía se muerde el labio como si quisiera hacer pedazos el pensamiento que acaba de tener. Qué estupidez dar por sentado que Naoko no quiere gustar a los demás solo por el hecho de que es asexual. Claro que quería gustar, y sentirse guapa y pasárselo bien en una ciudad desconocida. No sentía deseo sexual por la gente, eso es todo.

En una funda de la maleta encuentran una carpeta con fotografías de anuncios publicitarios de perfumes y de ropa. Además de las fotografías, en la carpeta hay cuatro folios grapados con texto escrito en japonés. De nuevo se hace imprescindible la presencia de Elena Marcos.

Antes de la hora de comer llega el informe preliminar de la autopsia. Naoko ha recibido dos cuchilladas en el pecho, una en el abdomen y otra en el cuello; posiblemente sea esta última la que le ha causado la muerte. También se aprecia en el cuello el pinchazo de una jeringuilla y restos en la piel de una sustancia que podría ser un anestésico. En la vagina presenta rozaduras leves y restos de silicona. Pero nada de semen. El asesino no las viola, pero algo les hace, alguna especie de ritual extraño. Hay marcas en muñecas y tobillos, lo que permite suponer que la joven ha sido atada de pies y manos. Las marcas presentan livideces y descamación.

—Izumi no tenía esas marcas —dice Laura.

—Puede que a ella no la atara.

—O que no se resistiera. En su diario deja claro que está deprimida y que no le gusta mucho vivir.

—Creía que no habías prestado demasiada atención a la traducción del diario.

—La traductora me repatea, pero el diario es interesante.

—La escena que te estás imaginando es terrible —dice Sofía—. Una mujer atada de pies y manos mientras un hombre la somete a sus caprichos. Y ella no se defiende, se abandona a lo que tenga que pasar.

—Ya sé que es horrible. Todo es horrible. ¿Por qué hay un hombre que secuestra a japonesas asexuales para violarlas y luego matarlas? ¿Por qué las secuestra a plena luz del día y en lugares turísticos? ¿Por qué deja esas pintadas?

—El informe de la autopsia no dice que las haya violado.

—Hay rozaduras en la vagina, algo hace ese tío con ellas.

—Das por hecho que es un hombre.

—Sí, lo doy por hecho. Una mujer jamás haría eso.

De nuevo la insinuación de que Sofía no es capaz de comprender la psicología femenina. Se ha cambiado de sexo, se hormona todos los días, por fin se siente dentro del cuerpo que le corresponde. Pero le falta un paso: le falta el sello de validez de Laura. No la ve como una mujer de verdad, la ve como una impostora.

Laura pasa la tarde en el hotel Reina Victoria hablando con los compañeros de viaje de Naoko. Se ha propuesto atrapar al asesino. La rabia que siente le permite tolerar mejor a Elena, que traduce toda la conversación. No sacan nada en claro. Taichiro asegura que el colgante de la estrella de mar no pertenecía a Naoko y aporta un dato interesante: su amiga tenía preparada una ponencia para las jornadas sobre asexualidad del café Comercial. Sus papeles estaban en la maleta extraviada, por eso estaba tan pendiente de ella. Una perorata del joven, expresada con gran emoción, despierta la curiosidad de Laura.

—¿Qué dice? —le pregunta a Elena.

—Tiene una teoría de cómo la secuestraron.

El japonés continúa con su explicación. Elena se va poniendo pálida y traga saliva antes de traducir lo que acaba de escuchar.

—Lo único que podía atraer la atención de Naoko era su maleta. Eso dice él. Está seguro de que alguien se acercó a la mesa de la terraza de Santa Ana, aprovechando que él estaba en el baño. Y ese alguien le dijo que ya la habían recuperado del aeropuerto.

—¿Alguien del hotel?

—No. Él preguntó en el hotel y la maleta no había llegado. Él dice que alguien se la llevó de allí con el cuento de que sus cosas habían aparecido. Y Naoko ya no volvió.

—Y ¿cómo sabía el secuestrador que le habían perdido el equipaje?

Él hace memoria y cree haber notado algo raro. Está seguro de que el asesino los siguió a lo largo del día. Y Naoko hizo varias llamadas al hotel para ver si había llegado la maleta.

—¿Hablando en qué idioma?

Elena se vuelve hacia Taichiro para traducir la pregunta. El joven contesta en inglés.

—*English*.

Laura y Elena se miran en silencio durante unos segundos. Por primera vez hay algo que las une: las dos consideran que la teoría de Taichiro puede ser cierta.

—Ya tienes otro texto para traducir.

Sofía recibe a Elena Marcos tendiéndole la ponencia de Naoko. Ella la coge y sopesa el número de páginas.

—Bueno, esto es fácil. Pero seguro que menos interesante que el diario de Izumi.

Laura le cuenta a Sofía la conjetura de Taichiro.

—Si hacemos caso de esa teoría, estamos hablando de un depredador que sigue a sus víctimas durante un día entero, por lo menos.

—Exacto.

—A lo largo de un día seguro que se pueden encontrar ocasiones más propicias para el secuestro que las que él elige.

—Sí, parece que le gusta ponérselo difícil.

—Le gusta el riesgo.

Elena ya está hojeando la ponencia de Naoko y habla sin levantar la vista de los folios.

—O quiere demostrar algo.

—¿A qué te refieres? —pregunta Sofía.

—No lo sé. Un asesino en serie siempre quiere demostrar algo, ¿no?

—No tengo experiencia con esa clase de asesinos —dice Laura.

—Lo que sí sabemos es que no está fichado —dice Sofía—. Me ha llamado Maite. Han sacado una huella dactilar del colgante, pero el cotejo es negativo.

—Vaya. ¿Y el pelo?

Sofía sonríe, se relaja, parece que le hace gracia la pregunta.

—El pelo cobrizo. Una gran prueba. ¿Sabéis a quién pertenece?

Ahora sí, Elena deja a un lado los folios y mira a Sofía, intrigada.

—A una ardilla.

—No me jodas —dice Laura—. ¿A una ardilla?

—Maite no sabía dónde meterse.

Laura tacha de su cuaderno de notas la hipótesis del asesino pelirrojo. Se relajan comentando entre risas algunos pormenores de la investigación.

Esa noche, Sofía sueña con la ardilla encontrando el cadáver, mordisqueando la estrella de mar y olfateando el cuerpo de Naoko. La ardilla se gira de pronto al oír un ruido y la cola, como si fuera un plumero, le limpia la cara a la muerta.

19.

El café Comercial, con su puerta giratoria, sus columnas de mármol, sus techos altos de los que cuelgan lámparas como mascarones y sus enormes espejos que amplían el espacio de manera irreal, mantiene con el paso de los años un aire entre castizo y bohemio. Ya no hay tertulias literarias entre el humo de los cigarros, pero la gente se sigue reuniendo allí para celebrar toda clase de eventos, ya sea una conversación en alemán para practicar el idioma, una partida de ajedrez o una reunión de trabajo. Sofía y Laura ocupan una mesa discreta, situada en un rincón, y desde allí observan el desarrollo del cuarto encuentro sobre asexualidad. Los participantes ocupan siete mesas, y entre ellas pulula Gabriel Montes repartiendo folios, bolígrafos o lo que haga falta. Al ver a las dos policías, se acerca a saludar.

—Qué sorpresa verlas por aquí. ¿Por qué no se unen a los demás? Les podemos hacer un hueco.

—Me parece que no tendríamos mucho que aportar —dice Laura.

—Se sorprendería de lo sana que es esta gente. Se lo aseguro. ¿Han encontrado a la japonesa que se les había perdido?

Sofía le mira unos instantes antes de contestar. Quiere ver si aparece un brillo turbio en los ojos de él. Pero no. Está contento, activo, tiene prisa por volver a su labor de anfitrión.

—Ha aparecido muerta, Gabriel.

—¿En serio?

Toda la afabilidad se desvanece de pronto. Montes parece muy afectado. Sus ojos bailan de Laura a Sofía, como buscando indicios de algo que no encuentra.

—Dijiste que Naoko no se había hecho notar cuando estuvo aquí.

—Bueno, dije que no estaba en mi mesa. No pude estar atento a todos los asistentes. No puedo creer que la hayan asesinado.

—Haz memoria, Gabriel. ¿No pasó nada raro en esa reunión?

Sofía imprime gravedad a su tono de voz. Gabriel está nervioso, las palabras no le salen fácilmente.

—Disculpen, pero me están temblando las piernas. ¿Les importa que me siente?

Lo hace en un extremo, como si quisiera estar preparado para salir corriendo si eso fuese necesario. Poco más allá, de las mesas que él está coordinando, llegan risas alegres y distendidas.

—Fue una reunión normal. Muy satisfactoria, se habló de temas importantes para nosotros.

—¿Y los otros días fue todo bien?

—Muy bien. La gente está muy participativa. Cuentan sus experiencias. Yo tomo nota de todo para la conferencia que tengo que pronunciar en julio.

—No sabía que ibas a pronunciar una conferencia —dice Sofía.

—En el marco del Orgullo Gay. Es una conferencia internacional sobre asexualidad, viene gente de fuera muy importante. Imagínense el honor que supone para mí estar invitado. Aunque también es una gran responsabilidad. Por eso he organizado estas jornadas, quiero que mi conferencia transmita el sentir de todas estas personas.

—Supongo que tendrás un listado con todos los participantes.

—Antes de empezar paso un folio para que la gente ponga su contacto. Luego les mando un resumen de lo que se ha dicho en cada mesa. Ahora mismo hay personas de nueve nacionalidades diferentes.

—Necesitamos ese listado —dice Laura.

—No entiendo para qué. ¿Es que piensan que alguno de los participantes ha matado a esa chica?

—No podemos descartar nada.

—Miren, tengo que volver con la gente. Ahora no puedo hablar.

—¿Cuánto dura la reunión?

—Estaremos un par de horas como mínimo. Si quieren esperar, no tengo inconveniente en hablar más tarde con ustedes y darles el listado.

Gabriel regresa con el grupo, pero ahora está tenso. Sonríe a unos y a otros, una sonrisa envarada que le resta simpatía a su encanto natural.

Sofía examina a los asistentes con parsimonia. Hay tres japoneses, varios latinoamericanos, un veinteañero rubicundo que habla muy alto y en un inglés perfecto. Puede que escocés o irlandés, ella no es buena para los acentos. No le sorprendería que fuera australiano. Hay también varios españoles. Rostros afables, relajados, en comunión con una causa que les concierne a todos. Es difícil imaginar a alguno de ellos como un asesino en serie.

—También puede ser que el asesino no participe en las reuniones. Que sea un cliente.

Laura asiente, le da la razón. La clientela es variada por la mañana. Tres señoras entradas en años están desayunando. Un hombre de unos sesenta, tocado con un sombrero, lee el periódico. Otros dos de unos cuarenta hablan de trabajo. Por las frases sueltas que capta, a Sofía le parece que son guionistas preparando una futura reunión con un productor. El camarero llega a las mesas de los asexuales con una bandeja cargada de cafés y botellas de agua. También alguien del servicio podría haber sentido la punzada del instinto criminal al presenciar día tras día esas conversaciones de asexuales. No hay un patrón definido, se dice Sofía. Cualquiera puede ser un asesino. Para matar, basta con proponérselo.

La reunión avanza entre bromas y veras. Hay risotadas compartidas, pero también silencios unánimes para escuchar el testimonio que presta alguien. En cada mesa parece haber un notario que apunta lo que se dice. Gabriel Montes tiene un pequeño portátil abierto y se pasa la mitad del tiempo tecleando. Ni por un segundo desvía la mirada hacia las dos policías. Es como si pretendiera olvidarlas.

—Voy a dar un paseo —dice Laura.

Sale a la calle y examina los ventanales. Se plantea la posibilidad de que el asesino espíe el interior desde fuera. Tal vez esté apostado en estos momentos tras un árbol o dentro de un coche, esperando a que termine la reunión y los participantes se disgreguen por la ciudad. Pasea por la glorieta de Bilbao con aire indolente, pero con los ojos bien abiertos. Un joven está apoyado en la pared, en el nacimiento de la calle Malasaña, fumando un cigarrillo. Un hombre está sentado en un banco hablando por el móvil. Junto a él hay unas muletas. Nada sospechoso, en principio, pero Laura convierte la espera del fumador en acecho y las muletas del tullido en el disfraz perfecto del depredador que quiere disimular su condición. No se fía de nadie.

Cuando vuelve al café, la reunión se está disolviendo. Gabriel Montes apila unos cuantos folios antes de guardarlos en su cartera. Cierra su portátil, se despide de unos y de otros, los emplaza para el encuentro del día siguiente. Después se acerca a la mesa de las dos policías y se sienta junto a ellas con aire tímido.

—Ya lo ven. Todo normal, una reunión de lo más sana.

—Nadie lo pone en duda —dice Sofía.

Habla casi con dulzura. Laura imprime a la conversación un tono muy distinto.

—Hemos hablado con Yolanda Zavala. ¿Te suena?

Gabriel esboza una sonrisa de incredulidad.

—No me lo puedo creer. ¿Por qué hablan con ella? ¿Sospechan de mí?

—Dice que no eres asexual.

—Ya estamos con lo de siempre.

—Dice algo más grave —añade Laura—. Que la violaste.

—Y puede que tenga razón. Miren, me cuesta hablar de esto, no es fácil.

—Es mejor que lo intentes, Gabriel, porque a mí esta historia no me gusta nada.

Las palabras de Laura suenan como una amenaza. Gabriel resopla, da la sensación de que le resulta doloroso desenterrar los recuerdos.

—No se me levantaba, ¿vale? Les estoy contando el gran drama de mi vida. Desde los quince años hasta los veinticinco. Me gustaban las chicas, ligaba con ellas y a la hora de la verdad, nada. Un desastre, un espanto, llámenlo como quieran. Me quería morir. A veces conseguía una mínima erección. A veces se daba el milagro de que se levantaba un poco. Pero normalmente no.

—Eso no te impidió encontrar novia —señala Sofía.

—Yolanda no era muy sexual tampoco. Pero sí, de vez en cuando quería y yo le fallaba. Yo intentaba estimularme viendo porno y pensando en guarradas, por aquello de que el sexo está en la cabeza. Y no me funcionaba. ¿Y qué paso? Que un día, increíblemente, la tenía dura. No sé por qué, pero estaba como un caballo. Quise aprovechar la ocasión, para mí era como un milagro, y resulta que a Yolanda no le apetecía. Yo no podía perder esa erección, tenía la seguridad de que era el momento de demostrarle a mi novia que yo podía follar. Y la forcé.

—Dilo bien, la violaste —dice Laura.

—Como prefiera. La violé. Y estoy profundamente arrepentido de aquello. Pero entonces yo pensaba que era un bicho raro o algo peor, un monstruo. Y ahora sé que simplemente era asexual.

Sofía y Laura lo miran en silencio. Gabriel Montes está emocionado, y si no lo está, finge muy bien. Lágrimas en los ojos, las mejillas sonrosadas, un temblor en las manos.

—Fundé la asociación para que nadie tenga que pasar por lo que pasé yo. Para que la gente que no sienta deseo sexual sepa desde la adolescencia que eso no es una anomalía. Que es normal. Que igual que hay gente que adora la lectura y gente que no coge un libro en su vida, hay muchas personas a las que no les interesa nada el sexo.

—Como a ti —dice Laura.

—Como a mí.

—Gabriel, hay alguien que está asesinando a mujeres japonesas que son asexuales —dice Sofía.

—¿Hay más de una muerta?

—Hay más de una. Es posible que se esté valiendo de estas jornadas para buscar a sus presas. Por eso necesitamos que nos llames si ves algo raro en alguna de las reuniones.

—Ya solo queda la de mañana.

—Bien, pues la de mañana. Toma mi tarjeta —dice Sofía al tiempo que le tiende una—. Si adviertes algo raro, lo que sea, me avisas.

Gabriel la coge y la guarda en un bolsillo de su cartera.

—¿Nos vas a dar una copia del listado de participantes a tus jornadas? —pregunta Laura.

—Claro. Encontrarán la dirección de correo electrónico y el contacto en redes sociales de casi todos. Hay alguno que no las usa, aunque les parezca mentira.

—A mí no me lo parece —dice Sofía.

Laura estudia el listado de asexuales mientras Sofía conduce en dirección a la Brigada.

—Has estado muy agresiva con Montes.

Laura no contesta. Está muy concentrada en la lista.

—¿Me oyes?

—No están todos —dice Laura—. Había treinta y cinco personas en la reunión y aquí hay treinta nombres. Falta gente.

—Ha dicho que pasa un folio para que se apunten. Siempre hay alguien que les tiene alergia a estas cosas.

—Ya. Pues yo quiero un listado completo, esto es una chapuza.

—Te veo muy negativa, Laura. A mí me gusta que se organicen estas jornadas y creo que la causa de este colectivo es noble. Quieren visibilidad, quieren dejar de ser bichos raros.

—Pero lo son.

—No lo son.

—Lo son, Sofía. El sexo es un instinto natural. Si no lo tienes, eres un bicho raro.

—Joder, Laura, tú me quieres provocar. Te conozco bien. ¿Por qué le tienes tanta manía a Gabriel Montes?

—No le tengo manía. Para mí es un sospechoso más y lo trato como tal. Pero para ti es el representante de una minoría oprimida, como la tuya. Y te pones de su lado.

—Ah, entonces es eso. Como soy transexual, tengo antenas para todos los colectivos sexuales.

—Le tratabas con demasiada deferencia.

—Con la que se merece cualquier persona.

—Cuando eras un hombre, te mostrabas más duro con los sospechosos.

Sofía la mira un instante, asombrada.

—¿Qué quieres decir con eso?

—Pues eso. Que estás empeñada en ser una mujer y en comportarte como una mujer, y crees que tienes que ser más educadita y más suave al interrogar a la gente. Y eso es una mierda, porque Carlos Luna era incisivo y era duro.

—¿Crees que intento actuar como una mujer?

—Creo que tienes una buena empanada mental, eso es lo que creo.

—Te recuerdo que *soy* una mujer.

—No hay duda de eso, gracias por el recordatorio.

Ya no dicen nada más durante el resto del trayecto.

20.

Los gritos de Yóshiko y del embajador se oyen en toda la residencia. Sentado en una silla del vestíbulo, manteniendo la compostura en todo momento por si acaso aparece Hiroko, que camina descalza y es muy sigilosa, Javier Monleón se sacude la somnolencia y se prepara para intervenir. Es su primer turno de noche y sabe que no va a ser fácil. Nada más incorporarse al trabajo, a las ocho de la tarde, le han pedido que vaya al despacho del señor Matsui. Toshihiko estaba más nervioso que nunca. Paseaba por la estancia sin detenerse apenas, llevaba la corbata apretada en el gaznate de un modo inhumano, como si el reflejo natural de aflojar el nudo hubiera operado en dirección contraria. Un vaso de whisky sobre la mesa de caoba añadía una pincelada al cuadro de su estado de ánimo.

—Ha aparecido otra chica muerta, Javier. Supongo que te has enterado.

Ese había sido el saludo del embajador. La frase de un hombre consumido por la angustia.

—Algo he oído.

—Estoy preocupado, no te lo oculto. Dime, ¿tú has visto algo raro estos días?

—¿Algo raro?

—Alguien que se haya acercado a mi hija para pedirle fuego, o para preguntarle cualquier cosa... No sé. Algo raro.

—Yo no he visto nada raro, señor.

—¿No has notado si os seguía alguien? ¿O si os hacían fotos?

—No, señor.

—¿Ha hablado alguien con ella estos últimos días?

—No, señor.

—¿No la ha abordado nadie con cualquier pretexto?

—No, señor.

—Estoy preocupado, Javier. Yóshiko debería quedarse en casa, por lo menos unos días.

Javier permaneció en silencio. Como tantas veces, agradecía por dentro que su trabajo le permitiera mantenerse callado sin parecer un cobarde o un hombre incapaz de dar respuestas adecuadas.

—¿No podrías hablar con ella para que entrara en razón?

—Señor, yo no debo hablar con ella.

—Aunque solo sea por una vez. A ti quizá te escuche.

—Yo nunca he hablado con ella, señor.

El embajador se detuvo un momento, soltó buena parte de su desesperación con un bufido y dio un trago largo de whisky.

—Está bien. Tienes razón. Es mejor que no hables con ella. Pero vigílala bien, te lo pido por favor. No te distraigas ni un segundo.

Con esa conversación había empezado el turno de Javier. Ahora, en el vestíbulo, escucha la discusión familiar y cuenta los segundos que faltan para la aparición airada de Yóshiko. No se equivoca. La joven cruza veloz hacia la puerta de la calle, con un vestido rojo de tirantes y unos zapatos blancos en la mano.

—Vámonos.

Eso es todo lo que dice. Cuando Javier sale tras ella, la encuentra metida en el coche. Los labios apretados, el ceño fruncido.

—Yo no puedo llevarte en coche.

Ella ni lo mira. Está enfurruñada, la vista clavada en el parabrisas. Es como si supiera que las reservas del escolta se van a deshacer solas, como arrastradas por el viento. Javier piensa en el embajador, en la turbación con la que hablaba. Le ha pedido que vigile a su hija con más ahínco, en cierto modo las normas han cambiado. Se mete en el coche de la embajada.

—¿Adónde vamos?

—A donde sea. Lejos.

Javier pone en marcha el vehículo, un Nissan plateado con asientos de cuero. Es cómodo, es agradable conducirlo. Le consuela ese pensamiento, por si acaso la noche va a consistir en dar vueltas y más vueltas por Madrid. Se dirige a la Dehesa de la Villa, una zona que conoce bien porque ha vivido en ese barrio. A esas horas no va a encontrar mucho tráfico por allí. Yóshiko ha subido los pies al asiento y mira por la ventanilla. El enfado parece haber dado paso a la tristeza. Sus zapatos blancos están en el suelo, como dos perlas brillando en la oscuridad.

—Mi padre quiere que me vaya a Los Ángeles. Que estudie allí la carrera que yo elija.

Yóshiko habla sin apartar la vista del exterior. Es como si necesitara un desahogo más que una conversación, decir palabras en voz alta para ver si pierden parte de su significado.

—Que me vaya otra vez. Otra vez, otro país, otra ciudad.

Menea la cabeza y se sitúa muy cerca del llanto. Pero aguanta en equilibrio, como un funambulista en el alambre.

—Lo está arreglando todo para que me vaya dentro de una semana. ¿Te lo puedes creer? ¡Una semana!

Ahora sí se ha girado hacia él. Ahora sí espera una respuesta. Pero él tiene un mandato muy claro, debe ser su sombra silenciosa, debe cuidarla, debe ser el ojo vigilante todo el tiempo que pase con ella. Sin hablar. Debe aplastar el menor atisbo de relación personal entre ellos.

—Puedes decir algo, eh, que a ti esto te afecta. Si me voy a Los Ángeles, te quedas sin trabajo.

El Nissan entra en el túnel de Sinesio Delgado. Los tubos del techo arrojan chorros de luz sobre el rostro de la japonesa.

—Yo no me quiero ir. Me gusta Madrid. No tengo amigos, pero me gusta esta ciudad.

Al salir del túnel vuelve el silencio y Javier nota que algo parecido a la intimidad está cristalizando dentro del habitáculo. Su obcecación en el mutismo empieza a ser monstruosa.

—El escolta que tenía antes pasaba droga en las puertas de las discotecas. Creo que puede ir a la cárcel.

De nuevo Yóshiko está mirando por la ventana. Javier siente alivio, por lo menos su mirada no lo interpela, aunque sí lo hagan sus palabras.

—¿Tú lo entiendes? Ofrece droga a personas que quieren droga. Parece que eso es un gran delito. Yo no lo entiendo. Si matas a alguien, claro que tienes que ir a la cárcel. Matar es muy grave, vale, es lo peor que se puede hacer. Si matas a alguien, no mereces vivir. Pero pasar pastillas para que la gente se divierta...

Él tiene una opinión sobre el tema. Cree que las leyes existen por algo, que hay que cumplirlas, que si sabes que el tráfico de drogas es un delito y aun así traficas, te expones a una detención y a una temporada entre rejas. Pero no puede hablar.

—La vida no es nada fácil para nadie, las drogas ayudan a salir de la mierda, a sacar la cabeza del pozo un ratito... ¿Tú te has drogado alguna vez?

Javier tiene entrenada la visión lateral. No necesita mirar de reojo para saber que Yóshiko le está mirando. Incluso puede percibir la derrota en los ojos de ella, un principio de resignación que ahora tiñe su tristeza.

—Llévame al Círculo de Bellas Artes.

Yóshiko sorbe una piña colada a través de una pajita. La azotea del Círculo de Bellas Artes está atestada de gente y ella se ha situado en una esquina de la barra. A Javier le ha puesto difícil elegir un buen punto de observación. Está a unos metros de ella, justo en el lugar por el que salen los camareros con las bandejas llenas de bebidas. Una y otra vez tiene que disculparse y poner su mejor cara cuando le dicen que ahí estorba.

Han subido en el ascensor y ella le ha pedido que se tomen una copa juntos en una mesa tranquila. Él le ha dicho que no puede, que está trabajando. Ella no ha insistido más. Al llegar a la azotea se ha abierto paso entre la muchedumbre, ha comprobado que no había mesas libres y ha buscado un hueco en alguna parte. Al ver la seguridad con la que se mueve por ese ambiente, Javier comprende que no es su primera vez allí.

Un joven con el pelo engominado y una camisa blanca se acerca a Yóshiko para pedirle fuego. Ella saca el mechero, le dice algo, él se ríe. Se queda con ella charlando. Javier se pone alerta, pero no es más que un coqueteo. De vez en cuando, ella le mira como afeándole que esté ahí agazapado, observando todo lo que hace, como un cotilla. O tal vez sea el instinto de los niños de comprobar con un vistazo que su padre no está del todo lejos, que hay una vigilancia. El joven coge a Yóshiko de la cintura y la conduce hasta la mesa de sus amigos. Cuatro chicos y cuatro chicas que hablan muy alto, que cruzan pullas entre ellos, que toman copas y se ríen. Celebran la aparición de la japonesa con alguna que otra broma y le hacen un sitio. Javier cambia de emplazamiento para poder observarla. Ella, al verle, le saca la lengua en un gesto de burla.

Yóshiko se pasa al mojito y se toma tres. La reunión dura dos horas. El joven que la había reclutado la intenta convencer de que se vaya con ellos a algún otro bar, pero ella no quiere. Se queda sola en el sofá de la azotea, cansada y un poco borracha. Le hace un gesto a Javier para que se siente con ella. Él ni siquiera pestañea.

Entonces ella se levanta, se acerca al parapeto y con un movimiento ágil se sitúa al otro lado. Una chica da la voz de la alarma, oye, oye, qué está haciendo esa tía, que se tira. Se levantan varias personas y se acercan, un grito muy agudo se impone por un segundo al murmullo que forman los nervios y la preocupación. Es el grito de una joven al ver que Yóshiko se inclina hacia el vacío. Pero está agarrada a la barandilla, solo quiere mirar bien lo que hay abajo. Quince metros de altura. El tráfico de la calle Alcalá. El nacimiento de la Gran Vía. Mirando hacia la derecha, la diosa Cibeles iluminada. Javier se abre paso, no tiene que presentar credenciales, todo el mundo comprende que es alguien responsable y que está tomando las riendas del asunto. Pero no sabe qué hacer. El destino está en las manos de Yóshiko: si se quiere dejar caer, puede hacerlo, él no tendrá tiempo de impedirlo.

—Yóshiko... —la llama.

Ella ni lo mira. Acaricia la piedra blanca de la balaustrada como si fuera el lomo de un caballo.

—Yóshiko, ¿qué haces?

—¿Nunca has querido volar? —pregunta ella.

—No hagas tonterías. Te voy a dar la mano y vas a venirte conmigo. ¿De acuerdo?

—Me estás hablando.

Lo dice sonriendo. El viento mueve sus cabellos y un mechón se le pega a la boca.

—Agárrate bien, por favor. Ten cuidado. Voy a pasar la mano por la barra y me la coges con todas tus fuerzas.

—No.

—Yóshiko, por favor.

—Con una condición.

—¿Cuál?

—Que me hables. Quiero hablar contigo. Solo pido eso.

Javier nota las miradas de la gente. Deben de pensar que se trata de un desencuentro amoroso.

—De acuerdo.

—¿Me lo prometes?

—Sí. Podemos hablar todo lo que quieras. Pero sal de ahí.

Un camarero se sube al parapeto, apenas una barra separadora, y ayuda a Javier a cargar con el peso de la joven. No aflojan la presión sobre los brazos hasta que la tienen a salvo. Hay aplausos y suspiros de alivio. Antes de que Javier pueda clavar una mirada de reproche en Yóshiko, ella se le abraza con fuerza.

21.

Quince minutos tarde, ha dicho Dani, así que Sofía calcula el momento de poner la pasta a hervir y empieza a preparar la salsa de champiñones con nata. Casi todos los sábados cena con su hijo. Es como la tarde de visita semanal del hombre separado, pero ahora en versión adulta. Dani prefiere los sábados porque empalma la cena con su noche de juerga, y a Sofía le viene bien la distracción después de una semana de trabajo. No es fácil cocinar como si nada, consentirse unas horas de asueto cuando acaba de aparecer un cadáver y hay un asesino suelto. Pero Sofía cree que esos remansos son positivos, que la cabeza necesita descansar un poco de la investigación para volver a la carga después y ver algunos aspectos del caso con más claridad. Le ha encomendado a Moura que investigue una posible conexión entre Izumi y Naoko, las dos jóvenes asesinadas. No tiene mucha fe en esa línea de trabajo, pero es necesario despejar las dudas. Le ha pedido a Laura que rastree los pasos de Alberto Junco, el guía local de las japonesas en Madrid. Y Elena Marcos está traduciendo las hojas de la maleta de Naoko. Eso es todo. Sofía piensa y piensa en más cabos de los que tirar. Pero no los encuentra.

Justo cuando está escurriendo la pasta suena el timbre de la casa. Dani entra con una botella de ron y una botella de litro y medio de Coca-Cola.

—Perdón por el retraso. Qué bien huele.

Se dirige directamente a la cocina. Sofía ya se ha acostumbrado a que sus encuentros comiencen sin saludos ni besos. A Dani le da vergüenza llamarla por su nombre de pila, y no concibe llamarla «mamá». Lo que más le salía al principio, en los primeros meses de la convalecencia, era «papá». Hasta que Sofía le pidió que dejara de llamarla así, que entendía la costumbre de hacerlo pero que a ella le recordaba su pasado masculino, y bastante costaba desprenderse de todas las adherencias. La prohibición de decir «papá» se llevó por delante el «hola», que podría haber sobrevivido. Hola o cualquiera de sus variantes para saludar. Pero nada, esas fórmulas no existen en su relación. Dani entra y ya está hablando de algo, como si no hubiera un segundo que perder.

—¿Y eso?

Sofía señala la botella de ron.

—Han quedado todos en casa de Jaime para beber, y luego nos vamos de fiesta. Si no bebo aquí, hago el pringao.

—¿Te vas a emborrachar en mi presencia para estar al mismo nivel alcohólico que tus amigos?

—Sí. Bueno, si te ralla mucho, me aguanto.

—No, no, adelante. Tú no te prives. Pero primero cenarás algo, ¿no?

—Claro, estoy muerto de hambre.

La nata borbotea en la sartén. Sofía apaga el fuego y mezcla la pasta y la salsa.

—Voy poniendo la mesa —dice Dani.

—Ya está puesta.

—Faltan cosas.

A Dani le gusta añadir aceite y pimienta a la salsa. Le gusta que haya pan y un poco de fiambre. Está claro que quiere llenarse bien la panza para soportar mejor la noche de copas.

—Eduardo lleva toda la semana en casa.

—¿Se ha separado de su mujer?

—Qué va, se supone que está en un viaje de trabajo.

—Joder, qué crack. ¿Se inventa un viaje de una semana para poder estar con tu madre? Eso ya es casi de bígamo.

—No le aguanto. El otro día me dijo que comiera más despacio.

—¿En serio?

—Te lo juro. Me estaba zampando un puré de verduras que había sobrado de la comida. Entró en la cocina y me dijo que comiera más despacio, que me iba a sentar mal.

—Bueno, no es mal consejo.

—No es mal consejo para un niño pequeño. Además, ¿a mí qué coño me tiene que decir nada ese tío?

—No te cae bien.

—Me dan ganas de venirme a vivir contigo.

Sofía sonríe. Le gusta que Natalia esté en una fase tan errática con los hombres. Una relación con un casado al que acoge en su cama de vez en cuando. Puede que ese comportamiento censurable le quite aristas al gran disgusto que le dio ella a su hijo.

—Lo digo en serio. Es un tío asqueroso. No sabes cómo ronca.

—Pero a tu madre le gusta. Y tú quieres que tu madre sea feliz, ¿o no?

—A mí eso me da igual.

—Eso no es verdad.

—Vale, quiero que sea feliz. Pero no con ese tío.

Sofía sirve la pasta. Dani vierte un chorro generoso de aceite y echa unos granos de pimienta. Empieza a devorar la comida.

—Come más despacio.

Dani la mira un instante. En un segundo, están los dos riéndose.

Después de la cena, Dani se prepara una copa bastante cargada y Sofía se sirve un poco más de vino. Se asusta al ver el trago enorme que da su hijo a la copa. Por un momento parece que la va a terminar de una sola vez. Le entran ganas de decirle algo, pero se da cuenta de que cualquier comentario, cualquier amonestación, por pequeña que sea, va a quedar fatal. Dani se recuesta en el sofá antes de hablar.

—¿Tú crees que la novia que tengo ahora puede ser para toda la vida?

—¿Cómo quieres que lo sepa?

—Yo antes creía que sí. Estaba seguro de que me iba a hacer viejo con Lorena. Pero empiezo a pensar que no puede ser.

—¿Estáis en crisis?

—No. Pero creo que es ingenuo pensar que el amor es para siempre.

—Puede ser para siempre. Eso no lo dudes. Lo que pasa es que es difícil.

—Yo creo que es imposible.

—No te dejes influir por el desastre de padres que has tenido en ese aspecto.

—Desde luego, sois el peor ejemplo. ¿Qué está haciendo mamá con un tío casado? Es que no me entra en la cabeza.

—Pasa todos los días, hijo. No seas tan duro con ella.

—Si por lo menos se separara de su mujer para estar con mamá... Pero no, dice que no se quiere separar. Que quiere estar con las dos. ¿Cómo se puede tener tanto morro? ¡Y mamá lo acepta!

Sofía sonríe. Lleva un tiempo notando que el nivel de confianza de Dani hacia ella ha ganado enteros. Puede que su hijo haya madurado con la edad, pero a veces se sugestiona con una explicación más misteriosa que tiene que ver con su cambio de sexo. El hombre que era antes intimidaba a Dani hasta el punto de impedir una conversación natural. Y ahora que es mujer, han desaparecido las barreras y hay una corriente mágica entre ellos que propicia las confidencias.

—¿Tú estás con alguien?

Sofía ha consultado un wasap y este gesto ha podido excitar la curiosidad de Dani. Es un mensaje de Elena

Marcos. «Texto traducido.» Interesante. «¿Una copa en mi casa y comentamos?»

—Yo no. Mi vida sentimental es un páramo.

—No sabes la suerte que tienes.

—Tú estás en crisis con tu novia.

—Que no estoy en crisis, de verdad.

—Pues entonces eres muy joven para ser tan cínico.

De un segundo trago, vacía la copa. Acto seguido, se mete en la cocina y se prepara otra. Sofía comprende que tiene prisa por marcharse.

—¿Qué tal está el abuelo?

La pregunta pilla a Sofía con la guardia baja. Se le escapa un suspiro de hastío.

—¿Qué pasa? —pregunta Dani.

—Nada, que no quiero hablar del tema. Si hablo de mi padre, me entra insomnio.

—Ah, vale. ¿Puedo preguntarte por lo menos una cosa?

—Sí.

—¿Por qué nunca quiere verme?

Sofía abre las manos como dando a entender que la respuesta es obvia.

—A ver, entiendo que no te quiera ver a ti —dice Dani—. No es que me parezca bien, pero si él es un militar cavernícola, lo puedo entender. Pero ¿a mí? ¿Yo qué culpa tengo de que mi padre haya cambiado de sexo?

—No lo sé, hijo. Está claro que extiende su odio a todas las generaciones venidas y por venir. ¿A ti te gustaría verle?

—La verdad es que no. Pero tenía curiosidad.

Lo dice con una sencillez que desarma a Sofía. Ojalá pudiera despachar ella la relación con su padre con esa facilidad.

Dani tarda un poco más en tomarse la segunda copa y la conversación entre ellos se atranca. Ella le pregunta por su carrera, tema del que nunca saca casi nada. Indaga de nuevo en su relación con Lorena y se lleva un exabrupto.

De pronto Dani se muestra impaciente y ella comprende que la visita ya se ha terminado. Está cansada, se tomaría otro vino y se metería en la cama. Pero contesta el wasap de Elena.

«Una copa puede ser, pero no me apetece ir a tu casa.»

«No muerdo, eh.»

«Me apetece tomar el aire.»

«Buena idea. Paseamos al perro juntas. Ese es el plan.»

«Vale.»

«Pero te lo advierto. El perro sí muerde.»

Lo primero que nota al ver a Zambo es que necesita un corte de pelo. Es un perro negro y hosco, inquieto. Forma una pareja extraña con Elena Marcos, los dos parados en la acera, junto a su portal, la correa enredada en las piernas de la dueña. Pasa una pierna por encima para salir del enredo, como si estuviera saltando a la comba, y ahora la sujeta con fuerza para evitar que Zambo se tire encima de Sofía.

—Acaríciale, así te ganas su confianza.

—No estoy segura de querer intentarlo.

—Toma, llévalo tú. Le cuesta un poco acostumbrarse a la gente.

Le tiende la correa y Sofía la coge. El perro no es grande, pero sí fuerte. Es difícil contener su empuje. Caminan hacia la plaza de Olavide.

—Así que no quieres subir a mi casa.

—Me apetecía más un paseo.

—Tú te lo pierdes. Soy muy buena haciendo cócteles. Te iba a ofrecer mi especialidad.

—¿Cuál es?

—Vodka con sorbete de limón. Me sale muy bueno.

—Ya me he tomado un par de vinos. No me quiero emborrachar. El alcohol me sienta mal con las hormonas.

—¿Y qué haces cuando quieres relajarte un poco?

—No me relajo.

—Eso está muy mal, compañera. Hay que relajarse. Con alcohol, con drogas, con sexo, con lo que sea.

—¿Qué dice Naoko en el texto de su maleta?

—Cambias de tema porque te incomoda hablar de sexo.

—Me has dicho que había algo interesante.

—Sí, y precisamente es sobre sexo, así que tendremos que hablar del tema, aunque no quieras.

—No me importa hablar de sexo. ¿Por quién me tomas?

—Pues a Naoko sí le importaba. El texto es una diatriba contra el empacho de sexo que hay en la vida. En la publicidad, en el cine, en la literatura, en las conversaciones con amigos...

—¿Pretendía dar una conferencia sobre el tema?

—No creo que tanto, el texto no está estructurado como una ponencia. Son reflexiones que seguramente quería hacer en las jornadas.

—¿Y las fotos?

—Odiaba el tratamiento que le da la publicidad al sexo. Modelos infantiles con los labios pintados y posando como pequeñas putas.

—¿Dice eso?

—Lo digo yo. Ella habla de poses insinuantes y adultas en niños de siete años.

—A mí también me da un poco de grima.

—A ella le daba mucho más que grima. Le producía indignación. No solo lo de los niños; la presencia del sexo en todos los ámbitos de la sociedad. La hipersexualidad. Ese culto excesivo es lo que los convierte a ellos en marginados.

—Lo entiendo, pero sigo sin ver qué tiene de interesante ese texto que has traducido.

—¿No te parece interesante este tema?

—Digo interesante para la investigación.

—No es lo que dice el texto, es cómo lo dice. Escribe con vehemencia. Es un tema que la irritaba, había tomado notas, había preparado una intervención.

—Y le perdieron la maleta y no pudo presentar su dosier.

—Pero acudió a una sesión de las jornadas. Gabriel Montes lo dijo.

—También dijo que Naoko pasó desapercibida.

—Y yo no me lo creo. Esa chica tuvo que hablar con pasión, no ha venido hasta Madrid para participar en unas reuniones y asentir como una gilipollas cuando alguien dice que el sexo está mal. No. Ella traía un discurso personal sobre el tema, estoy segura de que se hizo notar, incluso sin tener sus papeles delante.

—Su amigo Taichiro podría confirmar lo que dices cuando salga del shock.

—Y Gabriel Montes también, si le dan dos hostias para que diga la verdad.

—Elena, por favor, la policía ya no pega hostias.

—Pues es una gran pérdida. Porque a ese tío que no folla te digo yo que con dos hostias le sacabas toda la verdad.

—Mucha gente en el Cuerpo te daría la razón. Pero yo no te la doy.

—Al menos dámela en una cosa: Naoko llamó la atención en el congreso ese. Llamó la atención de los participantes. Y también de los camareros del café Comercial. Y también del asesino.

—¿Crees que el asesino estaba en esa reunión?

—Creo que sí. Pero yo no soy policía, yo soy una simple traductora de japonés.

—Por eso puedes decir lo que te dé la gana. Esa es la suerte que tienes.

Zambo se pone a ladrar al cruzarse con un dogo argentino. Sofía quiere sujetar la correa con fuerza, pero en un segundo el perro está en pleno combate de mordiscos con el dogo. No sabe lo que ha pasado, ni siquiera ha sido consciente del instante en el que se le ha escapado la correa. El dueño del otro perro los separa a base de empujones. Elena se apresura a contener a Zambo. Ve que tiene una herida en el cuello y está sangrando.

—¡Para un taxi! —grita.

Sofía, aturdida, se acerca a la calzada y levanta una mano. Elena coge a Zambo en brazos y lo mete en el coche. Sofía entra por la otra puerta. El dueño del dogo se acerca musitando disculpas, pero Elena le cierra la puerta en las narices.

En la clínica les dicen que Zambo está muy grave. Ha perdido mucha sangre. Se va a quedar ingresado. Elena, que se ha levantado para escuchar las explicaciones del veterinario, se sienta de nuevo, desolada. Sofía se ha disculpado ya dos veces por no haber sujetado con firmeza la correa, pero lo vuelve a hacer.

—No te preocupes —dice Elena—. A mí se me escapa todo el rato.

Se quedan en silencio unos segundos.

—No sé por qué se me ha ocurrido adoptar un perro. Ahora resulta que si lo compras, eres un monstruo insolidario. Con la de perros abandonados que hay... Pero este me ha salido malo.

—¿Nos vamos?

—¿Me vas a dejar sola o vas a subir a casa?

Sofía no deja de admirar las mañas de Elena para sacar provecho de la situación. Se pregunta si acepta por el sentimiento de culpa que se le ha pegado a la piel o porque esa mujer le despierta curiosidad.

El piso está lleno de pelos de perro. Una manta con retales coloridos cubre el sofá. Nada más entrar en la casa, Elena se derrumba en él.

—No me apetece preparar los cócteles. ¿Te conformas con un chupito de vodka?

—No quiero tomar nada —dice mientras se sienta en una butaquita que hay junto al sofá.

—¿Te puedo hacer una pregunta personal? —Elena tiene los brazos extendidos por encima de su cabeza, en una postura de lo más indolente. Los baja justo después de hacer la pregunta, como preparándose para la respuesta.

—Claro.

—¿Tienes vagina?

Sofía deja escapar una risita de embarazo.

—Tengo vagina. Pero no sé si quiero hablar de esto.

—¿Por qué no? Has cambiado de sexo, no hay nada más importante que tu vagina en estos momentos.

Tiene una vagina construida con la piel del pene y del escroto. Una parte del glande, con sus nervios y sus vasos sanguíneos, se ha utilizado para fabricar un clítoris con sensibilidad, pensando en la satisfacción sexual. Pero Sofía no quiere entrar en detalles.

—¿Sientes placer sexual?

Tampoco quiere contestar a esa pregunta, aunque le vienen como oleadas los recuerdos de los primeros meses de convalecencia. Cuando le quitaron los apósitos y se vio al fin libre de la sonda vesical, empezó a tocarse con cuidado para verificar si realmente tenía sensibilidad en la vagina. Lo hacía con miedo, a base de pequeños tanteos que se prolongaban más de una hora. Y no sentía placer. Volvía a la carga al día siguiente, con paciencia, como un zahorí en busca de una gota de agua. Nada. Un día notó una corriente eléctrica que vino sin avisar. Como no sabía que era un hecho aislado, pensó que había conquistado una cima y se sintió feliz. Su vagina funcionaba correctamente, pero los labios tendían a cerrarse, buscaban un repliegue, se apretaban como para negar la abertura. Para combatir esa inercia, había que cuidarla con ejercicios de dilatación que resultaban dolorosos. Tres tubos de distinto grosor adornaban la mesilla, como tres menhires. Sofía tenía que introducirlos en su vagina en un movimiento suave de avance y retroceso, para vencer la resistencia de la pared vaginal y ganar elasticidad poco a poco.

—Yo últimamente estoy rara con el sexo —dice Elena—. No me apetece. Los hombres me cansan. Las mujeres me atraen un poco, pero no me decido a hacerme lesbiana. Creo que tú eres perfecta para mí.

—¿Yo? ¿Por qué?

—Bueno, simbolizas mi proceso. Me gustaban los hombres hasta que me cansé de ellos. Ahora me fijo en las tías, pero no me decido. Tú representas mi empanada mental. Eras un hombre, eres una mujer y no te decides a tener sexo con nadie. ¿Me equivoco?

—No, no te equivocas.

—Pues eso. Eres perfecta para mí. Hace siglos que no me gusta nadie, pero tú me gustas. Supongo que me da morbo lo del cambio de sexo.

—Ya. Podría ser como un ratón de laboratorio para ti.

—¿Cómo?

—Que podrías hacer conmigo un experimento, a ver si te gustan de verdad las mujeres.

—¿Te ha ofendido algo de lo que he dicho?

—No estoy segura, pero creo que sí. Me voy a ir a casa.

—¿Qué es lo que te ha ofendido?

—Da igual.

—Vale.

Sofía agradece que Elena se resigne a su espantada. Por lo menos se ahorra el forcejeo. Paseando, tarda un cuarto de hora en llegar a la calle Piamonte. En la mesa del salón están su copa de vino y el vaso ancho que ha utilizado Dani para sus combinados. En la cocina, la cazuela, la sartén y el escurridor sucios. Los fregará mañana. En el dormitorio, la cama la llama a gritos. Ya no hay menhires en su mesilla. Queda un tubo, pero está en el cuarto de baño, porque basta con hacer los ejercicios de dilatación una vez por semana. Ya no hay sangrados. Tampoco ataques de ansiedad. Queda el miedo al sexo, un miedo que no sabe si va a poder superar y que le hace envidiar de una manera cobarde, pero real, la abstinencia escogida de los asexuales.

22.

Un DJ está pinchando en la Joy Eslava y el volumen de la música es atronador. La pista de baile se ha convertido en una maraña humana imposible de atravesar. Los focos desparraman haces de luz por todas partes, como fuera de control, y la gente salta y baila como si estuviera siendo ametrallada. Bárbara Lanau se tapa un ojo para ver si así consigue fijar la vista mejor. Pero no. La luz no se detiene ni un segundo en ningún sitio. Dar con Reyes Lapuerta en esa discoteca será como encontrar una aguja en un pajar.

Han hablado con dos soplones habituales, la información es fiable: el proxeneta pasa las noches de los sábados bailando en la Joy. A ella le cuesta imaginar a esa bestia moviéndose al ritmo de la música. Como mucho, se bamboleará como un orangután. No va a parar hasta dar con él. Está batiendo la pista de baile por tramos, primero la parte más cercana al escenario y desde ahí hacia el fondo. A ratos cierra un ojo para ver mejor, pero en general se concentra en adaptar su visión doble al espacio. Podría reconocer a ese hombre entre un millón de rostros, está segura de ello. A veces cree verlo en una espalda muy ancha que tiene delante o en una patilla brillante de sudor que un foco ilumina de pronto.

Estévez la sigue a regañadientes. La sola idea de encontrar al tipo en un lugar tan masificado como ese le parece un disparate, pero Bárbara está empeñada, se le ha metido entre ceja y ceja que tiene que cazarle y no está dispuesto a dejarla sola. Ya lo hizo una vez y casi le cuesta la vida a su compañera. Avanza entre el gentío y se gira molesto con cada empujón. Si sigue con esa actitud, le van a partir la cara. Tiene la esperanza de que al terminar la inspección de la pista, el ánimo de Bárbara flaquee. Sin embargo, no es así. Ella mantiene el mismo gesto de determinación y un puntito de extravío en la mirada, bien por la locura de su empresa o bien por su problema ocular.

—Vamos al piso de arriba —dice—. Desde allí tenemos una buena panorámica.

A Estévez le parece muy bien la sugerencia. Lo que sea con tal de escapar de la muchedumbre. El piso de arriba también está lleno de gente, pero por lo menos no hay pisotones ni encontronazos. Bárbara se acoda en la barandilla y sus ojos barren la pista con la avidez de un águila. Recorren la galería fijándose en los clientes de las mesas, en los de la barra, en los que se agolpan en la entrada a los cuartos de baño. Suben al segundo piso y efectúan la misma inspección.

—Es alto y corpulento. El pelo moreno y muy rizado.

Se lo dice acercando la boca a la oreja de él. Es el único modo de hacerse oír. Estévez nota una corriente cálida en el aliento de ella. Se asoman a la pista de baile. Un hombre alto y con el pelo rizado. Le parece ver a unas cincuenta personas que encajan en ese perfil. Lanau se gira hacia él, por un momento parece que ha tenido un arrebato y necesita darle un beso en la mejilla. Pero solo quiere susurrarle un dato más:

—Tiene una calva en la coronilla.

Él asiente, como si ahora la descripción fuera completa. Durante unos segundos busca calvas en el enorme racimo de cabezas que se apiñan ahí abajo como formando una enorme y monstruosa coliflor.

—Ahí hay uno que tiene una calva.

Estévez señala un punto de la pista.

—¿Cómo?

La música aplasta las palabras, hay que colocarlas dentro de la oreja, así que ahora es Estévez el que se acerca a la de ella.

—Un tipo con una calva, al lado del bafle, el de la camisa roja.

—¿El de la camisa roja? —pregunta Bárbara, y esta vez su nariz cosquillea en la cara de él.

—Sí.

—No es él.

Estévez empieza a disfrutar del juego de las orejas. Pero sabe que ella es del todo inconsciente del efecto que está provocando en él tanta proximidad.

—No lo vamos a encontrar —le dice en la oreja.

—Está aquí, estoy segura.

—Ya, pero...

Acaba la frase con un gesto. Ella mantiene toda su atención en la pista de baile.

—Voy a pedir algo. ¿Quieres una copa?

—Agua.

Estévez se encamina hacia la barra. Se dice a sí mismo que no está de servicio, simplemente se comporta como un buen amigo y por eso le sigue el juego a Lanau. Nada le impide apretarse un whisky. Tarda en pedir porque hay mucha gente delante, pero no tiene prisa. Mejor eso que buscar coronillas con calvas entre luces infernales que le deslumbran. Cuando ya tiene las bebidas en las manos se dirige a la barandilla, pero Bárbara no está donde él la había dejado. Otea por encima de las cabezas, se pregunta si no habrá localizado a Lapuerta, si no habrá bajado los escalones de cuatro en cuatro para atraparlo. Pero no nota ningún revuelo. Le parece oír su nombre amortiguado por la música. Bárbara le está llamando desde una mesa pequeña que se ha quedado libre. Él se acerca y pone las bebidas en la mesita.

—No te enteras.

—Joder, no se oye nada. ¿Qué quieres?

—Se ha quedado libre y me he lanzado.

—La mejor idea que has tenido esta noche. ¿Esto significa que abandonas la vigilancia?

—De eso nada. Pero veo que tú sí la has abandonado —lo dice señalando el whisky.

—No se lo cuentes a nadie.

—Juan...

—Es sábado, ha sido una semana muy dura.

—Pero me dijiste que me ibas a ayudar.

Estévez se ríe.

—¿Te hago gracia?

—Sí. No me miras a los ojos cuando hablas.

—No puedo fijar la mirada porque veo doble. Es un coñazo.

—Decías que ya estabas bien.

—Pues no.

—Bárbara, deberías estar en casa descansando.

—No seas coñazo, en casa me aburro. Me vuelvo loca.

—Por lo menos ponte el parche.

—¿El parche de pirata? No, gracias.

—Desprecias mi regalo.

Ella no contesta. Da un trago de agua. Aunque tiene un vaso, prefiere beber de la botella.

—Te bailan los ojos todo el rato. Por encima de mi cabeza, hacia los lados... Pareces una loca.

—Qué bien que te haga gracia. Te aseguro que es muy molesto.

—Por eso deberías estar de baja.

Se quedan callados unos segundos. Ella coge el vaso de whisky y lo huele. Lo deja donde estaba. Él sonríe.

—Ya has oído a Arnedo —dice ella—. El juez quiere que le llevemos a ese chapero de los huevos.

Estévez se toca la oreja y menea la cabeza. No la oye. Ella inclina su corpachón sobre la mesa que los separa y le repite la frase al oído. Dice después otras frases, comenta aspectos del caso que a él, en esos momentos, no le interesan. Está hechizado por Bárbara, o más bien por la fantasía de estar siendo seducido por ella en cada uno de sus acercamientos.

Se queda en la mesa saboreando su copa mientras ella va al baño. El estrépito de unos vasos que se estrellan contra el suelo le sobresalta. Alguien pasa corriendo y se golpea en el muslo con la mesa que él ocupa. Estévez se felicita de que el golpe le haya pillado con el vaso en la mano.

—¡Es él!

Lanau corre como una exhalación hacia la escalera. Ha soltado la frase al pasar, pero no se ha detenido porque no quiere perder ni un segundo. Entre empellones, Estévez se apresura a llegar hasta el piso de abajo. Sale a la calle. Alcanza a ver a su compañera corriendo por Arenal hacia la Puerta del Sol. Corre detrás de ella. Nota el whisky en el esófago, clavado como un cuchillo. Sube por la calle Preciados y allí, junto a un escaparate, encuentra a Bárbara poniéndole las esposas a Reyes Lapuerta. El hombre lleva la camisa abierta y los pelos del pecho fulguran como cenizas. En la coronilla tiene una calva, en efecto, y el rostro está desfigurado. Un ojo cerrado por el huevo que tiene en el párpado, los labios rotos, la nariz sangrando con profusión.

—Se ha dado contra el suelo —dice Bárbara sin mirarle a la cara.

23.

Como hace frío a esas horas, están sentados dentro, en los asientos verdes que tanto le gustan a Yóshiko. El cuero del respaldo se le pega a la piel sudada y le gusta mucho la sensación. La chocolatería de San Ginés es la última parada de su noche de juerga, un lugar para el mañaneo, como ella dice cuando amanece y le da por la travesura de postergar un rato más la vuelta a casa. Ha bailado varias horas, bajo la atenta mirada del escolta, que la veía coquetear con unos y con otros y acercarse a él de vez en cuando para dar un trago a su copa y comprobar que el acuerdo seguía en pie, que ahora podían hablar.

—La mejor amiga que he tenido se llamaba Paulina. Era muy negra, y tenía el pelo lleno de trencitas. Era guapísima.

Moja un churro en el chocolate caliente y se lo lleva a la boca. Sigue hablando antes de tragar.

—Era hija de la cocinera que teníamos en la embajada. Tenía diez años, igual que yo. Estaba todo el día jugando a la rayuela en la cocina. ¿Conoces ese juego?

—Sí, el de la piedra que tiene que caer en las casillas numeradas.

—Ese. El suelo de la cocina era de baldosas, perfecto para jugar. Ella tiraba un servilletero redondo, recuerdo que era de color naranja. Y saltaba por las baldosas a la pata coja. La primera vez que la vi yo había ido a la cocina a pedir un poco de pan, porque tenía hambre. Y allí estaba ella. Le pregunté si podía jugar y me dijo que sí. Y desde entonces bajaba todos los días a la cocina.

—¿No tenías que ir al colegio?

—En Luanda no había Colegio Japonés. Había tutores que nos daban clases a unos cuantos niños de la embajada. Era un rollo.

—¿Y no te hiciste amiga de esos niños?

—Me caían fatal. Cuando llegó mi cumpleaños mi madre organizó una gran fiesta y vinieron todos esos niños. Yo quería que viniera también Paulina, pero mi madre no me dejó invitarla. Así que desaparecí un buen rato de la fiesta y les llevé unos pasteles de arroz a ella y a su madre, y nos los comimos en la cocina. Hasta que me descubrieron y se armó una buena.

—Veo que ya eras rebelde a los diez años.

—Yo solo quería tener una amiga. Y no entendía por qué no me dejaban estar con ella.

—Y ahora, que eres mayor, ¿lo entiendes?

Yóshiko considera la cuestión, pero rehúsa contestar.

—Un día le llevé un ejercicio de portugués que me había puesto el tutor. Quería que me ayudara. Me dijo que no sabía leer y se puso a saltar a la pata coja.

Yóshiko sonríe al paso del recuerdo. Moja otro churro y lo muerde alegremente.

—¿No quieres coger uno?

—No, gracias.

—¿A que está bien hablar un poco? Es mucho más entretenido, ¿no?

Javier asiente. Ella bebe un poco de chocolate y él le hace un gesto para que se limpie la nariz, que tiene una mota oscura.

—Y de pronto dejó de venir a la embajada y llegó una cocinera nueva. Le pregunté a mi madre qué había pasado y me dijo que Paulina tenía la malaria.

—Pobre. ¿Se murió?

—No, no se murió. ¿Y sabes por qué? Porque yo le llevaba cada día un pastelito de arroz al hospital. Y cuando le dieron el alta se los seguí llevando a casa. Le encantaban esos pasteles, no sabes cómo se le iluminaba la cara cuando los veía.

—¿Ya no volvieron a la embajada?

—No. Yo creo que mis padres tenían miedo de que nos contagiaran o algo así. Los japoneses somos muy escrupulosos con las enfermedades.

Yóshiko rebaña el chocolate que queda en la taza con el último churro.

—Yo creo que ya es hora de volver, ¿no? —dice Javier.

—Un día —mastica bien antes de seguir—, mi madre se enteró de que iba a casa de Paulina. Me dio un bofetón que me dejó sorda durante días. Vivía en una zona muy pobre, al lado de una charca llena de mosquitos. Decía que me podía haber muerto.

—Y tenía razón. En el agua estancada es donde están los mosquitos que transmiten la malaria.

—Ya, pero me agencié un mosquitero y me lo ponía como una caperuza, cubriéndome todo el cuerpo. Y así podía ir a verla.

—¿Seguiste yendo?

—Hasta el último día. Hasta que destinaron a mi padre a Colombia. Han pasado ya seis años.

—¿La echas de menos?

—Su único juguete era una muñeca hecha con un botellín de cerveza y unos pelos de fregona.

Yóshiko sonríe.

—¿Nos vamos?

Hace un poco de fresco a esas horas. El coche de la embajada, con los distintivos oficiales, está mal aparcado en una acera de la calle Mayor, junto al mercado de San Miguel. Javier conduce cansado, piensa en lo poco que le queda para coger el sueño. No quiere decirlo en voz alta, pero le ha gustado mucho hablar con Yóshiko. Aunque sea una transgresión en la disciplina de su trabajo, es mucho mejor así. Ella mira por la ventana, con lágrimas en las mejillas.

24.

Reyes Lapuerta ha pasado la noche en el calabozo entre sus propios vómitos, producto de su borrachera, quiere pensar Lanau, aunque sabe que también pueden obedecer a una lesión cerebral por los golpes que ella le ha propinado. Su primera intención ha sido interrogarle por la noche, nada más llegar a la Brigada, pero ha vomitado en el pasillo y se ha tambaleado de tal forma que le ha parecido mejor dejarle dormir la mona. Ahora es Estévez quien está con él en la sala de interrogatorios. Le da asco contemplar su camisa manchada, su barba de tres días y su rostro picado de viruela en el que resaltan como cráteres las ojeras. Tiene el pelo corto desordenado en rizos sucios y dos patillas como hachas. Soporta el escrutinio de Estévez sin devolverle la mirada. Se limita a aplastarse los nudillos, como si esos chasquidos le ayudaran a llevar el cómputo del tiempo que pasa.

—He estado leyendo tus antecedentes penales. Joder, hacía tiempo que no leía tanto rato seguido. ¿Qué te pasa, Reyes? ¿Te gusta la cárcel? ¿Te va la marcha o qué?

—Quiero un abogado.

Lo dice sin levantar la cabeza. Por un momento se detienen los chasquidos. Está esperando la respuesta de Estévez.

—No, qué va. Tú no quieres un abogado. Tú no sabes lo que quieres.

—Quiero un abogado.

—Te miro y estoy entre dos teorías: o te han dado muchas hostias de pequeño o te han dado muy pocas. ¿Cuál de las dos, Reyes? Dímelo tú.

Reyes no contesta. Ahora sí, se aplasta un nudillo y suena un crujido como el croar de una rana.

—Si te han dado muchas, te has quedado tonto y no piensas con claridad. Y si te han dado pocas, te crees que esto es jauja y que los actos no tienen consecuencias.

—Y las hostias que da la policía, ¿tienen consecuencias?

—¿Te refieres a mi compañera, a la que metiste en la boca el cañón de tu pistola? ¿A eso te refieres?

—A mí no me da una hostia ni Dios.

—Te han dado muchas de pequeño, ahora lo entiendo. Eras un pringao con el que se metía todo el mundo. Y ahora eres un ángel vengador, o algo así. Con una pistola es todo más fácil, ¿verdad? ¿Tienes licencia de armas?

—A ver si nos entendemos, listo. O viene un abogado o no me sacas nada.

—A ver, Reyes, que eres un lumbreras, me parece a mí. Si viene un abogado, ponemos encima de la mesa siete delitos, calculo yo, a ojo de buen cubero. Proxenetismo, secuestro, homicidio en grado de tentativa, tenencia ilícita de armas, posesión de drogas, blanqueo de dinero, resistencia a la autoridad y alguno que se me olvida. Porque los abogados hablan de delitos y no de gaitas. Si no viene un abogado, nos podemos entender tú y yo. Tú has asustado a mi amiga y eso me jode mucho. Pero lo podemos dejar en una retención ilegal, y eso al juez le puede parecer poca cosa. Y dentro de un par de días puedes estar dando pollazos a algún chaperito. ¿Qué te parece?

—Tú sabes mucho de pollazos, tienes toda la pinta.

—No te pongas a decir frases ingeniosas, que tú no tienes ningún protagonismo en este asunto. No es a ti a quien queremos, tú simplemente te has metido en medio porque eres más simple que el asa de un cubo. El típico tonto que aparece en el momento inoportuno.

Reyes concentra todo su odio en sus ojos negros. Trata de abalanzarse sobre Estévez, pero tiene una muñeca esposada a la pata de la mesa.

—Inténtalo. Ahora mismo mi padre se está muriendo, y no sabes las ganas que tengo de abrirle la cabeza a alguien. Dame motivos.

—Quiero un abogado.

—No eres tan importante como para tener un abogado. Eres un idiota, y los idiotas hablan tarde o temprano. Tú verás el tiempo que quieres estar aquí.

—¿Qué quieres?

—Quiero saber dónde está Arturo.

—No sé quién es.

—Arturo Laín Dorado.

—No conozco a ningún Arturo.

—Quiero saber dónde está ese chalet maravilloso en el que graban los vídeos. Y tú me lo vas a decir.

—¿Qué vídeos? No sé de qué me hablas.

Estévez saca del bolsillo un teléfono móvil y lo lanza a través de la mesa. Resbala hasta topar con las manos de Reyes.

—Puedes verlos. Este teléfono estaba en el piso de la calle Libertad, el que tú custodiabas con tanta violencia.

Reyes ni siquiera toca el móvil. Se queda mirando a Estévez con rabia.

—No tienen desperdicio los vídeos. Mujeres maduras, millonarias, y todavía con ganas de correrse una buena juerga. ¿Eso es un pecado, Reyes? ¿Se merecen este castigo? ¿Esta extorsión? ¿Te imaginas a tu madre recibiendo estas amenazas?

—No se te ocurra hablar de mi madre.

—¿Me vas a pegar? Te recuerdo que tengo ganas de romperte la cabeza.

—Quiero un abogado.

—¿Dónde está el chalet de Arturo? Dímelo y llamas al abogado. A mí me caen mal, pero a ti te puede venir bien.

Reyes toma aire y cierra los ojos, como si estuviera realizando un gran esfuerzo por conservar la paciencia. Por un minuto parece que se ha quedado dormido. Hasta que empiezan a crujir sus nudillos de nuevo.

—Le vamos a encontrar. Y cuando eso pase, ¿tú crees que Arturo te va a proteger? Tienes que pensar muy bien a quién destinas tu lealtad. A tu madre, perfecto. Esa señora se merece tu lealtad.

Reyes abre los ojos y le mira fijamente. No le gusta que mencionen a su madre, ni siquiera de forma positiva.

—Pero Arturo... ¿se la merece?

—Tengo derecho a un abogado.

—Ya está, me rindo. Yo termino aquí. Ahora va a entrar mi compañera a hablar contigo. Te lo quería evitar, la verdad, pero no me dejas alternativa.

Estévez se levanta. Coge el móvil que le había ofrecido a Reyes y se lo guarda en el bolsillo. Se dirige a la puerta. Se detiene al oír la voz del detenido.

—¿Retención ilegal?

Estévez se gira hacia él.

—¿Eso es todo?

—Eso es todo.

Reyes Lapuerta asiente y en su rostro asoma una mueca de vergüenza infinita, el preludio de la cobardía en la que va a caer, quizá por primera vez en su vida.

Con una camisa blanca impecable, el pelo mojado con gomina y una sonrisa untuosa, Arturo Laín recibe a Estévez y Lanau como si llevara un buen tiempo esperando su visita. Vive en un chalet de La Moraleja, uno de los barrios más exclusivos de Madrid. Los dos policías recorren las losetas del jardín hasta la casa. Un paseo fugaz en el que no dejan de advertir la presencia de una piscina, unas tumbonas, una hamaca, una barbacoa y un cenador. No hay más remedio que admirar cómo ha prosperado en unos años el joven cordobés que quería abrirse paso como actor en la gran ciudad. La sonrisa de Arturo no desaparece ni siquiera al examinar las acreditaciones policiales que le muestran.

—Pasen, pasen, por favor. Aunque no sé a qué se debe esta visita, la verdad.

A Bárbara le gustaría esgrimir en ese momento una orden de detención y ponerle las esposas sin más preámbulos. Pero a la jueza Colmenares no le ha parecido que las pruebas existentes permitan llegar tan lejos. Por desgracia, el piso de la calle Libertad no está a su nombre.

—Estamos investigando la muerte de su hermano y necesitamos hacer unas comprobaciones —dice Estévez.

—Suponía que venían por eso. Pobrecillo, siempre tuvo la cabeza un poco hueca. Siéntense, por favor. ¿Quieren beber algo?

Los dos declinan el ofrecimiento. Se sientan en el sofá de un amplio salón con chimenea, ahora apagada. Arturo se hunde en un sillón orejero, y por un instante da la impresión de que va a desaparecer. No lo hace, el asiento es mullido pero tiene tope, lo suficiente para mantenerle a una altura razonable.

—¿Por qué dice que su hermano tenía la cabeza hueca? —pregunta Lanau.

—Bueno, a la vista está que se metía en líos todo el rato.

—¿En qué tipo de líos?

—Esa manía con los mensajes por el móvil. Las grabaciones a las mujeres, ya saben.

Estévez y Lanau cruzan una rápida mirada de estupor. Enseguida se dan cuenta de que se enfrentan a un tipo inteligente y escurridizo. Está claro que conoce las novedades: la inspección del piso de la calle Libertad, la incautación del teléfono con las imágenes de las señoras y los gigolós... Antes de traicionarlo, Reyes Lapuerta se ha debido de comportar como un buen lacayo.

—Perdone, pero no sé si le estoy entendiendo —dice Estévez.

—Sí que me entiende, pero yo se lo explico mejor, si quiere. A mi hermano le dio por traficar con imágenes grabadas en secreto. Vídeos sexuales de hombres de compañía con señoras que solicitaban sus servicios. Y esas cosas suelen terminar mal.

—¿Por traficar se refiere a extorsionar a las señoras?

—Sí, es otra forma de decirlo.

—¿Y cree usted que su muerte tiene que ver con esas extorsiones?

—No lo creo, lo afirmo. Me consta que mi hermano estaba chantajeando a uno de sus clientes, y la noche de su muerte se había citado con él para cobrar un pago.

—Un pago a cambio de que las imágenes sexuales desaparecieran...

—Eso es.

—Así que usted conocía las andanzas delictivas de su hermano —dice Estévez.

—Claro. Ni que decir tiene que me parecía fatal lo que estaba haciendo.

—No faltaba más, cómo iba usted a aplaudir semejante comportamiento.

El sarcasmo de Lanau está muy medido y sirve para descomponer la seguridad con la que se está desenvolviendo Arturo.

—Noto un tono de censura por su parte.

—¿Pretende que me trague toda esta mierda?

—¿A qué se refiere?

—¿Pretende que me crea que su hermano le contaba sus fechorías como si tal cosa, para echar unas risas?

—Mi hermano me contaba todo. Lo bueno y lo malo. Ya les digo que no era muy listo.

—¿Y usted permitía que extorsionara a sus clientas?

—Yo le avisaba de que se estaba deslizando por una pendiente muy peligrosa. Que podía terminar en la cárcel. Pero ya ven el caso que me hacía.

Lanau se levanta, nerviosa. Es como si necesitara estirar las piernas para no lanzarse al cuello de Arturo, pero está fingiendo: en realidad, quiere circular por la casa para buscar el posible emplazamiento de las cámaras. Cierra un ojo para evitar la visión doble, que la sigue mortificando. Es Estévez quien retoma el interrogatorio.

—No le veo muy afectado por la muerte de su hermano.

—Lo voy digiriendo. Pero le aseguro que la muerte de un familiar no es plato de buen gusto para nadie.

Estévez intenta aplastar un conato sentimental en su interior. Por un momento se le presenta el rostro adelgazado de su padre en el hospital, cubierto casi por entero con la mascarilla de oxígeno. El pecho abombado levantándose débilmente a intervalos regulares.

—¿Tiene usted un piso alquilado en la calle Libertad?

Arturo le mira unos segundos. Por primera vez flaquea su sonrisa.

—Soy muy malo para las caras —sigue Estévez—. Pero creo recordar haberle visto por allí.

—Sé a qué piso se refiere, pero yo no lo tengo alquilado. Es una casa de citas. No es un secreto, el negocio se anuncia en internet.

—Y le va muy bien, por lo que veo.

Con un gesto de la mano, engloba la inmensidad del salón.

—No me quejo.

—¿Usted ya no ejerce como gigoló?

—Ya no me hace falta.

—En ese piso hemos encontrado dinero, teléfonos móviles y unas balas.

—No es posible.

—Si nos acompaña a la Brigada Provincial, podría intentar identificar los objetos.

—Es que me deja estupefacto, no sé de qué me está hablando.

—¿Por qué no se acerca con nosotros y lo vemos?

—¿Me está deteniendo?

—¿Tengo pinta de estar practicando una detención?

—¿Dónde está su compañera?

—No se preocupe por ella, de vez en cuando necesita tomar el aire. Estará en el jardín.

—No está en el jardín —Arturo se levanta con esfuerzo del sillón. De pronto está inquieto. Recorre el salón—. Llámela, por favor.

—No sé por qué se preocupa tanto por ella.

—Llámela.

—Está bien, como quiera —y añade en voz baja, en tono de mofa—: Subinspectora...

—Muy gracioso.

Arturo se encamina a las escaleras y sube los peldaños de dos en dos. Entra en el dormitorio principal, una *suite* con una cama de dos metros, un espejo enorme y un ventilador en el techo. Bárbara Lanau está de pie sobre una silla, desenroscando el ojo de una alarma.

—¿Qué está haciendo aquí?

—Estaba inspeccionando esta alarma. Me han entrado en casa hace poco y quería ver cómo funcionan estos cacharros.

—¿Tienen una orden de registro?

—No queremos registrar nada, discúlpeme. Solo me he tomado la libertad de examinar su alarma. Estoy mirando modelos y no me decido por ninguno. ¿Me la recomienda?

—Voy a hablar con mi abogado.

—Hace bien —dice Bárbara—. Esta alarma lleva una cámara de vídeo escondida. Y creo que es aquí donde se graban las imágenes que después utiliza para extorsionar a sus clientes.

—Yo no hago nada de eso. Lo que hiciera mi hermano es asunto suyo.

—Deje de escudarse en su hermano. Es de lo más rastrero.

Estévez se acerca por detrás.

—Arturo, creo que ha llegado la hora de que hablemos en serio.

—¿Por qué hacen esto? ¿No se dan cuenta de que hacer un registro sin permiso judicial invalida todo el proceso?

—Insisto, no hemos hecho un registro. Solo estaba comprobando si esta alarma me puede servir.

—El juez se reiría en su cara si le dice eso.

—¿Quiere que probemos a ver si se ríe al ver las imágenes grabadas con esta cámara?

Arturo se toca la barbilla. Por un instante parece que se va a arrancar un trozo.

—¿Qué quieren de mí?

—Solo queremos que nos acompañe a la Brigada y hablemos. De momento no necesita un abogado. Pero si se siente más cómodo, puede llamarle.

Arturo asiente con movimientos espasmódicos.

—Bájese de ahí, por favor.

Bárbara se baja de un salto. Arturo abre un cajón, saca una gamuza y limpia la silla.

—Vámonos —dice.

25.

El comisario Arnedo no se puede ni imaginar la fluidez con la que se produce el intercambio de ideas en la sala de reuniones, porque siempre que él entra sucede algo así como un cortocircuito, la tensión se instala en el ambiente y todos miden sus palabras antes de pronunciarlas. Le gusta entrar sin llamar y sentarse a la mesa como si fuera un alumno que llega tarde al aula. Durante unos segundos se comporta como un oyente educado, coge un folio y garabatea algo mientras Sofía, Laura y Andrés Moura continúan dándole vueltas al caso. Pero todos saben que en cualquier momento va a intervenir y que no va a ser para bien. En ocasiones se toma un buen tiempo antes de hacerlo. Esta vez no.

—Perdonadme que os interrumpa. ¿Cómo es posible que todavía no tengamos nada? Ni una pista, ni un sospechoso...

—Hay varias líneas de investigación abiertas.

—Eso no es nada, Luna. ¿Alguna pista?

—Tenemos un listado con los asistentes a las jornadas sobre asexualidad —dice Laura.

—¿Algún sospechoso en ese listado?

—Nos acaban de dar la lista, todavía no hemos podido investigarlos.

—¿Qué pasa con Gabriel Montes?

—Es pronto para considerarlo un sospechoso.

—Buscamos a un tarado que les tiene manía a los asexuales. Y él parece conocerlos a todos.

—Pero no parece tenerles manía.

Arnedo mira a Sofía con furia. No le gusta que le den un revolcón con una frase bien colocada.

—La primera víctima, Izumi, ¿estuvo presente en esas jornadas?

—No nos consta.

—Entonces, ¿por qué perdemos el tiempo con ese listado? Está claro que el asesino no tiene nada que ver con esas jornadas.

—La convocatoria estaba en Facebook —dice Laura—. Izumi dijo que tal vez asistiría.

—Así que tenemos a un asesino que escoge cuidadosamente a sus víctimas. Tienen que ser asexuales y japonesas. No chinas, ni coreanas. Japonesas. ¿Por qué?

Durante unos segundos, nadie dice nada. Es evidente que no tienen una respuesta para esa pregunta. Es Arnedo el que sigue hablando.

—¿Odia Japón por algún motivo? ¿O es que tiene fantasías sexuales con las japonesas?

—Fantasías asexuales —corrige Sofía.

—Eso me tiene loco. Matar a alguien que no siente deseo sexual. ¿La mente de los psicópatas no funciona al revés? ¿No se obsesionan con las mujeres promiscuas o con las prostitutas?

—Sabemos muy poco de la mente de un asesino en serie. No tenemos mucha experiencia en este campo.

—Pues tendremos que hacer un curso acelerado. ¿No habéis diseñado un perfil de su conducta?

—Sabemos que sufre una perturbación mental —dice Sofía.

—Hasta ahí llego, Luna. Que está como una puta cabra es evidente.

—¿Me dejas continuar?

—Si vas a decir que tiene una personalidad compulsiva, que es un maniático y que no va a parar te lo puedes ahorrar. Hasta ahí también llego. He visto las mismas películas que todos vosotros.

—Le voy a ceder la palabra a Moura —dice Sofía—, que es el que ha trabajado más en su perfil.

—Muy bien, tu compañero te hace de paraguas. Muy valiente, Luna.

—Arnedo, no sé qué te pasa conmigo, solo intento sacar algo en claro de todo esto.

—Todos queremos lo mismo, no te ofendas por un par de rebuznos. Adelante, Moura. Soy todo oídos.

Moura coge su libreta, pasa un par de hojas y carraspea antes de hablar.

—A ver... Todo esto son conjeturas basadas en su *modus operandi,* no podemos saber a ciencia cierta...

—Ahórrate los preámbulos, por favor. Léeme el perfil de este puto psicópata.

—Muy bien. Buscamos a un hombre joven y corpulento que padece una depresión aguda, que vive solo, que trabaja en el sector sanitario pero ahora está en un periodo de baja, que ha sufrido una experiencia traumática en Japón o con algún japonés y que sufre un complejo de tipo sexual. Es posible que las vaginas le atraigan y le repelan al mismo tiempo. El asesino tiene una personalidad vengativa, infantil y narcisista. Es un hombre atractivo y culto, que cree que debería haber obtenido más reconocimiento en este mundo.

Moura cierra su libreta y mira al comisario con timidez. Arnedo se rasca la patilla y se rebulle en su asiento.

—Como digo, son conjeturas.

—Ya lo veo. Tengo tantas preguntas que no sé por dónde empezar. ¿Por qué un hombre? En las autopsias no consta que viole a las víctimas. ¿No puede ser una mujer?

—Podría ser. Pero el noventa y nueve por ciento de los asesinos en serie son hombres. Este además es joven y corpulento. Tiene que levantar el cuerpo de las mujeres y meterlas en un vehículo.

—¿Adónde las lleva?

—No lo sabemos. Posiblemente a su casa, de ahí la conjetura de que vive solo. Aunque también podría llevarlas a un estudio o a un almacén, cualquiera sabe.

—¿Por qué se las lleva? ¿Por qué no las mata en la calle?

—Tampoco lo sabemos. Pero para él es importante retenerlas durante un día.

—Lo que sí sabemos es que las desnuda y les mete algo en la vagina —dice Laura.

—Lo sé, algo que tiene silicona. No he escuchado ninguna conjetura sobre este tema.

—Tenemos varias, ninguna conclusión todavía —dice Moura.

—Muy bien. ¿Por qué sabemos que sufre una terrible depresión?

—Yo creo que eso es lo que quería explicar la inspectora Luna cuando hablaba de un hombre perturbado. A este asesino no le importa que le pillen. Se expone demasiado. Secuestra a las chicas en puntos turísticos, lo que podría ser normal si su objetivo fueran exclusivamente las turistas. Pero luego abandona los cadáveres en lugares muy céntricos, cuando podría deshacerse de ellos en cualquier andurrial abandonado. Mi impresión es que le da igual que le cojamos porque no le ve sentido a la vida.

—En ese caso, se podría entregar y nos ahorrábamos mucho trabajo.

—No lo va a hacer. Junto al cadáver de Izumi no dejó una estrella de mar, cosa que sí hizo con el de Naoko. Le está cogiendo gusto al juego, ahora firma los asesinatos.

—Creía que su firma eran las pintadas.

—Eso es un rasgo infantil del asesino que no conseguimos descifrar.

—Supongo que pensamos en el sector sanitario por el anestésico que emplea para dormir a las chicas, pero ¿por qué sabemos que está de baja laboral?

—Porque no las escoge al azar. Las sigue durante todo el día. Es un cazador.

—Eso lo sabemos por el relato de Taichiro, el amigo de Naoko —explica Laura—. Él cree recordar que alguien los seguía. Y la única manera de atraer la atención de esa chica era con el cuento de la maleta. Luego tenía que saber que le habían perdido la maleta y que la estaba esperando como agua de mayo.

—Ese relato a mí me haría pensar que el asesino la conocía. Si no, ¿cómo se va a levantar de la mesa y marcharse sin esperar a su amigo?

—Porque estaba desesperada por recuperar su maleta —dice Sofía.

—O porque conocía al asesino, cojones —dice Arnedo.

—Nosotros estamos trabajando la hipótesis de que no las conoce, que es lo típico en un asesino en serie. Y si las sigue durante todo el día, no puede estar desempeñando un trabajo activo. Pero al mismo tiempo necesita acceso a un anestésico que solo se usa en los hospitales.

—La ketamina te la pasa cualquier camello —dice Arnedo—. Por lo menos estuvo muy de moda.

—Es cierto —reconoce Moura—, pero nosotros creemos que la tiene muy a mano.

—Si eso fuera así, bastaría con pedir a todos los hospitales de Madrid una relación de bajas laborales recientes.

—Ya lo hemos hecho —dice Sofía—. Pero nos ponen pegas, porque los datos médicos están protegidos. Si las sospechas apuntan más claramente en esa dirección, tal vez podamos reclamar esos datos con una orden judicial.

—Es difícil, pero te aseguro que tal y como está Gálvez con este tema podría conseguirla.

—¿Por qué no se la pides?

—Porque quiero reservarme la bala para cuando el favor sea imprescindible. No me parece mal tu perfil, Moura. Pero no entiendo por qué crees que es un hombre culto.

—Bueno, eso es lo más aventurado de todo.

—Explícamelo.

—Si es verdad que siguió a Naoko durante todo el día, se enteró de que le habían perdido la maleta porque ella llamó al hotel varias veces para ver si había llegado. Y hablaba en inglés.

—Chapurrear el inglés no te convierte en un hombre culto.

—Las sigue por los museos sin llamar la atención.

—Me sigue pareciendo poco.

—Y además... Bueno, esto no sé.

—Suéltalo todo, Moura, intento entenderte.

—Está lo del complejo sexual. Matar asexuales es algo muy peculiar, es como si las odiara por ser capaces de vivir sin sexo.

—O porque tiene una novia que no folla.

—En cualquier caso, hay una construcción intelectual en ese complejo. Creo que solo a un hombre culto se le puede ocurrir una relación tan siniestra entre algo que le pasa, la disfunción sexual que sea, y el modo de vida de los asexuales.

—O sea, que el hecho de que no se te empalme es más jodido para un catedrático que para un albañil. ¿Es eso?

—No, no es eso.

—Vamos a intentar trabajar sin sacar conclusiones clasistas. ¿De acuerdo?

Moura quiere defenderse, pero Arnedo se levanta y da por concluida su visita. Cuando está a punto de salir, entra Caridad.

—He descubierto algo. No sé si nos vale, pero me ha parecido interesante.

—¿De qué se trata? —pregunta Arnedo.

—Alberto Junco, el guía local. No fue a trabajar el jueves, dejó tirado a un grupo de japoneses que tenían contratado un *city tour.*

—¿Por qué no fue a trabajar? —pregunta Sofía.

—Parece ser que tenía gripe, pero me han dicho que es muy raro que un guía local falte al trabajo. Hay treinta personas que dependen de ti.

—Yo estuve con él el miércoles por la tarde y no parecía estar incubando una gripe —dice Laura.

—Este es el pájaro que tuvo problemas en el trabajo por cepillarse a una japonesa, ¿no es así? —dice Arnedo.

—Sí, pero eso pasó hace ya varios años —dice Caridad.

Como siempre que está meditabundo, Arnedo se pone a pasear por la habitación.

—¿Insistís en la teoría de que el asesino no conoce a las víctimas?

—No descartamos ninguna posibilidad —dice Sofía.

—Tenemos que tomarle declaración.

—Yo ya he hablado con él —dice Laura—. Es un chulo y tiene respuestas para todo.

—Ya. Comprendo. No vamos a sacar nada entonces. A menos, claro está, que entremos en su casa.

—¿Sin una orden?

Arnedo considera la cuestión. Se frota la barbilla, reanuda sus paseos, se detiene por fin.

—Voy a hablar con el juez, a ver qué le parece. Ya sé que tenemos poco, pero puede que haya llegado el momento de usar esa bala.

Arnedo sale. La tensión se mantiene en el aire, flotando todavía unos segundos.

—Me ha llamado clasista —dice Moura.

—No te lo tomes a mal.

—Encima que le leo mis notas, que no son más que conjeturas, me llama clasista.

—También se ha metido conmigo —dice Sofía—. Está nervioso, le presionan de arriba. Gálvez es amigo del embajador japonés.

—Mi padre era conserje en un instituto. Y mi madre fregaba las escaleras. Yo no he sido clasista en mi vida.

Alberto Junco vive en la calle Sodio, cerca de la plaza de Legazpi. Un barrio popular, alejado del circuito turístico. Sofía muestra una orden judicial al portero de la finca, un hombre de cejas hirsutas y nariz enorme, y le pide que les abra la puerta del segundo derecha, la vivienda que quieren registrar.

—Yo no puedo dejarles entrar sin permiso.

—Esto es un permiso —dice Sofía enseñando de nuevo el papel.

—Digo un permiso del inquilino.

Laura le da un codazo a Sofía para que no se meta en una discusión innecesaria. Mientras formula sus quejas, el portero trastea en un cajón lleno de llaves, así que su resistencia tiene toda la pinta de ser una pantomima. Sigue rezongando mientras sube las escaleras y, una vez abierta la puerta, se queda en el umbral.

—No hace falta que espere aquí —dice Laura—. Puede que tardemos un rato.

—Yo me lavo las manos —dice el hombre antes de volver a su chiscón.

El piso es pequeño y no parece muy acogedor. En la cocina hay un plato con restos de tomate y unas pepitas de sandía. En la encimera, media barra de pan, migas y unas mondas de chorizo. El salón está amueblado de forma espartana: un sofá, una mesa baja, un televisor sobre un arcón y una mesa redonda para dos comensales. No hay mucho que inspeccionar allí. Sofía patea sin querer un mando de Play Station. Además de un cuarto de baño, el piso consta de un dormitorio y un estudio. Allí hay un portátil, un escritorio con cajones y un corcho colgado en la pared lleno de fotografías. En alguna de ellas aparece Alberto en Japón, con compañeros de la escuela de hostelería en la que estudió. También hay fotos más antiguas, de su adolescencia o de su primera juventud. Sofía quita el alfiler que sujeta una fotografía y la coge para observarla de cerca. Alberto no tendrá más de veinte años. Está suspendido de un arnés, en un puente, y tiene un espray de grafitero en la mano. En la imagen sale otro joven, también con un bote de pintura y también colgado del puente. Parecen dispuestos a hacer un dibujo en la viga central.

Sofía se dirige al dormitorio, donde está Laura con la cabeza dentro del armario. Desde que han entrado en el piso se han separado y se han puesto a registrarlo cada una por su cuenta, como si estuvieran perfectamente organizadas después de varios años trabajando juntas. En realidad, se evitan porque están enfadadas.

—¿Qué te parece esta foto?

Laura la mira unos segundos.

—¿Es él?

—Claro que es él. Haciendo un grafiti.

—Yo también he encontrado algo.

Saca un gorro de lana que contiene un consolador con forma de pene.

—¿Qué te parece?

—Qué pasada —es más grueso que los tubos de dilatación que ella misma ha estado usando.

—A nuestro guía le va la marcha. ¿Crees que será suficiente para el juez?

—A ver qué dice Arnedo. Pero le han dado una orden para registrar el piso solo porque el guía ha tenido gripe. Imagínate ahora, que le llevamos una foto de Alberto haciendo grafitis y un consolador de silicona.

26.

Yóshiko sale de la embajada con una cámara réflex de marca Nikon y se detiene a cada tanto para hacer una fotografía. Le gusta retratar la tristeza de los niños, el aire ausente del hijo que aguarda junto a su padre en la cola del pan, la soledad en el columpio, la melancolía infantil en cualquiera de sus manifestaciones. Javier Monleón camina unos metros más atrás y también se detiene cada vez que lo hace ella. Bajan el paseo de la Castellana hasta llegar a la Puerta de Alcalá. Ella se gira hacia él, como para esperarle. Le indica con un gesto que se acerque. El escolta no obedece a la llamada, prefiere mantener una distancia profesional. Ella le hace una fotografía y se ríe. Continúa caminando por el paseo del Prado hasta llegar a CaixaForum. Hay una exposición de Sarah Moon que le apetece ver. Saca dos entradas y se acerca a Javier.

—Me encanta esta fotógrafa. Ya verás como a ti también te gusta.

Él duda. Sabe que no debe dejarla sola, pero percibe que es una maniobra para arrastrarlo a su lado.

—Te he sacado una entrada. Vamos, no seas aburrido.

Entran en la exposición. Las fotografías hablan de la infancia en un blanco y negro degradado. Una tira representa el cuento de *Caperucita Roja*. No hay paraísos perdidos en la mirada de la artista, la inocencia está amenazada por peligros constantes. Hasta el paisaje está retratado como si fuera una bestia que quiere devorar a la niña. Yóshiko pasa de una fotografía a otra y se gira de vez en cuando para ver qué está haciendo Javier. Lo ve plantado cerca de la puerta, desentendido de la exposición, vigilándola casi con aire obsesivo. ¿Qué amenazas puede haber en una sala de exposiciones?

Yóshiko se aproxima a él.

—No estás mirando las fotos. Son buenísimas.

—Yo no soy muy de fotos.

—Bueno, tú echa un vistazo y luego comentamos, que me da vergüenza hablar en estos sitios.

Se mete en otra sala. Allí la serie de fotografías recrea *El soldadito de plomo*. Yóshiko no se detiene mucho tiempo en ninguna. Más bien parece que le gusta flotar por el espacio.

Cuando salen a la calle la temperatura ha subido un poco. Es una mañana espléndida de un domingo de verano.

—Vamos a tomar algo y hablamos, ¿vale?

Javier suspira, duda por un instante, pero enseguida sonríe y dice que vale. Lo cierto es que le gusta hablar con ella y ya no tiene sentido marcar tantas distancias.

—Me apetece ir al Palace. Tienen unos zumos riquísimos.

Suben el paseo del Prado hasta la plaza de las Cortes. Javier camina junto a ella y se abandona a la conversación.

—Me encantaría ser fotógrafa, pero a mis padres no les gusta nada la idea.

—¿Por qué no?

—No sé. Quieren que estudie Administración de Empresas, o algo así.

—Tendrás que decidirlo tú.

—Ya, ese es el tema, que yo tampoco estoy segura.

—Acabas de decir que te gustaría mucho.

—¿Sabes cuál es el problema? Que me da miedo no ser lo bastante buena. Es lo malo de los trabajos artísticos. Que te pasas años intentándolo hasta que un día descubres que eres mediocre.

—¿Y si no es tu caso?

—Claro que sería mi caso. Yo no estoy tocada por una varita. No tengo un don. Ahora te enseño las fotos que hago y me dices si te gustan.

Se sientan en una mesa de la cafetería del Palace, que está poco concurrida a esas horas. Ella pide un zumo de pomelo, y él, una botella de agua.

—Me encanta este sitio. Mira qué lámparas. Y qué espejos. Es todo tan bonito que hay que hablar en voz baja.

Javier esboza una media sonrisa.

—Estamos muy lejos, me voy a sentar a tu lado —levanta la silla con cuidado y la coloca junto a la de él—. Así vemos mejor las fotos. Mira.

Coge la réflex y le va mostrando fotografías. La mayoría son de niños y adolescentes en poses serias, tristes o ensimismadas.

—Veo que te gusta el tema de la infancia.

—Sí. La tristeza de la infancia.

—¿Por qué?

Ella se encoge de hombros.

—No lo sé. Me gusta. Un artista no tiene que explicar su tema. Simplemente lo escoge y se sumerge en él.

Sigue pasando fotografías, hasta llegar a las que ha hecho esa mañana.

—Este eres tú. Encaja en toda la serie, porque tú eres como un niño.

—¿Por qué dices eso?

—Para hacerte rabiar. ¿Te gustan?

—Muy bonitas.

—Voy a ir al baño. Pero primero quiero que me digas si puedo ser buena fotógrafa.

—Yo no tengo opinión, no lo sé.

—Todo el mundo tiene opinión.

—No es verdad. Yo veo las cosas y no me formo opiniones. Sé si me gusta o no, pero no sé decir por qué.

—O sea, que no sabes si soy buena.

—Creo que eres buena. Pero no me pidas que te explique por qué.

—Eso me basta. Me has alegrado el día. Ahora vengo. Cuídame la cámara.

Yóshiko cruza la cafetería en dirección al cuarto de baño mientras él se queda viendo las fotografías. Una imagen aislada no le dice gran cosa, pero todas juntas forman un conjunto coherente y lleno de sentido. Cuando ella le ha preguntado, él ha esgrimido una respuesta cortés sin una reflexión previa, pero ahora se da cuenta de que las fotos le gustan de verdad.

Cuando Yóshiko vuelve, le rodea el cuello por detrás y le da un beso en los labios. Él se queda tieso, incapaz de reaccionar. Ella mantiene sus labios muy cerca de los de él.

—Gracias por lo que has dicho antes.

Le vuelve a besar.

—No hagas eso.

—Qué serio te pones —dice ella levantando una ceja en un gesto de burla.

—Por favor.

La chica se sienta frente a él. Javier está envarado. Coge el vaso para beber un trago de agua y ella advierte que le tiembla el pulso.

—Es que me apetecía darte un beso. Hoy estás guapísimo.

—No puedes hacer eso. Yo estoy trabajando.

—Pensaba que te apetecía.

—No.

—¿No te gusto?

Él no responde.

—Yo creo que sí te gusto. Lo noto en cómo me miras.

—No creo que me haya portado de forma inadecuada.

—Al contrario, eres muy correcto. Todo un profesional. El mejor escolta que he tenido.

Él la mira largamente, pero sin alma. Es como si se le hubiera extraviado la mirada en un punto fijo y ese punto fijo fuera ella.

—¿No te ha gustado el beso? Si el problema es que estás trabajando, nos podríamos ver fuera de tu turno.

—Yo no salgo con mujeres.

—¿No te gustan?
—No.
—¿Te gustan más los hombres?
—No es eso.
—Entonces...
—Nunca he estado con nadie.
—¿Con nadie? ¿Eres virgen?
Él no responde.
—Esto sí que no me lo esperaba. ¿Cuántos años tienes?
—Treinta y dos.
—¿Cómo se puede ser virgen a tu edad?
Javier parece estar buscando las palabras para explicarse, pero no las encuentra o bien no quiere formularlas. Con una mano agarra el vaso de agua, con la otra tamborilea levemente en la mesa. Cuando levanta la cabeza su mirada ha cobrado intensidad y su rostro, moteado por gotitas de sudor, parece sacado de una de las fotografías de Sarah Moon, de la serie de Perrault.
—Quiero llevarte a un sitio —dice de pronto.
A Yóshiko le extraña el tono de voz empleado, ronco, un poco áspero, como si así tuvieran que deslizarse siempre las invitaciones.
—¿Adónde me quieres llevar?
—Ahora lo verás —le susurra.

27.

Estévez pasa el domingo en el hospital, junto a su padre, al que han subido a planta. Los analgésicos le mantienen adormilado y la mascarilla de oxígeno le cubre casi todo el rostro. Una enfermera entra de vez en cuando para comprobar el suero y la saturación de oxígeno, y antes de irse tapa al enfermo con una sábana y lanza una mirada de reproche.

—Va a coger frío.

Cuando se va, Estévez destapa a su padre. Hace calor, y además le gusta verlo de cuerpo entero, aunque sea un pellejo delgado con un camisón demasiado grande. Las piernas han adquirido un tono violáceo, las manos están frías y livianas, el cuello se pliega en arrugas imposibles. Pero es su padre. Todavía está vivo, todavía puede sentir el olor rancio de su piel y la respiración esforzada, puede cogerle de la mano y notar sus huesos frágiles y los dedos crispados. La mano que de pronto se alza como si fuera a marcar en el aire una bendición, pero que no lo hace, porque lo que pretende el viejo es quitarse la mascarilla.

—¿Qué quieres, papá? ¿Quieres quitarte esto? No puedes, esto te ayuda a respirar. ¿Entiendes?

Hay un gesto de terquedad en los ojos y un movimiento torpe de la mano, que tropieza con la mascarilla una y otra vez, como si fuera un obstáculo insalvable. Estévez le ayuda a quitársela.

—Venga, te la quito un poco. Ya está.

—Me duele.

Nada más decir la frase, compone una mueca de dolor.

—¿Te duele mucho?

—Me duele.

—Pero si tú eres un tiarrón, papá. Con todo lo que has pasado, no me digas que te va a ganar la partida esta mierda.

El hombre aprieta los labios. Una lágrima rueda por su mejilla. Estévez la recoge con el dedo. Lamenta que las cosas no puedan ser de otra manera, que su padre no muera en plena siesta después de haberse comido unas alubias. Le gustaría encontrar en un callejón solitario al cabrón que escribe el desenlace de algunas vidas. No es creyente, pero en momentos como este se inclina a creer en el diablo, o por lo menos en un duende siniestro que guía los destinos de la gente. Su padre fue policía en los años setenta y ochenta, una época muy dura. El terrorismo estaba en su apogeo, los índices de delincuencia en las grandes ciudades se habían disparado y los agentes de seguridad del Estado se sentían en peligro. Les faltaba protección y también límites. Su padre fue acusado por la justicia y reprobado por sus compañeros. Estévez sabe que fue esto segundo lo que más le dolió. ¿Participó en las tramas policiales para sacar partido de los alijos de droga y dinero? Él cree que no, así se lo dice a todo el que le pregunta, así lo ha dicho y así lo dirá siempre. Pero sabe que sí. Eran tiempos duros y su padre sufrió mucho. Se merecía una muerte digna, si es que hay algo de dignidad en el hecho de desaparecer sin más de una vida que ni siquiera hemos elegido. Bien mirado, lo de reclamar una muerte digna es una tontería, el propio concepto es un oxímoron civilizado. Morir no es más que una broma macabra.

—Me duele...

Los labios secos y remetidos en la boca, la piel llena de manchas, un lunar con un pelo incrustado que parece un arbolito plantado en un cantero.

—Ahora le digo a la enfermera que te pase un calmante fuerte. ¿Nos ponemos esto?

Suavemente, le coloca la mascarilla. Se queda acariciándole la mejilla.

—Te quiero mucho, papá.

Estévez se emociona. Habla con la enfermera y le pide que le pongan un poco de morfina. Después se dirige a la Brigada. No se siente capaz de meterse en su casa y convivir con la ausencia de su padre.

Bárbara Lanau le sale al paso.

—Te iba a llamar ahora. ¿Cómo va todo?

Estévez sonríe de un modo extraño y ella no necesita más explicaciones.

—Arnedo quiere vernos. Está en su despacho. Hay novedades.

—¿Novedades?

—Arturo Laín está con la jueza.

Cuando pasan al despacho, el comisario Arnedo, que tiene el teléfono en la oreja, los invita a sentarse con un gesto.

—De acuerdo. Mantenme informado. Gracias, Edu —cuelga—. Estaba hablando con un secretario del juzgado. La jueza ha montado un careo con Reyes Lapuerta y con Arturo. Se acusan el uno al otro de las extorsiones, del blanqueo de dinero, etcétera. Me parece que los va a empapelar a los dos.

—Es lo mínimo que podíamos esperar.

—Claro que sí, os tengo que felicitar por el trabajo. La jueza está contenta y yo también. Pero hay un pequeño problema.

—¿Cuál es? —pregunta Lanau.

—Gerardo Luna.

—Lo suponía.

—La declaración de Arturo Laín lo deja en mal lugar. Asegura que el padre de Sofía estaba siendo extorsionado por René. Y por lo tanto su coartada de la legítima defensa se ha debilitado bastante.

—¿Solo bastante? —dice Estévez—. Yo diría que ha saltado en mil pedazos.

—Colmenares todavía está tomando declaración a los detenidos. Pero mucho me temo que va a dictar una orden de detención contra Gerardo Luna por homicidio en primer grado. Esto cambia las cosas.

—¿Quieres que vayamos preparando el terreno?

—Lo que quiero es que le adelantéis a Sofía lo que va a pasar.

—¿Está aquí?

—Ahora mismo está practicando una detención. Pero vendrá.

El conserje de las cejas hirsutas ha debido de terminar su turno, porque ahora en la garita hay una mujer rolliza que las mira con desconfianza. Laura está dentro del coche, con el aire acondicionado encendido. A pesar de que son las nueve de la noche, hace calor. Sofía pasea por la acera, junto a la puerta de entrada a la urbanización. Esta vez no han podido disimular el hecho de que están distanciadas. En el registro de una casa podían hacerlo; en una reunión con todo el equipo de la Brigada, también. A Sofía, incluso, le había dado por pensar que a lo mejor a Laura ya se le había pasado el berrinche. Pero la espera dentro del coche le ha demostrado que no es así. El silencio espeso, las respuestas cortas cuando ella intentaba empezar una conversación, el modo de evitar cualquier contacto negligente... Mucho mejor esperar fuera, darse paseítos y hacer un poco de ejercicio mientras le da vueltas al comportamiento de Laura.

¿Qué le ocurre? Durante toda su convalecencia se ha portado como una buena amiga. Ha ido a su casa a hacerle compañía, la ha consolado en los momentos de bajón y, si un día no podía ir a verla, la llamaba por teléfono y hablaban un buen rato. ¿Por qué ahora le está dando la espalda? La única explicación que se le pasa por la cabeza es que esté celosa de las atenciones que recibe por parte de Elena Marcos, la traductora de japonés. Es verdad que el descaro de Elena se abrió camino desde el primer día y que Laura lo notó al instante. Pero no entiende los celos en una mujer que la ha rechazado como posible amante desde que decidió cambiar de sexo. En realidad sí los entiende, conoce la espectacular longevidad de los celos, que pueden sobrevivir a una ruptura voluntaria, al olvido de la persona amada y al amor mismo. Ella misma sintió alguna que otra punzada de celos al conocer los amoríos de Natalia una vez que se habían separado. Pero prefiere no pensar en ello, ahora que empieza a salir de la espesura de los años complejos en los que se debatía entre un sexo y el opuesto, entre dar el paso de iniciar el viaje hasta el otro lado o resignarse para siempre, entre contarle a todo el mundo lo que le estaba pasando o mantener el secreto un tiempo, un tiempo prudencial que se fue haciendo más y más largo por culpa de su indecisión. Sofía se dice cada mañana que ya ha convivido demasiado con la complejidad. Ahora quiere una vida sencilla, y en esa vida no tienen cabida las consideraciones delirantes sobre los celos. Pero si Alberto Junco no llega enseguida, se va a poner a pensar en los celos y en su poder destructivo, en la increíble capacidad que tienen para alejar sin remedio a dos personas que se quieren de verdad. Sabe que para llevar una vida sencilla no basta con proponérselo, porque hay quienes no pueden vivir sin sentir de vez en cuando el vértigo o el viento en la cara. Se pregunta si no será una de ellas.

Mira el reloj, son las nueve y cuarto. Caridad ha investigado la jornada turística de Alberto Junco. Hoy volvía de Segovia a las ocho. Como esas excursiones son agotadoras, dejaban al grupo de japoneses directamente en el hotel. El guía local está fuera de su horario de trabajo, pero puede estar tomando unas cañas y también puede haberse metido en un cine. Tal vez les queden varias horas de espera por delante.

De pronto decide que no pinta nada en la acera dando paseos de un lado a otro, que es mejor entrar en el coche y aguardar allí, junto a una compañera que no le va a dirigir la palabra. Como en el fondo se llevan muy bien, no descarta que ahora sea Laura la que salga a la calle, y le parece que hasta puede haber algo bonito en ese modo de sostener el enfado por turnos. Pero Laura no sale. Lo que hace es mirarla a los ojos.

—Perdona por lo de ayer. No sé lo que me pasa desde que has vuelto al trabajo, pero tengo muy claro que el problema es mío. Tú no me has hecho nada.

—Vale —dice Sofía.

No le da un abrazo, no le da las gracias por ese esfuerzo de honestidad. Hay algo cruel en su laconismo y ella se da cuenta al instante, pero no consigue actuar de otra manera. Definitivamente, no es una mujer sencilla. Es de esas personas que necesitan poner pimienta a todos los platos.

—Estoy segura de que se me va a pasar, ten paciencia —añade Laura.

La situación se le vuelve embarazosa a Sofía. Se siente torpe y rácana en la expresión de sus sentimientos. Bloqueada justo cuando está sucediendo lo que ella esperaba.

Alberto Junco camina por la acera con las llaves del portal en la mano y ella se toma esta aparición como una ayuda providencial de los dioses, porque lo que ahora se impone no es articular unas palabras de afecto para sellar la reconciliación con Laura, sino salir del coche con la orden de detención en una mano y la otra tanteando las esposas. Alberto sonríe con incredulidad, casi con sorna, al ver que le están deteniendo.

—No me jodas —dice—. Pero si no he hecho nada, estáis haciendo el ridículo.

—Puede ser —contesta Sofía—. Pero vamos a hacer el ridículo todos juntos en la Brigada. Ya verás lo bien que nos lo vamos a pasar.

Mientras le pone las esposas, mira de reojo a Laura para ver qué le ha parecido su frase de respuesta. No es dura, pero contiene una porción del sarcasmo que tanto le gustaba esgrimir al extinto Carlos Luna.

Laura activa la sirena para sortear el tráfico y Sofía, en su forma de conducir, la nota aliviada, más ligera.

Ahora la estrategia consiste en dejar al detenido un rato encerrado, para que la arrogancia inicial vaya remitiendo. Laura quiere ser la primera en hablar con él. Ya han tenido un contacto previo y sabe por dónde entrarle. A Sofía le parece bien. Acaban de reconciliarse, no es el mejor momento de marcar la jerarquía y abrir otro abismo entre ellas. Se mete en su despacho para llamar a su hijo y preguntarle qué tal van las cosas con su madre y con el novio invasivo que ha entrado en sus vidas. Antes de que pueda hacerlo, Estévez entra con mala cara.

—¿Pasa algo?

—¿Me puedo sentar un minuto?

—Me preocupas, Estévez. Siempre te sientas sin pedir permiso. ¿Qué ha pasado?

—La cosa se está complicando un poco. Lo de tu padre...

—¿Y eso? La jueza os pidió una investigación de rutina para cerrar el caso, que yo sepa.

—Sí, así es.

—¿Entonces?

—Creo que la jueza va a emitir una orden de detención contra tu padre por homicidio en primer grado.

—¿Primer grado? ¿Mi padre ha salido de casa con una pistola para cargarse a un tío? ¿Eso es lo que piensa la jueza?

—No solo la jueza.

—Ah, vosotros también. No sabes lo que dices, Estévez. Mi padre es incapaz de hacer eso.

—Hemos detenido al hermano del muerto. Eran chaperos. Grababan a sus clientes en vídeo, sin que ellos lo supieran, claro. Y habían montado una red de extorsión que no les iba nada mal.

—O pagas o difundo las imágenes.

—Eso es. Un chantaje a gran escala. Hay gente importante metida en esto.

—Mi padre no es importante.

—No. Pero está metido en esto.

—Me da miedo preguntar en calidad de qué. ¿Chantajista o chantajeado?

—Chantajeado.

—¿Me estás diciendo que mi padre mantuvo relaciones con un chapero?

—Eso parece.

Suena el móvil de Sofía. Ve el nombre de Dani en el visor, pero rechaza la llamada y pone el teléfono en silencio. Se queda mirando a Estévez unos segundos.

—Joder con la investigación de rutina.

—Lo siento, Luna. Solo hemos hecho nuestro trabajo.

—No cuestiono vuestro trabajo, Dios me libre. Pero os aseguro que mi padre no ha retozado con un chapero. Es imposible.

—¿Por qué?

—¿Cómo que por qué?

—Que por qué lo sabes.

—Joder, porque es mi padre.

—Con el que no te hablas desde hace años.

Sofía suelta una bocanada de aire por la boca. Un gesto de incredulidad ante lo que está escuchando.

—Mi padre es un militar estricto. Un moralista. En otra época, habría sido inquisidor. La sola idea de que haya podido llamar a un chapero es delirante. Hazme caso, Estévez. Algo se os ha escapado.

—Arturo Laín asegura que tu padre tuvo un encuentro con René. Y que René le chantajeó. Y tu padre zanjó la cuestión por las bravas.

—Arturo es uno de los chaperos que chantajean a sus clientes, ¿no es así?

Estévez asiente.

—¿Eso es todo lo que hay contra mi padre? ¿La acusación de ese tío?

—Hay otro testigo. Dice que René le contó que se había citado con tu padre.

—¿Quién es ese testigo?
—Sé que te vas a reír cuando te lo diga.
—¿Quién es?
—Un proxeneta.
—Vete a tomar por culo, Estévez. ¿No hay imágenes? ¿No dices que grababan vídeos a escondidas?
—Tenemos una cámara localizada. Cuando la jueza nos autorice, buscaremos las imágenes.
—Claro, hay que seguir el procedimiento. Y supongo que si no aparecen las imágenes escabrosas, las acusaciones de un chapero y un proxeneta se irán por el desagüe.
—Eso depende de la jueza.
—Ya me lo imagino. Depende de la jueza porque le habéis dado dos testigos de cargo contra mi padre.
—Insisto, Luna. Hemos hecho nuestro trabajo.
—Habéis hecho una puta mierda, Estévez. Os pidieron una investigación de rutina. Eso, en mi idioma, es hacer un poco de paripé y cerrar el caso.
—Eso demuestra que hablamos idiomas diferentes.
—¿Por qué haces esto? ¿Es por lo de tu padre?
Estévez traga saliva. Nota el deseo de saltar por encima de la mesa y abalanzarse sobre Sofía. Pero se contiene.
—¿Cómo dices?
—Como a tu padre le traicionaron sus compañeros, tú quieres hacer lo mismo. ¿Esto es una especie de venganza contra el mundo?
—Luna, en mi puta vida le he puesto la mano encima a una mujer. Pero estoy a punto de hacer una excepción.
—No te prives, seguro que para ti yo no soy una mujer.
—No te voy a decir lo que pienso que eres. No te voy a dar ese gusto.

Estévez se levanta y se va. Sofía se da cuenta de que la discusión debería haber terminado con una pelea a puñetazos. Se avergüenza al instante de esas adherencias masculinas, de cavernícola. Siente el deseo de emprenderla a golpes contra la pared, de romperse los huesos de una mano. Trata de serenarse y de pensar con claridad, pero todas sus reflexiones conducen al mismo punto: no es posible que su padre haya tenido relación con un chapero. Las palabras de Estévez resuenan en su cabeza hasta el punto de provocarle un pitido en los tímpanos. Hace años que no hablas con tu padre. No le conoces. No puedes saber cómo es. No tiene más remedio que aceptar que eso es cierto.

Creemos conocer bien a nuestros consanguíneos, pero eso no es más que una presunción absurda. Nadie conoce a nadie. El alma de cualquier persona es un lugar muy secreto. Cuanto más no lo será la de un padre, al que se admira o se odia y cualquiera de esos sentimientos extiende el velo que oculta la verdad. Y sin embargo, hay algo que chirría en los hechos que Estévez da por ocurridos. No puede haber tanto extrañamiento en un carácter homófobo y tradicional. Sofía intuye que si sigue reflexionando, llegará la recompensa, no en forma de revelación, pero sí de alivio, el alivio de descubrir al farsante en la mole de granito, en el monstruo que la repudió porque quería cambiar de sexo. Mas el alivio no llega. Solo siente humillación y también un poco de angustia por la suerte que puede correr el hombre que más la hizo sufrir, el que se llevó la palma en crueldad y desprecio. Suenan tambores tribales, hay un padre en apuros y la hija se toma los problemas como si fueran suyos. Qué extraño es todo en esta vida.

Laura entra en el despacho con toda la pinta de necesitar un desahogo.

—No quiere hablar. Me ha insultado un rato y luego ha dicho que solo va a abrir la boca en presencia de un abogado.

—¿Dónde está?

—En la sala de interrogatorios.

Sofía se levanta y sale del despacho como un ciclón. Ha encontrado un modo de canalizar su ira. Abre la puerta del cuarto de un fuerte impulso y se encara con el guía.

—¿Qué es eso de que no quieres hablar?

—Tengo derecho a un abogado.

—Tú no te das cuenta del lío en el que te has metido.

—Sí que me doy cuenta, por eso pido un abogado.

—Hazte el gracioso, gilipollas. ¿Por qué no respondes a cuatro preguntas y te vas a dormir a tu casa? ¿Es que eres tonto? ¿Es que prefieres terminar delante del juez que ha pedido que te detengamos?

Algo hay en el gesto de Sofía que descompone la resistencia de Alberto Junco. De pronto siente miedo. Le da la sensación de que se acerca una lluvia de palos.

—¿Qué preguntas? —dice.

—¿Cómo es posible que dejes tirado a un grupo de turistas por un simple trancazo?

—Era una gripe y tenía fiebre.

—Una gripe dura siete días. Y tú estabas trabajando al día siguiente.

—Me hizo efecto el paracetamol. ¿Qué quiere que le diga?

—He estado preguntando por ahí. Un guía local jamás falta al trabajo. Aunque se esté muriendo.

—A mí es la primera vez que me pasa.

—Resulta que mi compañera te vio la víspera de tu gripe y estabas como una rosa.

—Me puse malo esa noche. Cogí frío, hacía aire.

—Y necesitabas una mañana para estar con Naoko y meterle algo por el coño.

—Yo no he matado a esa chica.

—Hemos encontrado en tu casa un consolador de silicona. Y resulta que las chicas muertas tienen restos de silicona en la vagina. Qué casualidad.

Alberto se queda callado. Sofía aprovecha ese momento de debilidad.

—Una confesión te quita un tercio de la condena, no sé si lo sabes. Significa colaboración con la justicia y también arrepentimiento.

—Pero es que yo no he hecho nada.

—¿Por qué tienes un consolador escondido en un cajón de tu casa?

—¿De verdad quiere que se lo cuente?

—Soy toda oídos.

Alberto titubea. No sabe cómo armar un relato sobre ese particular, un relato que se sostenga en voz alta.

—Estoy esperando, Alberto.

—Me aburre el sexo convencional. Me gusta probar cosas diferentes.

—¿Con japonesas?

—Con cualquier chica que me guste.

—Pero las japonesas te gustan mucho. Te tiraste a una turista hace unos años.

—Sí, esa me gustaba. Pero no es mi nacionalidad favorita.

—Ah, qué interesante. ¿Y cuál es?

—Las rusas.

—Las rusas. Entonces, ¿por qué no matas rusas? ¿Por qué no dejas en paz a las japonesas?

—Yo no he matado a nadie.

—Y las pintadas, ¿qué?

—¿Qué pintadas?

—Los grafitis. «Izumi estuvo aquí», «Naoko estuvo aquí». ¿Por qué escribes esa frase tan tonta?

—Yo no escribo nada.

—Tienes fotos en tu casa colgadas en un corcho. Sales haciendo grafitis.

—Cuando era más joven me gustaba.

—¿Ya no te gusta? ¿Ya solo usas los espráis para dejar tu firma cuando matas a una chica?

Alberto se queda callado.

—¡Contesta!

—Ya me ha hecho cuatro preguntas.

Se cruza de brazos.

—Te voy a hacer todas las preguntas que hagan falta hasta que me digas la verdad.

—No voy a hablar más hasta que no esté en presencia de un abogado.

—Ya lo veremos.

Sofía sale. En el pasillo la intercepta Laura, que ha visto el interrogatorio a través del cristal.

—Me has impresionado.

—Pero si no le he sacado nada.

—Ya. Pero has conseguido que hable.

—¿Te he recordado a Carlos Luna?

—Ni por un solo instante. Eras Sofía Luna brillando como un sol.

La frase sacude a Sofía con una fuerza inesperada. Se queda mirando a su amiga, al borde de las lágrimas.

—¿Qué te pasa?

—Nada, que me has emocionado.

La coge de la mano. De nuevo el repelús, como una corriente eléctrica. Laura se suelta con suavidad, tratando de disimular lo que le sucede. Las efusiones no pasan a mayores porque Arnedo se acerca por el pasillo.

—¿Le habéis sacado algo?

—De momento nada.

—¿Ha estado trabajando todo el día?

—Sí. Ha estado en Segovia con un grupo de turistas.

—Mierda.

—Arnedo, ¿qué pasa?

—Ha llamado el embajador. Su hija Yóshiko salió de casa por la mañana con una cámara de fotos. Y todavía no ha vuelto.

—Pero esa chica vive su vida, según tengo entendido —dice Sofía.

—El problema es que el escolta no coge el teléfono. Lleva horas llamándole y nada.

—Bueno, es pronto para preocuparse. Hay mil razones para no coger el teléfono.

Laura pronuncia la frase esmerándose en adoptar un tono cálido. Nota al comisario muy tenso.

—El embajador le llama varias veces al día para ver cómo está su hija y él siempre responde. Le ha dejado varios mensajes. Es muy raro que no dé señales de vida.

—¿Crees que...?

Sofía no termina la frase.

—Yo no creo nada. Solo os transmito la conversación que acabo de tener con el embajador. Está seguro de que Yóshiko ha sido secuestrada.

III. La hija del embajador

28.

Abre los ojos y trata de acostumbrarse a la oscuridad. No sabe dónde está. La humedad del lugar le hace pensar en un sótano. En el punto más alto de la pared, una ventana estrecha deja pasar algo de luz, muy poca. No sabe qué hora es. Según sale de su aturdimiento, empieza a conectar con algunas sensaciones. Siente quemazón en un punto concreto del cuello. Han debido de inyectarle un anestésico para que se duerma. Siente una tirantez muy molesta en la piel de la cara, por la mordaza adhesiva que le han puesto. Todavía somnolienta, comprende que esa pegatina que le tapa la boca le impide gritar para pedir ayuda, pero también bostezar. Una asociación de ideas repentina y fugaz la sitúa en su dormitorio, en la residencia de la embajada, recostada en una cama llena de cojines de varios colores, disfrutando de su indolencia y bostezando como un gato. Nunca pensó que una persona pudiera echar de menos un bostezo.

Todavía le dura el efecto de la anestesia y por eso tarda en comprender que está tumbada en una mesa o tal vez en una camilla, y que está atada de pies y manos.

Un olor fétido se le va metiendo en la nariz. Se da cuenta de que es ella misma quien lo emana. Tiene los brazos levantados por encima del hombro, las muñecas sujetas a una barra por sendas correas, y los sobacos quedan a la altura de su nariz. Siempre se ducha por las noches, antes de acostarse, y esta vez no ha tenido tiempo de hacerlo. Le gustaría pedirle a su captor un desodorante. También le gustaría negociar con él el tema de la mordaza: me la quitas y te prometo que no grito, solo quiero bostezar.

No sabe qué ha pasado. Se siente embotada, pero concentra su mente en recuperar los sucesos de ese día y poco a poco se va descorriendo el velo. Recuerda la exposición de Sarah Moon. Recuerda las fotos que hizo esa mañana. Recuerda el zumo de pomelo que se tomó en el Palace. La sensación le parece muy lejana, ahora tiene un gusto amargo en la boca, como si hubiera regurgitado el anestésico. ¿Qué más recuerda? La mirada de Javier Monleón. La voz susurrante que le sugiere ir a un sitio. El paseo hasta la Puerta del Sol para coger el metro, el trayecto en la línea uno hasta Tribunal. El mutismo habitual del escolta convertido por alguna razón en un silencio misterioso. Su mirada animada por un brillo nuevo. Si la mordaza le dejara esbozar una sonrisa, Yóshiko sonreiría al evocar su felicidad infantil al haber logrado una inversión de las normas. En ese momento, era ella la que seguía los pasos del escolta y no al revés, como cada día. Entraron en el café Comercial. Javier se acercó a unas mesas ocupadas por un grupo numeroso, pidió permiso para sentarse como oyente, alguien abrió un hueco y encajó dos sillas en él y allí se sentaron ambos, como una pareja que acude a última hora a un acto cultural minoritario pero muy interesante.

¿Qué pasó entonces? La memoria se embarra, como si una oleada del anestésico hasta entonces retenida hubiera sido liberada de pronto. Siente sueño, hay algo que le impide recordar con nitidez, pero no es el embotamiento lo que está bloqueando el flujo, sino un brote de humillación y de culpa que se levanta como un bosque tupido para que ella no tenga que enfrentarse a lo que sucedió. Se produjo un incidente. Una chica muy delgada, pelirroja, con la cara llena de pecas, tomó la palabra. Yóshiko nunca había visto a una mujer tan pecosa. Habló con alegría sobre su vida sin sexo. Mostró compasión hacia la gente que vive atrapada por esa pulsión insana. Dijo que la amistad entre las personas resulta mucho más auténtica sin una nube tóxica de tentaciones y malentendidos que lo contamina todo cuando el sexo está presente. Era irlandesa. Yóshiko acercó su boca a la oreja del escolta para traducir lo que la joven estaba diciendo en inglés.

—Lo he entendido, no hace falta que me lo traduzcas —dijo él.

Ella siguió traduciendo.

—No lo entiendes todo, lo noto. Asientes para que parezca que sí.

Él la miró con incomodidad y la mandó callar. No quería perderse ni una palabra del discurso de la joven. «Yo rompí relaciones con mi mejor amigo porque un día me intentó besar —decía—. Una pena, era la amistad más maravillosa del mundo. Pero por culpa del sexo se fue al traste. No por mí, que conste, yo no soy tan radical con la gente. Desde que le paré los pies, dejó de interesarle mi compañía. ¿No es triste que pase eso?». Todos asintieron como propulsados por un mecanismo sincronizado.

Yóshiko no sabe qué le hizo tanta gracia, si la sensación de estar asistiendo a una representación de guiñoles, o el gesto emocionado de la irlandesa, que parecía multiplicar por mil el número de pecas de la cara, o la compunción de Javier, que asentía muchas veces, más de las que cualquier persona podría aguantar, como si el mentón descansara sobre un muelle. Sí recuerda que intentó por todos los medios no reírse y que fue peor el remedio que la enfermedad, porque la risa irrumpió con una pedorreta que llamó la atención de todos los asistentes, y al verse en el centro del foco, la carcajada se convirtió en un paroxismo de loca. Javier le suplicó que se comportara con seriedad y ella comprendió que no iba a ser capaz. Se levantó con lágrimas en los ojos y le dijo que le esperaba fuera. Intentó pedir perdón, pero se dio cuenta de que el ataque de risa no le daba tregua ni siquiera para eso.

Salió a la calle y allí se serenó.

¿Qué pasó entonces? La memoria se desdibuja en esos instantes cruciales, bañados incongruentemente por un sol espléndido. Sacó la Nikon de la funda, hizo una foto a una señora de rasgos andinos que estaba sentada en un banco con dos gemelitas de unos cinco años. Se acercó a la calle Malasaña, miró el escaparate de una tienda de libros de viajes. Se asomó a Fuencarral, anduvo unos metros, de pronto le pareció muy extraño que Javier desatendiera sus funciones de escolta de una manera tan flagrante. ¿Tanto le interesaba lo que allí se estaba diciendo? Volvió al café, pero él no estaba. Salió a la calle y le buscó. Y de pronto un pinchazo en el cuello que ni siquiera sabe si recuerda o imagina. Ahí se detiene la película de esa mañana.

Ahora debe de ser por la noche, a juzgar por la escasa luz que filtra la ventana. ¿Qué habrá sido de Javier? ¿Dónde estará? ¿Qué habrá sido de su cámara réflex? La cinta americana se tensa un poco por el esbozo de sonrisa de Yóshiko. Le hace gracia esa preocupación por su Nikon cuando sabe que su vida está en juego.

Su padre tenía razón. Algo tienen los padres en su modo de formular las advertencias que las vuelven irreales, fantasías de un adulto desactualizado. Pero tenía razón. Hay un asesino de japonesas en la ciudad y, por increíble que parezca, se ha fijado en ella. Debería haber tenido más cuidado, debería haberse tomado en serio el peligro y no salir a la calle salvo para algo imprescindible, y en ese caso permanecer al lado del escolta. Es una niña inmadura y caprichosa. En su colección de fotografías sobre la infancia falta la de ella, un selfi que sirva de portada a toda la serie. La niña más triste y más solitaria es ella. No importa cuántos años cumpla, siempre será una niña triste.

Hay algo brillante en el techo. Sus ojos se han ido acostumbrando a la oscuridad y ahora son capaces de distinguir los contornos de la habitación. Hay una balda anclada a la pared que contiene algunos libros. Hay una mesa con útiles que refulgen como cantos blancos en la noche. El cielo raso refleja la luz exterior de un modo extraño y allí bailan sombras deformes. Le da la sensación de que es una pantalla de vídeo. Recuerda de alguno de sus veranos un cine de Tokio con una pantalla de trescientos sesenta grados. Le parece estar en un lugar así. Anticipa el momento en que alguien va a encender el reproductor, las imágenes en el techo que la van a acompañar en su cautiverio. ¿Imágenes de qué tipo?

Por primera vez desde que se ha despertado, siente miedo. No sabe qué está haciendo allí, no sabe por qué está atada bajo una enorme pantalla de cine, no sabe quién la ha secuestrado ni qué quiere hacer con ella. Pero sí sabe que, sea cual sea el ritual previo, va a conducir a su muerte. La sangre se le agolpa en la cabeza y ella advierte que todas sus energías y su inteligencia deben destinarse a la tarea de sobrevivir. Le sorprende la fuerza de ese instinto, dados sus antecedentes depresivos y el poco apego que le tiene a la vida. Siempre ha pensado que moriría joven, y en algunas noches de incomprensión, tras una bronca con sus padres, se ha consolado al imaginar su dolor al enterarse de que ella, su hija rebelde, querida o no, se había suicidado.

Pero no quiere morir así, no a manos de un loco, no quiere morir asesinada. Quiere elegir el momento y el sistema, quiere poder despedirse a su manera, sin levantar sospechas, de las personas que más quiere. No sabe si su padre estará entre ellas, cree que sí estará su madre y definitivamente Javier Monleón. Tal vez escriba una postal a Paulina, la niña angoleña que a lo mejor ya está muerta por culpa de la malaria. Ahora que está en manos de un psicópata se le presentan los episodios más anodinos de su vida como bañados por una luz dulce y cálida. Ella e Hiroko haciendo pasteles de arroz en la cocina; ella y su padre en los instantes previos a conocer a un tutor o a un nuevo escolta; ella en una fiesta de la embajada en la que tiene que estar por lo menos al principio para saludar a los invitados. Esos actos sociales que la obligan a vestirse como una muñequita japonesa del siglo XIX.

Una corriente de frío le recorre el espinazo. Casi siente vergüenza al preguntarse si está vestida o desnuda. No se ha planteado todavía una cuestión tan importante como esa. Está vestida. Nota un tirante pegado a la piel. Nota el elástico de las bragas oprimiendo su cintura. Y si mueve los muslos puede percibir el vuelo del vestido. Se da cuenta de que tiene las piernas flexionadas. Intenta estirarlas, pero no puede. Las correas de los tobillos hacen de tope. Tumbada boca arriba y con los muslos separados, parece una mujer a punto de parir. Entonces comprende que no está en una mesa y tampoco en una camilla. Está en un potro de ginecología.

29.

Toshihiko Matsui debe de estar sudando bajo su traje impecable, con el nudo de la corbata perfectamente ajustado. Está sentado en el sofá del salón junto a su mujer, Hiroko, que le coge de la mano. Ella viste una blusa blanca de seda y unos pantalones color crema, y tiene el pelo negro recogido en un moño. El comisario Arnedo ha hecho las presentaciones —«La inspectora Luna y la subinspectora Manzanedo están investigando la desaparición de su hija»—, y los japoneses han saludado con una inclinación de la cabeza, los dos al mismo tiempo, antes de señalarles los asientos y empezar a hablar. No ha sido necesario deslizar ninguna pregunta. El señor Matsui deja a un lado el protocolo desde el principio y demuestra con ello que tiene prisa y quiere encontrar los atajos en la conversación.

—Mi hija está en manos del asesino que está matando japonesas. No tengo pruebas para sostener esta afirmación, pero lo sé.

Hiroko le dice algo en japonés. Él asiente y traduce la observación.

—Tenemos un vigilante contratado, un escolta. Un profesional que sigue a Yóshiko a todas partes. Y ese hombre no responde al teléfono ni da señales de vida.

Hiroko añade algo en un japonés nervioso.

—Mi mujer dice que eso es lo que resulta más sospechoso.

—¿El escolta se comunicaba con usted regularmente? —pregunta Sofía.

—Varias veces al día. Y al terminar el turno me llamaba para darme un informe exhaustivo de lo que habían hecho.

—¿Hoy no ha hablado con él en ningún momento?

—Lo he intentado varias veces, pero tiene el teléfono apagado. Eso no encaja con la conducta profesional del escolta.

Sofía asiente. Las maderas, la plata, las lámparas imponentes, los jarrones de porcelana y la alfombra comunican un lujo que acentúa la desolación del embajador y su esposa.

—Sabemos que su hija ha estado esta mañana en el café Comercial, en unas jornadas sobre asexualidad —dice Laura.

Hiroko, desconcertada, busca una traducción de su marido. Da la sensación de que ha entendido la frase, pero no consigue captar su significado. Toshihiko traduce la información. Su voz resulta más aguda cuando habla en su idioma materno, más metálica, pero cuando gira al español se vuelve grave y pausada, como si quisiera asegurarse de que va a formular las frases con corrección gramatical.

—¿Cómo saben que mi hija ha estado allí?

Es Arnedo quien se apresura a dar la información.

—Una de las chicas desaparecidas había participado en esas jornadas. Hemos contactado esta misma noche con el organizador del evento y le hemos mostrado una fotografía de Yóshiko. Confirma que estuvo allí.

—Pero mi hija no es asexual.

Hiroko menea la cabeza, refrendando la afirmación.

—Perdone que se lo pregunte —dice Sofía—, pero ¿cómo puede saberlo?

La mujer suelta una parrafada en japonés. Su marido asiente, ella continúa hablando hasta que él le aprieta la mano.

—Mi hija salió con un empleado de la embajada durante unos meses, pero la relación no prosperó. Y ha mantenido otros flirteos. Su conducta no es la de una persona asexual.

—¿Está seguro de eso?

—Ya ha contestado a la pregunta, Laura —dice Arnedo—. No insistas, es un asunto muy delicado.

—Es que es importante.

—Lo comprendo, pero no podemos escarbar en un tema como este.

Hiroko le dice algo al oído a su marido. Una precaución innecesaria, pues ninguno de los policías entiende el japonés. Pero sus reservas obedecen a que está destapando un tema íntimo.

—Mi mujer quiere que les cuente algo un tanto embarazoso. No lo haría si no fuera porque quiero colaborar lo máximo posible en la investigación.

—¿De qué se trata? —pregunta Sofía.

—Mi hija Yóshiko intentó seducir a uno de los escoltas que tuvimos contratado. Él mismo presentó su dimisión porque no aguantaba más insinuaciones.

Hiroko asiente, muy seria.

—De acuerdo. Disculpen que removamos estos temas, pero es posible que el asesino se fije en mujeres asexuales, por eso es muy importante determinar si Yóshiko lo es.

—Lo que no entiendo es qué hacía entonces en unas jornadas sobre asexualidad —dice Arnedo.

—Puede que su escolta sí lo fuera —dice el embajador.

Todos se giran hacia él, incluida su mujer. Percibe la censura en su mirada y se ruboriza.

—Yo quería un escolta profesional que no me fallara, ya íbamos por el cuarto y no podía más. Hablé con la oficina de Protocolo de la Zarzuela y me presentaron a este candidato.

—Una hoja de servicios intachable —dice Arnedo—. Tengo entendido que ha cuidado de las hijas del rey.

—Así es. Pero además de eso, yo buscaba un perfil poco conflictivo en la relación con mi hija.

—Un asexual —dice Sofía.

—Un hombre que no tuviera pecados en ese campo. Simplemente.

—¿Y cómo se puede saber eso? —pregunta Laura.

—Se sabe.

—¿Cómo? ¿Se les espía?

—Vamos a ver, no seamos ingenuos —dice Arnedo—. Por supuesto que se les investiga. Nadie entra a trabajar en la Zarzuela sin un dosier intachable. Se mira todo. Amigos, aficiones, vicios, estilo de vida. Y si no encaja, se busca a otro.

—Ya, pero averiguar que alguien es asexual me parece complicado —dice Sofía.

—Si un detective privado pasa meses siguiéndole y resulta que no sale con chicas ni con chicos, pues tienes un indicio.

—Un indicio, eso es —dice el embajador—. Nunca hay seguridad. Pero el candidato me gustaba, dados los antecedentes.

Se levanta y se acerca a un escritorio. De uno de los cajones saca una carpeta.

—Este es el dosier de Javier Monleón, me lo mandaron de la oficina de Protocolo. Es privado, pero puede que los ayude a encontrar a ese hombre.

—¿Nos lo podemos llevar? —pregunta Arnedo.

—Claro. Tienen que dar con él como sea. Y en estas páginas está su vida entera.

Sofía se lleva el dosier a casa y, aunque está cansada, lo revisa antes de acostarse. Incluye fotografías del escolta entrando en el gimnasio Arizona, saliendo de los cines Princesa, montando en bicicleta y tomando una caña con un amigo. El perfil del candidato describe a un hombre de vida tranquila, amante del ejercicio físico y de las películas en versión original, sin vicios aparentes. No va al casino, apenas sale por las noches, no visita prostíbulos. De vez en cuando va al pabellón de Vista Alegre para ver un partido de baloncesto. También ha ido a la Caja Mágica a presenciar alguna jornada de tenis del Madrid Open. Su correspondencia es anodina: cartas de bancos, publicidad y poco más. El informe consigna una multa de tráfico por aparcar indebidamente en zona azul. Una mácula en un expediente intachable. Tiene un perfil inactivo en Facebook y no usa otras redes sociales. Su correo electrónico no aporta información relevante o disuasoria de cara a la contratación. Salta a la vista que Javier Monleón ha sufrido un espionaje en toda regla antes de engrosar la nómina de la Zarzuela.

A Sofía le llama la atención la antigüedad del informe. Es de hace siete años, el momento en el que se dirimía su selección para la seguridad privada de las infantas. El embajador ha dado por bueno lo que entonces se averiguó de él, como si en siete años no pudiera haber cambios en la vida de cualquier persona. Hace siete años Sofía era un hombre infelizmente casado que mojaba sus problemas en alcohol y en adulterios sin cuento. Hoy es mujer, bebe poco y no sabe qué lugar otorgarle al sexo en su vida. Hace siete años leía mucho, ahora no pasa de tres libros al año. Ya no le produce el menor cargo de conciencia leer poco, ha comprendido que lo más importante es conectar consigo misma y hacer exactamente lo que más le apetezca en cada minuto, en los pocos momentos del día en que se puede ejercer esa libertad. Así pues, le concede escaso valor al informe. Habla de un hombre que ya no existe, el Javier Monleón de hace siete años, que puede haber sido arrasado por la ola del tiempo. Tal vez sea un follador tardío, deteste el cine de autor y haya aprendido que no pasa nada por estar un poco fondón si eso te permite pasar del gimnasio, beber unos vinos y comer lo que se te antoje.

El informe incluye, eso sí, datos útiles: la dirección del escolta, que vive en un apartamento en la plaza de Cuzco, y la de sus padres, que tienen un piso en Usera. Es tarde, el reloj marca las tres y siete minutos de la mañana. Ha sido un domingo larguísimo. Sofía se acuesta con la imagen del embajador y su esposa, cogidos de la mano en el sofá, elegantes y angustiados.

Laura Manzanedo está mucho más guapa desde que ha reconocido que no sabe cómo comportarse con Sofía. La ha recogido a las nueve de la mañana y, nada más entrar en el coche, la inspectora se ha sentido embriagada por el frescor de su compañera. Ahí están el olor y la sonrisa que tanto le gustaban. La distancia entre ellas se había llevado las sensaciones olfativas y visuales, pero ahora han vuelto y Sofía reconoce de golpe a la mujer que tanto la atrae. No sabe si es bueno o malo, porque entonces tiene que refrenar el deseo y el amor varias veces a lo largo del día, pero en todo caso lo prefiere así.

Aparcan en una callecita del barrio de Usera y entran en un portal de aspecto recio y escalera destartalada. La madre de Javier Monleón abre al tercer timbrazo. Es una mujer menuda de ojos claros, más acostumbrados a la tristeza que a la alegría. La mujer roza los sesenta años y se mueve con ligereza. Da la sensación de que lleva un par de horas despierta.

—Buenos días. ¿Es usted Begoña Fernández?

—Sí, ¿qué quieren?

—Somos policías, queremos hablar de su hijo Javier.

—¿Le ha pasado algo? ¿Mi hijo está bien?

—Sí, sí, no se preocupe. Va a ser solo un momento. ¿Podemos pasar?

Begoña se hace a un lado y recorre el pequeño salón con la mirada, como buscando algún detalle de desorden que se pueda corregir a toda prisa.

—Pasen, pasen, siéntense donde quieran. Díganme en qué las puedo ayudar.

Mientras habla, Begoña alisa la funda del sofá con la mano y recoge unas migas de pan que hay en la mesa. Laura y Sofía examinan el lugar: una televisión de veinte pulgadas, una mesa de comedor para dos personas, una cortina con un estampado de flores. Begoña cierra la puerta del balcón y el ruido del tráfico llega amortiguado.

—Estamos buscando a su hijo, queremos hablar con él, pero no le localizamos.

Es Laura quien habla. Están las dos de pie, esperando a que Begoña se siente para ocupar ellas los lugares restantes.

—Le ha salido un trabajo que le tiene frito. Se pasa el día entero cuidando de la china esa.

—Japonesa —corrige Sofía.

—Sí, eso, la hija del embajador. Antes venía a comer los domingos, pero ahora no puede porque trabaja los fines de semana. Llevo una semana sin verle el pelo.

—¿No hablan por teléfono?

—Todos los días hablamos un rato. Pero ayer no me llamó, supongo que estaría con la chinita de aquí para allá.

—¿Y no tiene idea de dónde puede estar?

—Supongo que trabajando. Los lunes creo que entra a la hora de comer, porque el domingo lo hace entero.

—Y si no estuviera trabajando, ¿dónde cree que estaría? —pregunta Laura.

—Pues en su casa, ¿dónde va a estar? A estas horas yo creo que ya se habrá levantado, porque Javier madruga mucho. De toda la vida, este niño se despierta con las gallinas.

—¿No hay ningún otro sitio al que pueda ir? Una casa en el pueblo, o en la sierra...

—No tenemos otra casa que esta. Si se puede llamar casa. Es un piso muy pequeño, si quieren se lo enseño.

—No hace falta, no se moleste —dice Sofía—. Dígame, ¿su hijo tiene novia?

—No. Novia no tiene. No tiene tiempo para tener novia, trabaja mucho.

—Pero habrá tenido alguna novia.

—Que yo sepa no. Alguna amiga sí que vino a casa hace ya tiempo. Aquella que trabajaba en una guardería, y otra que estaba preparando unas oposiciones a personal administrativo del ayuntamiento.

—¿Y a usted no le extraña que nunca haya tenido novia?

—¿A mí por qué me va a extrañar? Cada vez hay más gente sola, o por lo menos eso dicen. A lo mejor mi hijo no es de tener pareja. No le vamos a crucificar por eso, digo yo.

—No, no, claro que no —dice Laura—. ¿Ha estado su hijo en Japón alguna vez?

—No, jamás. En Roma sí, y con el colegio también fueron a Lisboa. Y algún viajecito más, creo que fue hace años con unos amigos a Londres. Pero en Japón no se le ha perdido nada.

Sofía y Laura se miran, y la mirada de las dos coincide en un punto: no van a sacar nada en claro de esa señora.

—No les he ofrecido ni un triste café —dice Begoña, que ya se ha sacudido el recelo inicial—. ¿Les apetece?

—No, muchas gracias. Nos tenemos que ir. Ha sido usted muy amable.

—No me cuesta nada poner la cafetera.

Todavía insiste una vez más cuando ya están las dos en el rellano. Sofía y Laura se dirigen a la plaza de Cuzco. Cuando están en el coche, llama el comisario Arnedo.

—El juez ha sido rápido. Tenemos una orden judicial para entrar en el piso de Javier Monleón.

Sofía suspira con alivio. Sabe que hay una vida en juego, que entre el secuestro y el asesinato apenas transcurren veinticuatro horas. El tiempo apremia y estaba dispuesta a entrar en esa casa de todos modos, pero prefiere hacerlo por la vía legal.

Javier Monleón vive en la calle Sor Ángela de la Cruz, cerca del estadio de fútbol donde juega el Real Madrid. Llaman al timbre varias veces y no obtienen respuesta. No hay portero físico en la finca, así que no va a quedar más remedio que recurrir a un cerrajero, a menos que la puerta no esté cerrada con llave, algo extraño tratándose del piso de un escolta, al que suponen obsesionado con la seguridad. Pero la vida está llena de contradicciones, Sofía se inclina hacia la ranura de la puerta y concluye que el cerrojo no está echado. Laura, más mañosa, es quien manipula la ganzúa. Al tercer intento logra que ceda el resbalón.

El piso es pequeño y está ordenado. La cocina es diminuta. Lo más probable es que el escolta no pase mucho tiempo cocinando, un dato que se les escapó en su día a los que confeccionaron el informe. Sofía se pregunta si entraron en su piso como están haciendo ellas ahora, si tomaron nota de las cremas faciales, aceites y colonias que se alinean en una balda del cuarto de baño y que pintan a un hombre preocupado por su apariencia. ¿Les habría parecido la prueba de que Javier Monleón quiere gustar a los demás? El salón destaca por el hecho de que no tiene televisor, otro aspecto importante en el perfil del sujeto. Estamos ante un iconoclasta, alguien muy seguro de sus aficiones solitarias y convencido de que ver la televisión es una pérdida de tiempo. Un tresillo flanqueado por dos lámparas de pie, un rincón destinado a la lectura, una librería surtida con buen gusto. Un hombre culto, sin duda, de vida hogareña.

El dormitorio consta de una cama de matrimonio forrada con una colcha azul marino, una cómoda, una mesilla con lamparita y un póster de Prince. La habitación más interesante es el estudio. En la pared está enmarcado un símbolo extraño que llama la atención de Laura. Se acerca a mirarlo. Tiene algo de cruz, de cetro, de estandarte.

—Es el símbolo de Prince —dice Sofía.

Laura se gira hacia ella.

—Están mezclados el símbolo del sexo masculino y femenino. Él quiso llamarse con un símbolo, le dio por ahí.

—Te veo muy puesta.

—Es normal, ¿no? Yo andaba entre los dos sexos, y ese símbolo parecía hecho para mí. Me identificaba con él.

—Pues parece que nuestro amigo también se identifica.

—Prince representa la ambigüedad sexual. Un asexual no es ambiguo, no le gusta el sexo. Es muy claro al respecto.

—Bueno, yo qué sé, la gente se hace un lío con los símbolos. O a lo mejor simplemente le gusta Prince.

—¿Esto qué es?

Laura se acerca a la mesa negra que ocupa casi toda la habitación. Allí está el portátil de Javier y hay unos planos fotocopiados.

—Son planos de la embajada de Japón.

—A ver...

Sofía los coge. Está señalada la puerta principal, la salida de emergencia, las calles que rodean el conjunto residencial, los puntos ciegos que no capta ninguna cámara.

—¿Se lo habrá dado el embajador? —pregunta Laura.

—¿Para qué iba a hacer eso?

—No sé, para que tenga toda la información y pueda hacer mejor su trabajo.

Laura se sienta ante el ordenador y lo enciende. No hay contraseñas de ningún tipo. Javier Monleón vigila a los demás, pero no hay barreras que protejan su vida. Sofía curiosea en un manuscrito sujeto por un canutillo. Son poemas.

—Parece que el escolta es un poeta.

Laura no aparta la vista de la pantalla. Del cuadernillo caen dos fotografías impresas en sendos folios. Dos chicas japonesas, jóvenes. Una de ellas bajándose de una moto, justo después de quitarse el casco. La otra saliendo de una discoteca. Las imágenes carecen de nitidez, son ampliaciones de fotografías tomadas a una buena distancia.

—¿Qué te parece esto?

Ahora sí, Laura presta atención al hallazgo. Coge los folios y Sofía advierte que le tiembla el pulso. La mira casi con miedo.

—Yo también he encontrado algo.

Gira el portátil. Ha rastreado el navegador y ha descubierto que Javier Monleón visita un foro de japoneses. Sofía no entiende nada. Hay frases de varios participantes en el foro, pero todo está escrito en japonés.

—Todo no —dice Laura—. Hay una frase en inglés. Mira.

La primera frase dice: *«Life can be wonderful. Never forget it»*.

—La vida puede ser maravillosa. No lo olvides nunca —traduce Sofía—. ¿Qué es esto, Laura?

—Espera.

Con el traductor de Google, Laura vuelca el texto a un español terrible, lleno de gazapos y de frases inconexas, pero comprensible.

—«Llevo tiempo pensando que la vida es un cúmulo de injusticias y penalidades. No le veo la gracia a vivir. A veces creo que la vida solo tiene sentido si es muy corta. ¿Alguien me puede dar tres razones para seguir viviendo?» —Laura levanta la mirada hacia Sofía—. Te estoy leyendo frases sueltas.

—Es un foro de suicidas.

—Eso es.

—¿Por qué se mete el escolta en un foro de japoneses suicidas?

—Mira esta frase —Laura lee—: «No tengo amigos, no tengo libertad, no soy de ninguna parte. ¿Merece la pena vivir? A veces pienso que sí, que la vida precisamente consiste en eso, en buscar la salida del laberinto, como si todo fuera un juego. Pero el juego se me está haciendo muy largo».

Las iniciales que firman esa entrada las conocen bien ambas. Y. M.

30.

Hay más gente de lo que esperaba en la peluquería, y Gerardo Luna empieza a temer que no le dé tiempo a preparar la comida. Se podría haber puesto en manos de un peluquero joven que se ha quedado libre, pero él prefiere esperar a Fernando, el más veterano, que le tiene cogido el punto a su melena. Debe de estar cerca de la jubilación; muy pronto tendrá que elegir a alguno de los aprendices, que manejan las tijeras con soltura pero, en opinión de Gerardo, con poco mimo.

El local está en la calle Princesa y lleva toda la vida abierto. Allí se ha podido cortar la barba Valle-Inclán. En la mesa hay varias revistas del corazón. Se plantea hojear una por si Cecilia sale en alguna foto, aunque últimamente se deja ver poco en las fiestas de sociedad. Prefiere no tentar a la suerte. Si la ve sonriendo con un cóctel en la mano y acompañada de un hombre, se va a poner celoso, y no quiere estropear el encuentro con ella. La relación está en un punto muy frágil y más vale ir de puntillas sobre los temas conflictivos.

—Don Gerardo —dice el peluquero veterano sacudiendo una sábana—, cuando usted quiera.

Gerardo se sienta en el sillón, acomoda los pies y se deja estrangular por las manos que le ciñen la sábana al cuello.

—¿Lo de siempre o quiere que le corte un poco más? Lo digo por el calor.

—Lo de siempre, déjate de experimentos.

Fernando le humedece la melena con un espray y después le pasa el peine. Gerardo se abandona al placer de las peluquerías, las caricias profesionales, el soplido en la nuca, las cosquillas en la nariz, el masaje en el cuero cabelludo cuando le lavan el pelo.

—Arréglame las cejas —pide cuando el otro le muestra el resultado en un espejo.

Desde hace unos años, las cejas representan una batalla campal de pelos blancos, unos contra otros en un combate fragoroso. Son dos marañas hirsutas y disparatadas. Fernando recorta aquí y allá y de pronto sus cejas son dos curvas blancas que descansan en paz. Como siempre que le ofrecen un caramelo de menta, Gerardo coge dos. Se mete uno en la boca y guarda el otro en el bolsillo.

Se dirige al mercado de la calle Altamirano, y allí compra una docena de ostras, un pavo, ciruelas y verdura. En una bodega escoge un vino caro y un buen champán francés. Cecilia adora las ostras regadas con champán. Es probable que el vino no lo cate, que continúe con el champán toda la comida, pero tiene que estar preparado para cualquier coyuntura. El pavo con ciruelas es una receta sajona que ella degustaba en su infancia, así que la elección debería conmoverla. O por lo menos no tendría que pasarle desapercibido el gesto.

Cecilia desciende de la extinta nobleza alemana y tiene también sangre albanesa y es viuda de un conde de la casa de Sajonia que llevaba el «von» en su apellido, aunque la nobleza alemana perdió todos sus privilegios tras la Constitución de Weimar. Ella asegura que posee obras de arte en un castillo que pertenecía a la familia de su marido, pero los bienes de la nobleza fueron confiscados en 1919 y ya nunca los recuperaron, a pesar de todas las gestiones que hicieron tras la caída del Muro. Es una mujer elegante que disimula bien la falta de dinero, porque lo cierto es que se las apaña para mantener su elevado tren de vida. En algunas fiestas todavía hoy se presenta como condesa, y Gerardo Luna nunca se ha encontrado con alguien que la desmienta.

La conoció en la celebración del veinticinco aniversario de la primera misión humanitaria de las Fuerzas Armadas, un acto que se celebró en el patio del Cuartel General del Conde-Duque y al que asistieron personalidades de la esfera diplomática. Ella flotaba de grupo en grupo, con un vestido rojo y un collar de diamantes, atrapando copas de rosado con destreza de experta asaltabandejas.

«A usted le veo muy solo», le dijo acercándose a él. Y al volverse, Gerardo Luna se sintió envuelto en su perfume, en el azul cristalino de sus ojos y en la aspereza del acento alemán. De ese día recuerda que hablaron de Albania, de enfermedades seniles y de uniformes militares. También recuerda que se había levantado por la mañana con un fuerte dolor de cabeza y que se planteó la posibilidad de no acudir a la fiesta, lo que le hace pensar en lo azarosa que es la vida, porque en ese cóctel desorganizado y mal servido se enamoró de esa mujer cuando ya se había resignado a una vida solitaria y sin amor.

Cecilia von Welinguert, condesa de Sajonia con sangre albanesa. Una mujer que a los setenta años agarra la vida a dentelladas. Imposible no verse desarbolado por una dama que para él, hombre tranquilo y con la sensación de tener la vida amortizada, es lo más parecido a un volcán o a un terremoto.

Llevan tres años manteniendo un tórrido romance, como se decía antes. Ahora están enfadados, pero Gerardo ha notado por fin que ella le echa de menos. Le va a cocinar un pavo con ciruelas, un plato de su tierra, para sellar la reconciliación. Como aperitivo, le va a ofrecer unas ostras. No sabe si ella va a querer tener sexo antes de comer. Puede ser, Cecilia es ardiente y descarada, a veces entra en su casa y le pone la mano en el paquete, casi a modo de saludo, y le manosea para desabrocharle el cinturón. Pero otras veces viene mohína y quiere un champán, se siente abatida y aplastada por alguna tristeza y quiere hablar un rato para ir recuperando el equilibrio, para cargar las pilas y poder mirar de nuevo la vida de frente. Gerardo no es capaz de predecir el humor que va a traer Cecilia, y esa duda lo consume. No sabe si tomarse la viagra ahora o esperar a los postres. El momento perfecto es una hora antes del sexo, pero no es posible anticipar lo que se avecina.

Lo primero que hace al entrar en casa es meter el champán en el congelador. Después pone el pavo en una fuente grande, para el horno; lo sazona con sal y pimienta y lo deja macerándose con un buen chorro de coñac. Corta las patatas y la verdura. Abre las ostras. Prepara una selección de discos para poner durante la comida. A ella le gusta Schubert, le gusta Wagner, le gusta Haydn. Tiene también un disco de canciones albanesas que compró al poco de conocerla, pero se dio cuenta enseguida de que en realidad no le gustaban. Cree que la nostalgia de Albania no es más que un adorno de su personalidad. A la una, decide tomarse una pastilla de viagra. Sabe que no debería hacerlo, dado que tiene problemas de corazón, pero prefiere pensar que los prospectos de los medicamentos son demasiado alarmistas. A la una y media llaman a la puerta. Han quedado a las dos, pero puede ser que ella se haya adelantado. Aunque Gerardo es militar, y los militares estiman en grado sumo la puntualidad, puede tolerar una transgresión cuando lo que se está cociendo es una reconciliación.

En un segundo fugaz, justo antes de abrir la puerta, se pregunta cómo irá vestida Cecilia, si se habrá puesto el vestido rojo de la primera vez o el vestido azul con escote en la espalda que tanto le gusta. Tarda unos segundos en comprender qué está pasando, por qué razón están pisando el felpudo el inspector Estévez y la subinspectora Lanau, que vienen serios y llevan un papel en la mano.

—Gerardo Luna, traigo una orden de detención dictada por el juzgado número 3.

Es Estévez el que pronuncia la frase reglamentaria.

—¿Se puede saber qué pasa? Ya he estado con la jueza.

—Han cambiado las cosas, hay nuevos datos. ¿Nos acompaña a la Brigada, por favor?

Gerardo les cierra la puerta en las narices. No quiere entregarse. Quiere comer con su novia. En la encimera, sobre una fuente levemente cóncava, una docena de ostras descansan en un cerco de hielo. El horno está encendido, precalentándose. En cinco minutos tiene que meter el pavo. Hay una botella de champán en el congelador que debería comprobar de inmediato, no vaya a ser que reviente.

Pero la puerta no ha llegado a cerrarse. Estévez ha metido el pie justo a tiempo de evitar el portazo. Se ha hecho daño en el empeine, pero eso le permite irrumpir en el piso.

—Ponga las manos en la pared, por favor.

El coronel piensa en la pastilla de viagra que se acaba de tomar. No quiere desperdiciar una erección, con lo mucho que le cuesta tener una. Piensa en el último mensaje que ha recibido de Cecilia. «Qué ganas tengo de verte, león.» Ya hace tiempo que no se sonroja con el lenguaje de la condesa, ahora le hace gracia. Le insufla vida. Coge el cuchillo que ha utilizado para cortar la verdura.

—Suelte ese cuchillo —dice Estévez.

—O se van de mi casa o me lío a cuchilladas, no hablo en broma.

Lanau saca la pistola y apunta a Gerardo.

—Suelte eso. Suéltelo o disparo.

Le mira fijamente.

—No pueden hacerme esto.

A la vez que lo dice, baja el cuchillo en un gesto de rendición que aprovecha Estévez para abalanzarse sobre él. Lo agarra con fuerza de la muñeca, lo desarma y lo voltea para ajustarle las esposas. La cara de Gerardo queda a un centímetro del pavo y aspira el efluvio embriagador del coñac.

—Vaya, así que en el dosier de Javier Monleón se les olvidó añadir un pequeño detalle: es un cazador de japonesas.

El comisario Arnedo devuelve las fotografías a la inspectora Luna.

—Creo que podríamos soltar a Alberto Junco —dice ella.

—Lo hemos soltado esta mañana.

—¿Por qué? Todavía no habíamos encontrado estas pruebas.

—Porque estuvo todo el día en Segovia con un grupo de turistas. Es imposible que haya secuestrado a la hija del embajador.

—Pero ha podido matar a las otras chicas.

—¿Dos asesinos? Venga ya, Luna, no me toques los cojones.

—Es posible que sea inocente, pero quería interrogarle una vez más para salir de dudas.

—Pues llegas tarde. Ese chico ha pasado la noche entera pidiendo un abogado. Ha salido de aquí dando ladridos y amenazando con denunciarnos por detención ilegal. No quiero más líos. Vamos a centrarnos en encontrar al escolta.

Sofía guarda las fotografías en una carpeta. Está seria. No se molesta en ocultar su fastidio por no haber sido consultada.

—No pongas esa cara, el único pecado del guía es que es tonto como él solo. No vamos a perder el tiempo con él. ¿Sabes lo que decía mi padre? Que los esfuerzos inútiles conducen a la melancolía.

—Veo que tu padre era un sabio.

—No te rías de mí, Luna, que soy tu superior. No te lo consiento. Y llama a la traductora de japonés, quiero incorporar al expediente una traducción completa de ese foro de suicidas.

—Perdona que reaccione así, pero no estoy acostumbrada a verte tan encima de los casos.

—Eso es cierto, pero estoy viendo que si no empujo un poco, no lo sacamos. ¿Habéis investigado la lista de raritos?

—¿Cómo?

—Los asistentes al foro ese de asexuales. Los que no follan.

—Caridad y Moura están hablando con ellos. No parece que vayamos a sacar nada de allí.

—¿Nada? ¿Todos tienen coartada? No me lo creo.

—Si quieres llamarlos tú mismo, no te prives.

Arnedo la mira por encima de sus gafas.

—Fuera de aquí, Luna. Tengo mucho que hacer. Si hay novedades, me avisas.

Sale del despacho. Bárbara Lanau está apoyada en la pared, en actitud de espera. Dedica a Sofía una mirada compasiva.

—¿Ya está aquí?

Bárbara asiente.

—¿Dónde lo tenéis?

—En la sala de interrogatorios.

—Ofrecedle una botella de agua.

—Ha sido desagradable, Sofía. Se ha resistido.

—¿En serio?

—Nos ha amenazado con un cuchillo. Hemos tenido que reducirle.

—Joder, me da la impresión de que no es mi padre. De que estamos hablando de otra persona.

—Dice que quiere hablar contigo.

Sofía la mira con un gesto de incredulidad.

—¿Conmigo?

—Eso dice.

—Yo no quiero. No voy a hablar con él. Puedes decírselo de mi parte.

—De acuerdo. En mi opinión, es mejor que no te metas. Pero yo tenía que decírtelo.

—Gracias.

Sofía entra en su despacho, se sienta en la silla, se echa hacia atrás y se queda mirando al techo. Después de tantos años desaparecido, su padre quiere hablar con ella. ¿Por qué? No lo entiende. No consigue imaginarse a su padre amenazando a la policía con un cuchillo. Y mucho menos en los brazos de un chapero. ¿Se estará volviendo loco? ¿Padecerá una demencia senil o una enfermedad neurológica que afecta a la conducta y te convierte en un viejo rijoso, impúdico y agresivo? Tal vez debería entrar en la sala de interrogatorios para salir de dudas. Pero no. No quiere enfrentarse a su mirada de desprecio. Seguro que la llama Carlos y le dice que se quite el disfraz para hablar con él. No, su padre la odia. Si quiere verla, es porque está tramando algo. No debe caer en su red.

Se frota los ojos, se acerca a la mesa, a sus notas, y trata de concentrarse en el caso que está investigando. Coge el teléfono y llama a Elena Marcos.

—Por fin —contesta ella—. ¿Qué pasa? ¿Si no mueren más japos, no quieres saber nada de mí?

—¿Qué tal está Zambo?

—Hoy mismo he estado en la clínica. Se recupera. Pero no me preguntes si me alegro o no.

—Vale, ya veo que es un tema delicado —dice Sofía—. En realidad, te llamo para que traduzcas unas frases muy desesperadas.

—Qué buen plan, qué chute de alegría me voy a meter. ¿Me mandas el texto o me paso por allí?

—Es un foro de suicidas. Lo tienes en internet. Ahora te mando el link.

—¿No nos vamos a tomar nunca una copa?

—Ahora estoy muy liada. Han secuestrado a la hija del embajador.

—¿Han aparecido las pintadas?

—Que yo sepa, no. Pero estoy sufriendo. Temo el momento en que me llame alguien diciendo que ha visto una de «Yóshiko estuvo aquí».

—Lo comprendo. Pero si todavía no hay noticias, eso significa que tenéis margen.

31.

Ahora lo ve claramente. Es de día, la persiana del ventanuco no está bajada del todo y deja pasar rayos de sol. Hay una enorme pantalla de vídeo anclada en el techo. Si se desprendiera, le aplastaría la cabeza. Ha pasado miedo durante la noche, pero ahora el cansancio y el aburrimiento mitigan esa sensación. Quiere que pase algo. Se ha entretenido ejercitando los músculos en la medida de sus posibilidades. Puede mover un poco las piernas, pero no ha conseguido juntar las rodillas. Cree que le ha faltado muy poco. Ha contraído los abdominales. Ha abierto y cerrado las manos para evitar el agarrotamiento de los dedos. Tiene la impresión de que la correa que le apresa la mano derecha está un poco suelta, aunque no lo suficiente para liberarse de ella. Como un animal que achata el cuerpo para pasar por una rendija, ha intentado que su mano escape por la abertura. Los avances han sido mínimos, pero al menos le han servido para mantenerse activa. Si aparece una opción de escapar, no puede encontrarla con el cuerpo entumecido.

Ha dormido a tramos, en contra de sus intenciones, pues se había propuesto permanecer despierta todo el rato para estar atenta a cualquier novedad.

Oye pasos, el ruido de una puerta que se abre. No puede ver quién ha entrado, pero es alguien que se mueve con decisión. Unas manos se meten bajo su vestido y en un segundo tiran de las bragas. Se las ha rasgado con gran destreza, casi no ha necesitado levantarle las nalgas. Yóshiko se prepara para la violación. En algún lugar ha leído que una de cada diez mujeres tiene la fantasía de ser agredida sexualmente, o al menos forzada por un hombre tosco que desoye su resistencia y la somete sin ambages. Ella no cree ser de esas. Al contrario, lo que le gusta es llevar la iniciativa, valerse de la zalamería y a veces del descaro para desarmar a su objetivo. Le gusta notar esa ventaja que cobra de repente cuando da un paso que el otro no espera. Sin embargo, ahora está condenada a la sumisión.

Intenta concentrarse en algo que le guste, piensa en el mar, piensa en su colección de fotografías, se imagina inaugurando una exposición y concediendo entrevistas a periódicos de todo el mundo. Ese pensamiento puede ayudarla a soportar la pesadilla que le va a tocar vivir en unos segundos.

Ahora oye el ruido de algo que tiene ruedas. Gira el cuello y le parece ver un monitor de hospital, de los que se utilizan para vigilar la frecuencia cardíaca. Su captor está de espaldas, manipulando una placa rectangular que coloca en la mitad de un cable. Ahora se gira y Yóshiko puede ver que lleva un gorro de cirujano, una mascarilla y unas gafas que parecen de soldador, pero que también se emplean en los quirófanos para evitar salpicaduras. El cable lo remata una cápsula que él introduce en la vagina como si fuera un tampón. El tubo avanza por dentro hasta que la placa rectangular acoplada al cable hace de tope. El hombre tantea el cable y se acerca al monitor. Aparecen dos líneas paralelas, muy cortas, como dos guiones superpuestos. Las líneas se van alargando hasta dejar claro que son dos gráficas. Yóshiko comprende que no va a ser violada. Es la cobaya de un experimento.

El hombre sale de la habitación. Al cabo de unos segundos, la pantalla de vídeo se enciende y muestra a una mujer a cuatro patas que está siendo penetrada. La cámara se recrea en la fricción del pene en la vagina, en los gestos de placer de ella y en los movimientos firmes de él, que la voltea para verle la cara y masturbarse hasta eyacular sobre su boca y sus pechos. Ella saca la lengua para lamer el semen. Yóshiko cierra los ojos. No quiere presenciar escenas chuscas de una película porno. Pero enseguida comprende que ha hecho algo indebido. Un aliento cálido inunda su oreja y oye un susurro:

—Abre los ojos. Es por tu bien.

Ahora no entiende nada. Abre los ojos, asustada. En la pantalla sale la misma mujer haciéndole una mamada a su amante.

—Si no te excitas, vas a morir. No juegues conmigo.

El hombre se sitúa junto al monitor. Las gráficas discurren en paralelo, planas. Yóshiko cree entender cuáles son las normas. De algún modo que ella desconoce, ese hombre está midiendo su deseo sexual. Tal vez una gráfica represente el flujo sanguíneo, tal vez la otra mida el pulso de la vagina. Y por lo que le ha dicho, más vale que la gráfica empiece a mostrar curvas, oscilaciones y subidas.

Los amantes se lamen ahora recíprocamente. Están haciendo un sesenta y nueve y a Yóshiko la escena no le dice nada. Nunca le ha gustado el porno. Ella llega a la excitación sexual por medio de una conversación, de un olor, de una sonrisa o de una caricia inesperada. Lo que está viendo no va a levantar las gráficas para salvarle la vida. Trata de convocar sensaciones táctiles, acude a fantasías, intenta concentrarse en su imaginación y no en la película que se proyecta sobre su cabeza. El sexo al aire libre, en un bosque. Empieza a llover y ella sigue entrelazada a su amante, da igual quien sea. Follan hasta terminar empapados y con la piel llena de barro. El sexo dentro del mar, o en la arena, en una cala desierta, las olas remojándola a intervalos regulares. No despiertan las gráficas, continúan mortecinas.

Piensa en hombres que le gustan. Un agregado cultural de la embajada. Era solo unos años menor que su padre, pero se excitaba en su presencia. Un hombre culto, divertido, de modales anticuados. Nunca se lo contó a nadie. No hay tiempo, Yóshiko, hay que mover esas gráficas. Ella entra en su despacho y él la saluda con una sonrisa cordial que se congela cuando ve que el kimono resbala por su cuerpo y se queda desnuda. Él se levanta, se acerca a ella, recoge el kimono y la abriga con exquisita educación. Abre la puerta para indicarle que salga y ella obedece. Él cierra, ella lo imagina jadeando de deseo, lamentando que la corrección le haya aconsejado dejar pasar una oportunidad como esa. Ella llama con los nudillos, él abre, la agarra de la muñeca para meterla dentro, cierra la puerta y la devora a besos y mordiscos. ¿Cómo es posible que la gráfica no se inmute, con la de veces que se ha masturbado desgranando esa escena?

Piensa en el segundo escolta que tuvo. Era fuerte, muy musculoso, no se quitaba las gafas de sol ni bajo techo. Un día ella se las quitó por sorpresa y se encontró con unos ojos verdes que la dejaron sin palabras. En el coche, antes de llegar a la embajada, le pidió que se detuviera en una calle oscura. Mientras maniobraba para aparcar, ella empezó a acariciarle el pene. Él se dejó hacer, pero una vez que el coche estaba bien aparcado le ordenó que parara. Eso es lo que pasó, sin más, pero ahora alarga la historia, ella le coge la mano y le chupa el índice. Va lamiendo todos sus dedos uno por uno, y la rigidez de él se va relajando, deja escapar suspiros de placer y ella, mientras le muerde la oreja, le baja la bragueta, le desabrocha el cinturón y abre un hueco para sacarle el pene y apretarlo con fuerza. La gráfica no se mueve, terminan follando en el asiento de atrás y nada.

En la pantalla, la mujer rubia de los pechos opulentos está siendo penetrada por dos hombres a la vez, por el ano y la vagina. A Yóshiko le impacta la escena.

Mira de reojo al monitor.

Dos líneas paralelas.

32.

Bárbara Lanau achina los ojos para intentar enfocar la imagen del coronel. No le resulta fácil porque el hombre se mueve mucho. No queda nada de la calma altanera que mostró en la primera detención. Ahora suda, se pasa una mano por el pelo y no es capaz de detener el movimiento del pie derecho, que pisa y pisa frenéticamente un pedal imaginario, en un tic nervioso.

—¿Dónde está mi hijo?

—¿Se refiere a su hija Sofía?

—Me refiero a mi hijo Carlos. ¿Dónde está? Quiero hablar con él.

—No hay ningún Carlos por aquí —dice Lanau con tranquilidad.

—El travesti. Sé que está aquí, quiero que venga inmediatamente.

Bárbara se gira hacia Estévez.

—Juan, ¿hay algún travesti trabajando en esta brigada?

—No me suena.

—Solo voy a hablar con mi hijo, con vosotros ya hablé la otra vez.

—Pero entonces no sabíamos que se había cargado a un hombre a sangre fría —dice Lanau—. Nos mintió, señor Luna. Y lo hizo bien, le felicito.

—Fue en legítima defensa.

—Eso dijo entonces y nosotros le creímos. También la jueza. Pero ahora tenemos dos testigos que cuentan una historia muy distinta.

Gerardo Luna se desespera. Se frota los ojos y Estévez advierte que tiene pelitos blancos en las manos y en la camisa negra, como una lluvia fina en la noche cerrada. Está claro que el hombre se acaba de cortar el pelo.

—Que venga mi hijo.

—No hay ningún hombre que se apellide Luna trabajando aquí.

—¡El travesti!

—Señor Luna, me asombra su doble rasero —dice Estévez—. Le parece inconcebible que su hijo cambie de sexo, pero luego retoza con chaperos y se queda tan pancho.

—Yo no retozo con chaperos, ¿por quién me toma?

—Sabemos que ha estado con un chapero, que le han grabado en vídeo y que ha sido víctima de una extorsión. Dos testigos aseguran que René había quedado con usted para cobrar cierta cantidad de dinero. Cantidad que no estaba dispuesto a pagar, cosa comprensible. Pero en lugar de denunciar lo que estaba pasando, prefirió citarse con el chantajista, supuestamente para pagar el dinero y quedarse con la grabación embarazosa, y lo mató.

Gerardo Luna mira a Estévez con una fijeza tal que parece querer desintegrarlo.

—Yo no ando con chaperos.

—Delante de la jueza va a tener que dar respuestas más amplias.

—Tenía una cita con mi novia, he dejado un champán francés en el congelador que ni siquiera me han permitido sacar.

—Guarde esa frase para decirla delante del jurado, me parece buenísima. Yo maté a un hombre a sangre fría, pero se me reventó una botella de champán francés que tenía en el congelador.

—No le parto la cara porque estamos en su territorio.

—Exacto. En este territorio las hostias las doy yo. Pero puede estar tranquilo, yo no pego a las personas mayores.

Un impulso agresivo levanta a Gerardo Luna de su asiento. Bárbara le contiene.

—Siéntese, por favor. Vamos a intentar tranquilizarnos.

—No quiero hablar con vosotros. Y menos con él —dice señalando a Estévez—. Solo voy a hablar con mi hijo.

El comisario Arnedo abre la puerta.

—Juan, sal un momento. Es urgente.

Estévez sale al pasillo. Intuye lo que pasa y en un santiamén las miserias de Gerardo Luna han dejado de importarle. La conversación abrupta que acaba de mantener se aleja más y más.

—Han llamado del hospital. Tu padre ha sufrido una crisis.

Da la sensación de que Arnedo quiere seguir hablando, pronunciar tal vez una frase de condolencia. Pero Estévez enfila el pasillo a grandes zancadas y no se queda a escuchar la cortesía.

Se acerca con vehemencia al mostrador de recepción.

—Soy el hijo de Román Estévez, me han dicho que ha tenido una crisis.

La recepcionista consulta algo en su ordenador.

—Está en Oncología —añade el policía, pero la precisión no altera el gesto de la señorita, que teclea con diligencia, impávida.

—Planta tres, en el control de enfermería le informan.

Estévez sube las escaleras de dos en dos. Reconoce tras el mostrador a una de las enfermeras que entraba en la habitación para controlar el suero.

—¿Qué ha pasado? —pregunta—. ¿Cómo está mi padre?

—Espere en la sala, por favor. Enseguida sale el médico.

—¿Se ha muerto?

—Enseguida le informan.

Estévez trata de controlar su ira. Tiene ganas de agarrar por el cuello a la enfermera y exigirle la verdad en ese preciso instante, sin someterle a una espera que resulta innecesaria y cruel. Pero se contiene. Incluso en los momentos más angustiosos hay protocolos que siguen funcionando ajenos al dolor de las personas o a la conveniencia. La vida tiene una parte robótica.

Hay tres personas en la sala de espera: una señora pesarosa y un hombre de unos cincuenta años con una chica joven. Familiares de algún paciente con cáncer. No quiere mirarles a la cara, no contesta al saludo que alguien le dedica, no quiere compartir con nadie su dolor. Él no pertenece a ningún grupo, odia la solidaridad impostada de los que han vivido un trauma parecido. No se sienta. Pasea de un lado a otro, como un león enjaulado. Si no viene pronto el médico, está dispuesto a irrumpir en la habitación de su padre. Pero algo le dice que no debe hacerlo, teme encontrar allí a un celador haciendo la cama y farfullando disculpas por no haber tenido la mínima paciencia antes de bajar el cuerpo al depósito de cadáveres. Alguien muere y en algún panel del hospital se enciende una luz verde, ha quedado una cama disponible, ya podemos meter a otro moribundo en la planilla.

El oncólogo le llama desde el umbral.

—Lamento informarle de que su padre ha sufrido una crisis respiratoria y no ha podido superarla.

Estévez asiente unos segundos. No le sorprende la noticia, pero sí el desgarro que advierte de inmediato ante la realidad consumada. En el estómago se abre un abismo, en la garganta se aprieta un nudo.

—¿Dónde está?

—Está en su habitación. Si quiere verle, puede pasar ahora. Enseguida lo bajaremos al depósito.

Al muerto lo cubre una sábana hasta el cuello. Le han quitado la vía y ya no está conectado a ningún aparato. La mascarilla cuelga de una de las patas del mueble del respirador artificial. Hay un cable enrollado al monitor de latidos. Una penumbra envuelve la habitación, que parece preparada para una mudanza. Al pie de la cama hay una bolsa de plástico de la que sobresale un zapato. Estévez reconoce el calzado de su padre. Dentro están sus pertenencias. La ropa que llevaba el día del ingreso, el viejo reloj de pulsera, regalo de sus compañeros el día que se jubiló. Unos pantalones de algodón, una camisa amarilla con un botón descosido y una mancha de puré. Una etiqueta adherida a la bolsa dice «ROMÁN ESTEVEZ», en mayúsculas, en rojo y sin acento en la e.

Estévez levanta la sábana y ve que su padre está desnudo. Le vuelve a tapar, por el pudor de verle así o para que no se enfríe. Busca su mano y la saca por un lateral de la sábana. Quiere cogérsela, apretarla por última vez. Está agarrotada y tibia. La coloca bajo la sábana de nuevo. Le aparta un mechón de su cabello que se le ha metido en la oreja. Le quita una legaña que tiene pegada en el lagrimal. Le da un beso en la mejilla. Ya no podrá repasar con él sus historias favoritas. El día que fue guardaespaldas de Calvo Sotelo, cuando era presidente del Gobierno. Estévez ve la sonrisa de orgullo de su padre al relatar el desencuentro, ve al presidente tendiéndole su abrigo al entrar en las Cortes y a su padre muy serio, diciendo con educación que su trabajo no consiste en custodiar el abrigo, sino en custodiarle a él. Solo quería asistir una vez más al relato de esa historia y abrir mucho los ojos como si fuera la primera vez que la escucha. Las burlas en la comisaría cuando se le reventó una rueda del coche en plena persecución a unos chorizos que habían dado el palo en una farmacia. La final del torneo de mus que ganó derrotando a los dos mandos superiores de la Policía. Te juro que pensé que me despedían o que me mandaban al País Vasco como castigo. Puede oír las inflexiones de la voz ya cascada de su padre, sus ojillos acuosos, siempre al borde de derramar una lágrima, extraviados en busca de una anécdota más en su memoria. El famoso tiroteo en la calle Bordadores, el rasguño en el hombro y sus dedos tirando del cuello de la camisa para enseñarle la cicatriz. Eran diez o doce conversaciones, nada más. Con tres días en casa les habría dado tiempo a repasarlas todas.

Un celador golpea la puerta con los nudillos. Un golpecito tímido, respetuoso.

—Le tenemos que bajar ya.

Estévez asiente y retrocede hasta la pared para no estorbar en la maniobra. Entre dos celadores empujan la cama hacia el pasillo, se les atranca en el quicio de la puerta, se gritan instrucciones el uno al otro, se oyen pequeños jadeos por el esfuerzo a la hora de salvar el obstáculo. Las pinceladas grotescas que tantas veces adornan los momentos de luto. Estévez sale de la habitación y tiene tiempo de ver, antes de que se cierren las puertas del ascensor, que la sábana, por uno de sus lados, está besando una rueda de la camilla. Sonríe al pensar que su padre tenía siempre calor y solía destaparse por las noches.

Como un sonámbulo, tropezando con la bolsa de ropa que lleva en una mano, se dirige al control de enfermería. Allí recibe condolencias y firma unos papeles. Guarda en el bolsillo unas tarjetas con los datos de dos empresas funerarias. Sale a la calle y se fuma un cigarrillo. Se siente embotado y confuso, como si todo lo que acaba de suceder en el hospital fuera parte de un sueño.

Llama a Bárbara. No sabe por qué lo hace, tal vez porque necesita decirlo en voz alta para que la situación adquiera realidad.

—Juan, ¿qué ha pasado? —oye al otro lado.

—Ya está. Se ha ido.

Bárbara tarda unos segundos en contestar.

—Lo siento mucho.

—Me voy a ir a casa, ¿vale? Tengo que preparar un montón de cosas.

—Claro. Luego me dices a qué tanatorio vais.

—¿Le has sacado algo?

—¿Cómo?

—Al coronel.

—Nada, se ha cerrado en banda. Dice que solo va a hablar con Sofía.

—Déjale un rato en el calabozo, ya hablará.

—No te preocupes ahora por eso, Juan. Descansa un rato, luego hablamos.

Lanau se queda con el teléfono pegado a la oreja hasta comprender que Estévez ha colgado. Se queda paralizada, incapaz de reaccionar. La voz de Estévez sonaba ronca, pero llegaba cálida y cercana. Unas lágrimas velan su mirada, ella se las limpia y después de hacerlo descubre que sus ojos están enfocando bien. No se desdobla la imagen de los halógenos en el techo, la diplopía ha remitido. Sus dedos tropiezan con el parche de pirata. Sonríe con tristeza y las lágrimas, remolonas hasta ese momento, resbalan por su mejilla.

Sofía se presenta en el tanatorio con el gesto atenuado que requiere la ocasión y, al abrazar a Estévez, se da cuenta de que todavía le quedan resabios masculinos pegados a la piel. Un abrazo fuerte, con palmadas en la espalda, un modo viril de presentar las condolencias. Le ha salido del alma. Se pregunta si no estará cayendo en un tópico reduccionista, pero no es así. Laura le da dos besos en las mejillas, lo mismo que hace Bárbara Lanau, que por alguna razón que no entiende lleva un parche de pirata en un ojo. A Sofía no le ha parecido apropiado besar a Estévez y sabe que más tarde, de noche, cuando esté sola en su casa, esto será materia de reflexión. ¿Es que no se siente una mujer del todo? ¿Es que con algunos hombres presentes en su vida va a ser imposible comportarse de un modo femenino? Se consuela pensando que la última vez que había hablado con Estévez estuvieron a punto de llegar a las manos, y en esas circunstancias no le convenía desconcertarle con un pésame rematado con un par de besos. Pero lo cierto es que no se ha atrevido, que el rudo inspector le impone respeto y ante él prefiere conservar un lado masculino por el bien de la colaboración.

Esperaba encontrar a un Estévez más entero, despachando el trance con suficiencia o incluso con una porción de chulería. Pero está roto, le tiemblan las piernas hasta el punto de que se tiene que sentar a cada tanto, y apenas consigue entablar una conversación con quienes se le acercan.

No se queda mucho. Natalia la ha llamado para tomar una cerveza y hablar de un tema que le preocupa, y no quiere estar demasiado tiempo fuera de la Brigada. Son momentos críticos. Su padre está en un calabozo y hay una orden de busca y captura contra Javier Monleón. Tienen una patrulla apostada frente a su casa y otra vigilando la casa de su madre. Ella debe coordinar el dispositivo, pero necesita el consejo de su ex porque no sabe qué hacer con su padre. ¿Ha de involucrarse en la investigación, y con ello exponerse a su odio, o es preferible mantenerse al margen? Natalia es de esas personas que saben quitarles peso a los problemas.

Se encuentran en el Acuarela, un pub de Chueca que a Natalia siempre le ha hecho gracia. Hablan entre esculturas de ángeles y vírgenes, entre velones y lámparas modernistas que le dan un aire *kitsch* al local.

—Necesito que hables con tu hijo y que le hagas entrar en razón.

No le llama por su nombre de pila. Un modo sutil de recordarle a Sofía sus responsabilidades como padre, o como segunda madre, o como lo que sea.

—Veo que sigue sin hacer buenas migas con tu novio.

—No es mi novio.

—Pues con tu amante.

—Lo de amante me suena fatal.

—Joder, qué difícil me lo pones, Nata. ¿Cómo me refiero a él?

—Llámale Eduardo, que es su nombre.

—Pues empieza por llamar Dani a tu hijo, que tú también le has quitado el suyo.

—Dani el talibán.

—¿El talibán?

—No sé en qué momento se levantó convertido en un chico al que no reconozco.

—Creo que Eduardo se permite muchas libertades con él. Intenta corregirle la forma de comer.

—No sé qué te ha contado, pero no es verdad. Lo único que pasa es que no quiere que su madre salga con hombres. Me debe de querer solo para él.

—Has tenido otros novios y sí los aceptaba.

—Pues a este no.

—¿No te parece un poco raro convivir con un hombre casado?

—Te recuerdo que he convivido muchos años con un hombre que en realidad era una mujer. A mí ya nada me parece raro.

—Pues a Dani sí que se lo parece.

—Por eso quiero que hables con él. Lo que me faltaba es tener que pedirle permiso a mi hijo para salir con nadie.

—Él también vive en casa, tal vez deberías haberle consultado.

—¿Estás hablando en serio?

—Si va a compartir cama y mantel contigo, creo que Dani debería tener algo que decir.

—Tú te apuntas a esa corriente moderna que les da toda la autoridad de la casa a los hijos.

—No he dicho eso.

—La adulta soy yo, y en mi casa se hace lo que a mí me da la gana. Hasta ahí podíamos llegar.

—Yo le tengo alergia a esa disciplina férrea de los padres. Entiéndelo, en mi casa volaban las hostias.

—¿Y qué hago, querida? ¿Le digo a Eduardo que no puede venir a dormir conmigo? ¿Me tengo que ir a un hotel para no importunar a mi hijo?

—Creo que lo que Dani no entiende es que estés con un hombre casado. Le parece humillante para ti.

El camarero pone dos cervezas en la mesa sobre unos posavasos con forma de calavera. Natalia no acusa la interrupción y sigue hablando en presencia del intruso:

—¿Humillante?

—Si estuvieras con un hombre disponible, estoy segura de que Dani no estaría en contra.

—A mí me gusta este, ¿qué más da que esté casado? Mejor, así no lo tengo todo el día metido en casa.

—Te estás volviendo horrorosamente práctica.

—Y tú te has convertido en una mujer muy conservadora.

—¿Por qué dices eso?

—Porque es la verdad. Es como si quisieras compensar. Soy trans, cambio de sexo, pero ojo: la familia es lo primero.

—¿Qué tonterías estás diciendo?

—Mira el tema de tu padre.

—De eso quería hablar contigo, pero te has adelantado con tus problemas.

—Lo de tu padre no debería ser un problema. Te trató mal toda la vida y desde hace años no quiere saber nada de ti. Ahora se ha metido en un lío, pues que se joda.

—Eso mismo pienso yo. Pero no es tan fácil.

—¿Por qué?

—Porque es mi padre.

—La familia. ¿Lo ves? Eres conservadora, Sofía. Carlos no era así.

—¿Y qué pasa si lo soy? La gente cambia.

—Qué va a cambiar. La gente no cambia una mierda. Aprende a disimular, que es distinto.

—Has dicho que Dani ha cambiado, que ya no lo reconoces.

Natalia lo mira con impaciencia. No le gusta que la pillen en una contradicción. Pero altera el gesto y pone uno de súplica.

—¿Vas a hablar con él?

—Sí, Nata, sí. Le diré que sea más tolerante. Que está en juego tu felicidad. Que has conocido a un hombre maravilloso, fiable, íntegro. Una joya.

—Te estrangularía.

—Ya lo sé. En realidad no me soportas. Pero has aprendido a disimular.

—Tú lo has dicho.

Suena el móvil de Sofía. Mira el visor.

—Lo tengo que coger, perdona.

De una mesa llegan carcajadas. Sofía sale a la calle para poder hablar. Es Andrés Moura quien llama: el oficial se ha quedado de guardia en la Brigada mientras los demás iban al tanatorio. Está esperando que vuelva Caridad para relevarle y poder ir él a darle un abrazo a Estévez. Pero ya no va a ir. Javier Monleón, el escolta de Yóshiko, se ha presentado allí por su propio pie.

—Está muy nervioso, y yo creo que un poco bebido —dice Moura—. Ven cuanto antes.

33.

Que siete años dan para muchos cambios queda claro al contemplar al hombre que aguarda en la sala de interrogatorios. Javier Monleón, el escolta de conducta impecable que bosquejaba el dosier, el abstemio que vivía como un monje, poco más o menos, presenta todas las trazas de llevar un día entero bebiendo. Sofía Luna lo observa a través del cristal, desde la salita anexa. Escruta su rostro y sus reacciones, como un entomólogo ante una muestra en su placa de Petri, buscando una revelación que no puede llegar por medio de las palabras. Ha llamado a la subinspectora Manzanedo y la está esperando. También a Elena Marcos, por si acaso hay algo sospechoso en la traducción del foro de suicidas.

—Es lo más deprimente que he traducido en toda mi vida. Me debes una noche de copas, Sofía.

A esa invitación Sofía ha contestado «cuando quieras», y ahora se pregunta por qué le ha abierto los brazos de esa forma. La charla con Natalia debe de haberla trastornado. Sobre todo, la acusación de que se ha convertido en una mujer muy conservadora. Voy a salir con una mujer descarada que me quiere meter en su cama porque le da morbo acostarse con una trans. Esta soy yo, una mujer curiosa, que busca el placer sin trabas ni prejuicios, que se atreve con lo que sea.

Las iniciales Y. M., que podrían identificar a Yóshiko Matsui, aparecen en más entradas del foro. Pintan a una joven que se siente en un limbo equidistante de la vida y la muerte. A veces parece encontrarle la gracia al lado absurdo del mundo, a veces parece que le agobia. Escribe alguna reflexión luminosa, pero siempre las matiza con un comentario lúgubre.

—Hay un combate dentro de su alma, no hay duda —opina Elena Marcos—, y el ejército del mal es más numeroso y tiene mejor armamento.

Sofía no está segura de que la metáfora bélica sea la más adecuada en este caso, al menos por una cuestión de tacto, pero ya ha comprendido que la delicadeza no es una de las virtudes de la traductora de japonés. Más allá de estas frases, el foro de suicidas no merece mayor comentario.

Laura Manzanedo llega con el apuro del que irrumpe en una función ya empezada.

—Tranquila, estoy esperando a que se serene un poco. Viene borracho.

—¿En serio?

Laura mira a través del cristal y ve a un hombre nervioso que vacía un vaso de agua de un trago y que, acto seguido, mira a uno y otro lado de la habitación, como si estuviera oyendo voces. No está esposado, todavía no, pero parece ser presa de una agitación muy intensa.

—¿Vamos? —dice Sofía, y Laura y ella echan a rodar la rueda.

El escolta da un respingo al verlas entrar en la sala de interrogatorios.

—Javier Monleón, ¿verdad? —pregunta Sofía a modo de saludo.

Él asiente varias veces.

—¿Sabes que te estábamos buscando?

—Eso me han dicho.

—¿Dónde has estado?

La pregunta parece superar toda su capacidad de respuesta. Javier suspira, se echa hacia atrás en la silla, se limpia el sudor de la frente. Las dos policías aguardan en silencio.

—He estado por ahí.

—¿Puedes ser más específico?

—En el hipódromo. Voy allí de vez en cuando a ver las carreras...

—Hoy no había carreras en el hipódromo —señala Laura.

—Ayer. Estuve ayer.

—Es un buen plan, a mí me encantan los caballos —dice Sofía—. ¿Dónde más has estado?

—Por ahí.

—¿Qué tal si concretas un poco?

—En el bar de un amigo. En la calle Almirante.

Sofía enarca una ceja. Esa calle está a un minuto caminando de la suya. No puede creer que tuviera tan cerca al tipo más buscado de la ciudad.

—¿Cómo se llama el bar?

—Toni 2.

El Toni 2, un clásico de Chueca, un garito donde cualquiera puede tocar el piano y cantar, un lugar animado que cierra muy tarde. De nuevo, Sofía piensa en el dosier inmaculado.

—¿Tienes un amigo que trabaja en ese bar?

—Sí.

—¿Dónde has dormido?

—En casa de mi amigo.

Laura le tiende un folio.

—Apunta aquí su nombre y su teléfono.

Javier apunta el nombre. Se pone el puño en la frente como para traer a la memoria el número del móvil. Lo consigue. O por lo menos, algo anota.

—¿Hay alguien que pueda verificar que ayer estuviste en el hipódromo?

—Estuve solo, pero hay gente que me conoce, voy mucho. El portero, el del bar... Me encontré a un conocido, uno que está todo el día apostando.

—¿Tú no apuestas?

—Algunas veces.

Otro dato para el dosier. El candidato no va al casino ni acude a timbas nocturnas, pero sí al hipódromo, donde se deja un pastizal apostando por caballos fondones solo porque ha tenido un pálpito.

—¿Qué más tienes que contarnos?

El hombre mira a Sofía con miedo.

—No sé.

Lo escrutan en silencio. Él se encoge de hombros, como para señalar su desconcierto.

—¿Dónde la tienes? —pregunta al fin Laura.

—¿Cómo?

—Que dónde la tienes.

—¿Dónde tengo a quién?

—A la japonesa.

—¿A Yóshiko?

—A Yóshiko. ¿Dónde está?

El escolta aprieta los labios y a la vez niega con la cabeza. Sofía y Laura aguardan. De pronto, se cubre el rostro con las dos manos y empieza a llorar. Un llanto muy aparatoso, con hipidos y gimoteos.

—No lo sé... No lo sé...

—¿Dónde la tienes, Javier? ¿La has llevado al mismo sitio que a las otras chicas?

Es Laura quien lanza la pregunta. El escolta se pasa la mano por los ojos, para limpiarse las lágrimas, pero lo que hace es extenderlas por toda la cara. Tiene un aspecto lamentable, pero consigue colocar en su rostro una expresión convincente de estupor.

—¿Qué otras chicas?

—Las chicas japonesas que mataste.

—Yo no he matado a nadie. ¿Cómo pueden pensar que yo...?

—Tranquilo, Javier —dice Sofía—. Lo estás haciendo muy bien. ¿Quieres otro vaso de agua?

—Yo no he matado a nadie.

—Mira estas fotografías.

Sofía le tiende las imágenes que hallaron en su casa.

—¿Conoces a esas chicas?

—¿De dónde han sacado esto?

—Contesta, Javier. ¿Las conoces?

—Son amigas de Yóshiko. Pero no entiendo nada.

—¿Cómo sabes que son sus amigas?

—Estas fotos las hice yo. En la preparación de la vigilancia... Pero estaban en mi casa. ¿Han entrado en mi casa?

—Teníamos una orden judicial. Estabas desaparecido y necesitábamos encontrar a la hija del embajador —explica Laura.

—Has hablado de la preparación de la vigilancia. ¿Qué quiere decir eso?

—Hago mi trabajo, simplemente. Tengo que seguir a todas partes a esa chica y me gusta saber de antemano quiénes son sus amistades. Para no alarmarme si veo que se le acercan.

—¿Espiaste a Yóshiko antes de empezar a trabajar para ella?

—Yo no espío, solo me documento.

—En tu casa hemos encontrado otro dato interesante. Un foro de suicidas por internet.

—Documentación.

—¿Cómo es eso?

—He investigado a la hija del embajador a fondo, para saber con quién me las tenía que ver. Encontré el rastro de ese foro en su navegador. Esa chica no está bien.

—¿Cómo conseguiste entrar en su perfil?

—Su padre me dio todas las claves. Quería saber por dónde andaba su hija.

Sofía y Laura se quedan en silencio, pero esta vez no lo hacen para poner nervioso al escolta. Están revisando sus conclusiones iniciales y tratando de decidir si su versión es fiable. ¿Es posible que lo que parecía a todas luces una obsesión por las japonesas no fuera más que celo profesional? Sofía es la primera en recomponerse.

—Javier, ¿nos puedes contar cuándo viste a Yóshiko por última vez?

El escolta toma aire, se nota que le da mucha vergüenza relatar lo que sucedió esa mañana.

—Es muy importante que nos lo cuentes todo, es posible que esa joven esté en peligro.

—Fue ayer por la mañana. Ella me llevó a una exposición de fotografía. Después fuimos a tomar algo.

—Veo que habíais cogido mucha confianza —dice Laura—. Por lo que yo sé, tu trabajo consiste en vigilarla.

—Es cierto, pero con ella resulta imposible mantener las distancias. Está todo el rato tratando de provocarme, de acercarse a mí.

—¿En qué sentido?

—En cualquier sentido.

—Javier, te voy a plantear una cuestión importante. Hay alguien que está matando japonesas en esta ciudad, y hasta ahora todas sus víctimas tienen un rasgo en común: son asexuales. ¿Tú dirías que Yóshiko es asexual?

—Yo creo que no lo es.

—¿Por qué lo crees?

A Javier le cuesta explicarse. Se rebulle en la silla, se toca el pelo, suspira, como si alguno de esos gestos le pudiera enseñar el camino para esquivar la respuesta.

—Me besó. Me pilló por sorpresa y me besó en los labios. Y me miró de un modo que... Bueno, yo no tengo experiencia en esto, pero creo que quería algo más.

—¿La hija del embajador te dio un beso? —pregunta Sofía.

—Sí.

—¿Por qué dices que no tienes experiencia en este campo?

—Lo que han dicho antes de las jóvenes asexuales me tiene un poco asustado. Porque yo sí que... Ayer llevé a Yóshiko a unas jornadas que hay en Madrid sobre ese tema. Bueno, creo que terminaron ayer.

—¿Adónde la llevaste? Sé claro, por favor, no te saltes ningún detalle.

—Se celebraban en el café Comercial. Poca cosa, un cambio de impresiones entre unos y otros. Pero muy interesante. Ustedes no saben cómo se siente uno cuando nadie lo toma en serio.

—Perdona que te haga esta pregunta, pero ¿tú eres asexual?

Es Laura quien decide acorralar de una vez por todas al escolta, que parece siempre a punto de pronunciarse sobre este aspecto pero siempre recula a tiempo.

—Sí. Y cuando se lo conté a la niña, para pararle los pies, para que comprendiera que no tenía nada que hacer conmigo, ella se mostró muy interesada. Entonces se me ocurrió llevarla al café Comercial, para que viera con sus propios ojos que no soy el único. Que no somos raros. Que somos muchos y cada vez más.

—Continúa —le anima Sofía—. ¿Qué pasó en el café Comercial?

—Cuando llegamos, la reunión había empezado ya. Nos hicieron un hueco, fueron muy amables, así que nos sentamos con ellos. Y Yóshiko... se lo tomó a broma. Le dio un ataque de risa cuando estaba hablando Connie, una irlandesa... Y yo le pedí que esperase fuera. Bueno, no sé si se lo pedí o si salió de ella. El caso es que se fue.

—¿Y tú te quedaste?

El escolta asiente con desolación. Le tiembla la barbilla y se le humedecen los ojos al recordar el momento, quizá el único en su vida, en que desatendió sus obligaciones.

—¿Y luego?

—Fueron cinco minutos. Quería escuchar lo que decía Connie, me estaba interesando mucho. No sé qué me pasó. De pronto me di cuenta de que estaba descuidando mi trabajo, salí a la calle, la busqué y no estaba. La busqué por todas partes. Pero nada.

—¿Qué hiciste entonces?

—Me quedé esperando junto al café Comercial, por si volvía. Me daba mucha vergüenza llamar al embajador. Y entonces vi su cámara de fotos.

—¿Su cámara?

—Se había traído una réflex, una cámara muy buena. Estuvo haciendo fotos toda la mañana. Y la vi en el suelo, al lado de un contenedor de vidrio. Y comprendí que había pasado algo grave.

—¿Llamaste al embajador o a la policía?

—No llamé a nadie, estaba desesperado.

—Tan desesperado que te fuiste al hipódromo a ver las carreras de caballos.

Es Laura quien desliza el comentario sarcástico.

—Eso fue por la tarde.

—Muy poco después de perder a la persona a quien tenías que custodiar.

—Sí, me fui al hipódromo. Necesitaba relajarme, estaba fuera de mis casillas. Y me entraron ganas de apostar.

—Y de beber, por lo que parece.

—También.

—¿Qué hiciste con la cámara?

—La dejé en mi casa. Se la puedo enseñar, si quieren.

Sofía y Laura cruzan una mirada fugaz. Esa mañana ninguna de las dos se fijó en ninguna cámara durante la inspección realizada en el piso del escolta.

—Te vamos a traer otro vaso de agua y te vas a quedar solo para que puedas pensar en lo que nos vas a decir dentro de un rato. ¿De acuerdo?

Laura no entiende por qué opta su compañera por esa medida de presión.

—Mi madre está muy preocupada. Me ha llamado mil veces, déjenme hablar con ella.

—No te preocupes por tu madre. Preocúpate por contarnos la verdad, entonces te podrás ir a casa.

Se van las dos a la sala contigua y miran a Javier Monleón por la mampara de cristal.

—¿Por qué le has dicho eso? —pregunta Laura—. ¿Crees que está mintiendo?

—Lo que más me jode es que creo que dice la verdad.

—¿Entonces? Suéltale y que se vaya con su madre.

—A Arnedo no le va a gustar.

—A Arnedo le gustaría que le sacáramos una confesión a hostias, aunque se lo invente todo. Pero las cosas no funcionan así.

—Ya lo sé, Laura, pero no tenemos por dónde tirar.

—Le soltamos y yo le sigo. Y si da algún paso sospechoso, te llamo.

—¿Por qué no le seguimos las dos? Yo no tengo nada que hacer.

—Yo creo que sí. Está tu padre en el calabozo.

Sofía se queda mirando al escolta. Se ha cubierto el rostro con las manos y está llorando de nuevo.

34.

—Hola, papá.

Sofía se levanta cuando dos oficiales entran en su despacho con Gerardo Luna. Ha preferido recibirle allí para evitar la frialdad de la sala de interrogatorios. O tal vez quiera lucir sus galones, los diplomas enmarcados en la pared y las fotografías recibiendo alguna que otra distinción. Que su padre vea hasta dónde ha ascendido el hijo repudiado. Ninguno de esos adornos puede competir en impacto con su apariencia de mujer. Toda la atención del coronel se dirige a sus atributos femeninos: la peluca, las pestañas, el maquillaje, las líneas afinadas del mentón, las curvas de su cuerpo.

—Quitadle las esposas.

Los dos oficiales están avisados de que esto iba a suceder. Tienen órdenes de permanecer fuera, cerca del despacho, para que puedan actuar si surge algún conato agresivo. Le quitan las esposas y cierran la puerta al salir. Gerardo Luna se frota las muñecas, que están enrojecidas. No da las gracias a su hija por la deferencia.

—Siéntate y dime de qué quieres hablar conmigo.

Habla con firmeza y le señala la silla con un gesto, pero él no se sienta. Se queda mirándola con estupor.

—¿Esas tetas son postizas?

—No. Me han crecido por los estrógenos. Llevo años hormonándome.

Sofía se felicita por la tranquilidad con la que ha encajado la primera grosería. Su padre sonríe con desprecio.

—¿Y ese pelo?

—No me crece. Por eso necesito una peluca. Durante mucho tiempo estuve dudando si ser rubia o morena. ¿Te gusta?

Menea un poquito la cabeza para que el cabello se muestre en movimiento. Se retoca el flequillo en un gesto de coquetería que, dadas las circunstancias, tiene mucho de provocación.

—Pareces un mamarracho.

—Siéntate, por favor.

Ahora sí, el hombre se sienta. Pero se aleja de la mesa y abre mucho las piernas, un modo soez de negarle autoridad a su hija.

—Cuánto tiempo sin verte, papá. Cuéntame, ¿qué tal te va la vida?

—¿Qué clase de barbaridad has hecho con tu cuerpo?

—Me he operado. Una cirugía de reasignación de sexo. Una operación durísima, no sabes lo mucho que se sufre con el postoperatorio.

—Pareces un monstruo.

—Si me llegas a ver recién operada, te desmayas. Tenía toda la cara hinchada. Fue horrible. Pero ahora estoy bien, yo me veo guapa.

—¿Dónde está mi hijo?

Sofía se esfuerza en esbozar una sonrisa condescendiente.

—Yo he criado a un hijo, no a un travesti.

—Soy la misma persona, la que tú criaste. Pero con otro sexo y con otro nombre. Ahora me llamo Sofía, como tu madre. Escogí el nombre pensando en ella. ¿No te parece un homenaje precioso?

Flamean las pupilas de Gerardo, pero Sofía no tiene miedo. Sabe que él quiere algo y que no tiene más remedio que contenerse.

—Me das asco.

—Tú en cambio te conservas muy bien, no sé cómo lo haces. Aunque creo que has tenido problemas de corazón.

—Debería haberte dado una paliza cuando empezaste con esta tontería.

—Me la diste, papá. No me digas que ya se te ha olvidado.

—Está claro que me quedé corto.

Sofía le aguanta la mirada. Aunque parezca mentira, cree que la conversación va bien. Su padre ha soltado ya buena parte de su bilis y ella ha respondido con una ironía defensiva que tenía entrenada. Ahora cree que es el momento de entrar en materia.

—Me han contado que te has metido en un buen lío.

El coronel asiente muy despacio, sin quitarle el ojo de encima.

—Te miro y no me lo creo. Es una mezcla de grima y repugnancia.

—¿Prefieres volver al calabozo, papá? Te veo muy alterado.

Lo dice poniendo la mano sobre el teléfono, como si bastara con pulsar un botón para que entraran los oficiales a recibir las órdenes precisas.

—Menos mal que tu madre se murió antes de tener que ver esto.

—Sí, pobre. Imagínate el disgusto. Su hijo Carlos se convierte en chica y su marido se pone a follar con chaperos.

Gerardo salta como un gato y Sofía empuja la silla hacia atrás y se levanta, para protegerse mejor de la agresión.

—¡Agentes!

Los dos oficiales no tardan ni un segundo en irrumpir en el despacho y reducen a Gerardo en un santiamén. Caridad se asoma acto seguido.

—¿Lo bajamos?

—¿Te vas a tranquilizar? —pregunta Sofía.

Su padre trata de zafarse de la presión en los brazos, pero los oficiales lo sujetan con firmeza.

—Que me suelten.

Sofía nota la mirada de Caridad, una mirada que le aconseja que no se exponga a más peligros.

—Soltadle.

Gerardo se estira las mangas de la camisa, que han quedado muy arrugadas.

—Estamos aquí mismo, inspectora —dice Caridad antes de cerrar la puerta con una última mirada de reproche. Solo le falta santiguarse.

El coronel se sienta y ahora parece desinflado. Su postura en la silla es más discreta, la chulería ha desaparecido.

—Yo no ando con chaperos —dice—. ¿Está claro?

—No, no está claro. Porque, según parece, te han pillado con uno.

—A mí no.

—¿No?

—Claro que no.

—Creo que hay una grabación.

—A mi novia. Esos hijos de puta han grabado a mi novia.

Sofía lo mira en silencio. Le resulta muy extraño imaginar a su padre con una mujer, pero sabe que un viudo con cierta galanura no está lejos de la posibilidad de enamorarse. Tal vez su resentimiento la llevaba a verlo como un hombre amargado y siempre solo, rumiando en una esquina el odio hacia el hijo que se rebeló contra su autoridad. Pero el odio ocupa muy poco tiempo en la vida de cualquier persona.

—Así que te has echado novia.

—No me pidas detalles, porque no te los voy a dar. Solo te cuento lo esencial: ella se sentía sola en un momento en el que estábamos distanciados y se le ocurrió llamar a una agencia de acompañantes. Para ir a cenar, para dar una vuelta, yo qué sé. Esos cabrones graban vídeos a escondidas para extorsionar a sus clientes. Está claro que Cecilia ha pecado de ingenua.

—¿Tu novia se llama Cecilia?

—Sí, se llama Cecilia, ya te he dicho que no quiero entrar en detalles.

—Algún detalle me vas a tener que dar para que lo entienda. Porque supongo que a Cecilia no la habrán grabado cenando con un gigoló. Eso no tendría nada de particular.

Gerardo baja la cabeza.

—No.

—¿La grabación es de contenido sexual?

El hombre toma aire, derrotado, y abre las manos, como dando a entender que la cuestión es obvia.

—Bien. Graban a tu novia en pleno acto sexual con un gigoló. Y luego empieza el chantaje: o pagas o difundimos las imágenes. ¿Es eso?

—Eso es.

—¿Y tú cómo te enteras de todo esto?

—¿Qué más da?

—Ya sé que hay parejas que tienen mucha confianza y se lo cuentan todo, pero esto no es fácil de contar.

—Lo vi —dice Gerardo con impaciencia—. Le miré el móvil y me encontré con el pastel.

—¿Con el vídeo?

—Con el vídeo no. Afortunadamente, yo no lo he visto. Descubrí las amenazas. Le enviaban mensajes horribles. O pagas o todo el mundo se va a reír de la condesa cachonda. Eso decían.

—No me digas que tu novia es condesa.

—Da igual eso, no te quedes en la superficie.

—Me llama la atención que estés con alguien de la nobleza.

—A mí me gusta esa mujer. Me da igual si lo entiendes o no. Yo solo he querido ayudarla.

—¿Matando al hombre que la estaba extorsionando?

—Primero escribí al tipejo ese para hablar con él. Me recibió en un chalé de la Moraleja. Y en calzoncillos, el muy sinvergüenza.

—¿Para qué fuiste a verle?

—Para comprar las imágenes. Le ofrecí cinco mil euros a cambio del vídeo y se rio en mi cara.

—¿Cuánto pedían?

—Cincuenta mil.

—¡Cincuenta mil! Joder con los chaperos.

—Como presume del título de condesa, que yo creo que es falso, se pensaban que estaba forrada. Pero la pobre Cecilia no tiene un duro. De hecho, la tengo que invitar a todo.

—¿El chapero sabía que se iba a entrevistar contigo, o le escribías como si fueras la condesa?

Gerardo toma aire y se cubre el rostro con las manos, como si la cuestión le superara por completo. Se nota que le molesta desgranar el relato, pero no tiene más remedio. Habla con desgana, como si hubiera contado la historia varias veces ya.

—Él sabía quién era yo. Cruzamos varios mensajes, yo le amenacé, le dije que era militar, que no sabía con quién se estaba metiendo... Esas cosas.

—Y veo que tus amenazas no sirvieron para nada.

—Evidentemente, no. Era un chuleta de tomo y lomo. Necesitaba un escarmiento.

—¿Te refieres a un balazo?

—Me refiero a un susto de verdad. La segunda vez lo cité en el parking del teleférico, en teoría para pagarle todo el dinero. Fui con mi pistola. Se la quería enseñar, y si se ponía tonto, metérsela en la boca para que viera que yo iba en serio. Pretendía asustarle para que nos dejara en paz.

—Y no se asustó.

—Me recibió con un cuchillo y me pidió el dinero. Yo saqué el arma. Él se lanzó contra mí y yo disparé. Fin de la historia.

Sofía se queda callada unos segundos. Se le agolpan varias preguntas que le quiere hacer a su padre y le cuesta distinguir las que proceden para esclarecer el caso de las que pertenecen a la curiosidad malsana.

—No estoy segura de que sea el fin de la historia, papá.

Lo dice y le aguanta la mirada en unos segundos de vértigo. Sabe que a su padre no le gusta que le lleven la contraria. Pero se encuentra con una respuesta del todo inesperada.

—Ya lo sé, ya sé que estoy de mierda hasta las cejas.

—A ver si me he enterado de todo. Primero, espías el móvil de tu novia, supongo que por celos.

—No voy a consentir que me juzgues, tú menos que nadie.

—No te estoy juzgando, estoy repasando los hechos. Espías el móvil de tu novia y te enteras de que está siendo víctima de un chantaje.

—Eso es.

—También te enteras de que te ha sido infiel con un chapero, pero en lugar de mandarla a la mierda, la perdonas y decides ayudarla.

—Ahora sí me estás juzgando.

—Quedas con el chantajista para regatear el precio de las imágenes, y se ríe en tu cara. Quedas por segunda vez, supuestamente para pagar, pero en realidad para amenazarle con tu pistola, y se te va la mano.

—En defensa propia.

—Es importante que me contestes a esta pregunta, porque te la va a hacer la jueza y aquí está la clave de todo. ¿De verdad fue en defensa propia o lo mataste para acabar con el problema?

Gerardo Luna mira a su hija durante unos segundos que a ella se le hacen muy largos. No sabe por qué titubea cuando la única respuesta posible a esa pregunta es que fue en defensa propia. Lo contrario sería condenarse. Entrevé las sombras de la integridad que siempre ha acompañado a su padre. Es un hombre duro, orgulloso, autoritario y homófobo. Pero no le gusta mentir.

—¿Papá? —le anima Sofía.

—Ya te he dicho que fue en defensa propia. ¿Cuántas veces te lo tengo que repetir?

—Las que hagan falta para que yo te crea. Porque, la verdad, es difícil de creer.

—Es lo que pasó.

—Lo que no entiendo es por qué querías hablar conmigo.

—Adivínalo.

—Ya sé, te preocupaba mucho que tu hija pudiera pensar que sales con chaperos.

—No te hagas la graciosa.

—Gracias, es la primera vez que te refieres a mí en femenino. Vamos avanzando, papá.

—Quiero que entres en mi casa y borres todos los correos electrónicos que nos hemos escrito Cecilia y yo.

—¿Por qué quieres borrar esos correos?

—Lo mejor sería destruir el disco duro, pero eso resultaría muy llamativo en un juicio. Me haría parecer culpable.

—¿Qué hay en esos correos, papá?

—¿Sería mucho pedir que los borraras sin leerlos?

—Muchísimo. Desde que soy mujer me he convertido en una cotilla redomada. Parece cosa de magia.

—He borrado los mensajes de los móviles. Al chapero le quité el suyo y me deshice de él. Pero los mails no los he borrado.

—¿En esos mails habláis de la extorsión?

—Sí.

—Pero eso no debería preocuparte. La policía ya sabe que te estaban extorsionando.

—Hay algo más.

—¿El qué?

—No se está grabando esta conversación, ¿verdad?

—No.

Él duda. Se gira un instante, se inclina después hacia Sofía.

—Hay gente al otro lado de la puerta.

—Habla en voz baja para que no te oigan.

—Está bien. Pero que quede claro que en estos momentos no eres inspectora de homicidios. Eres mi hijo.

—Tiene que haber algo muy grave en esos correos para que después de tantos años me consideres tu *hija* —remarca la última palabra.

—Cecilia me pide que lo mate.

Sofía se queda estupefacta. Por alguna razón, se esperaba algo más inocente.

—Me lo pide varias veces. Me dice que si no lo mato, me va a abandonar para siempre.

—¿Por eso lo mataste? ¿Para no quedarte sin novia?

—Lo maté en defensa propia, pero si la policía encuentra esos mails, la cosa se complica mucho.

—Joder con la condesa. Te gusta mucho, por lo que veo.

—Tienes que entrar en mi casa y borrar esos mails.

—¿Por qué no los has borrado tú?

—No sabía que me iban a detener otra vez.

—No me jodas, papá. Lo primero que deberías haber hecho después de la primera detención, cuando te soltaron, es borrar esos putos correos.

Da un golpe en la mesa al decirlo y no se detiene a pensar en su reacción: en lugar de reprocharle a su padre la comisión del delito, le afea la negligencia de no destruir las pruebas.

—Lo intenté, pero no pude.

—¿Por qué?

—No lo entenderías. Déjalo. Pero hazme ese favor. No quiero ir a la cárcel.

—¿Te das cuenta de que me estás pidiendo ayuda después de haberme retirado la palabra durante años?

—No lo hago por mí. Yo puedo asumir mis errores. Pero esos mails arrastran a Cecilia y eso sí que no puedo permitirlo.

—Has perdido la cabeza por completo. Y todo por esa condesa.

—No es condesa, deja de llamarla así para reírte de ella.

—Yo no puedo entrar en tu casa y destruir una prueba. ¿Quieres buscarme la ruina?

—Nadie tiene por qué enterarse.

—Y menos todavía puedo hacer eso para proteger a una buscavidas que te está tomando el pelo. ¿Es que no te das cuenta?

—No me está tomando el pelo.

—Papá, por favor, vive a tu costa, te chulea, se acuesta con chaperos y te pide que cometas un asesinato para sacarla de un problema.

Gerardo asiente, muy despacio, y a Sofía le parece la viva imagen de la desolación.

—En el ordenador hay una carpeta con el nombre de Cecilia. Ábrela. Lo vas a entender todo.

—No, no voy a entender nada porque no pienso entrar en tu casa para deshacerme de una prueba esencial en el juicio. Mi trabajo es suministrarle al juez todas las evidencias que encuentre, no ponerle zancadillas.

—Te suplico que lo hagas. Ya sé que hemos tenido nuestras diferencias. Pero tú eres sangre de mi sangre. Somos familia. Y eso no lo puede cambiar nadie.

—Sangre de tu sangre —dice Sofía inclinándose hacia delante—. Qué huevos tienes, coronel.

Da dos palmadas que sobresaltan a su padre. Caridad abre la puerta.

—Que lo bajen al calabozo. Aquí ya hemos terminado. Y ponedle las esposas, no me fío de él.

Los oficiales se las ponen. Gerardo Luna mira a su hija de un modo implorante, pero ella se ha girado en la silla y le niega la mirada.

35.

El médico le ha aconsejado tomar valeriana para combatir el insomnio, combinada con una tila o bien una infusión de amapolas, pero Hiroko confía más en el efecto de un par de whiskies. Se mete en el cuarto azul, un gabinete donde guarda su labor de costura y sus libros favoritos. Trabaja un rato en el pespunte de su vestido del Bon Odori, pero esa tarea, que la ha entretenido varios días, no es ahora la más adecuada. La fiesta consiste en un baile tradicional para recordar a los difuntos. ¿Cómo evitar los pensamientos negativos, casi siniestros? Se queda con la aguja en el trance de rematar un punto, levanta la mirada y piensa en el alma de Yóshiko flotando por el jardín de la mano de su abuela, a la que tanto quería. Abandona la labor, sale de la habitación y deambula por los pasillos.

Oye ruidos en el despacho de Toshihiko. Él tampoco puede dormir y también busca su manera de distraerse un poco. Lo imagina inclinado sobre su cuaderno, dibujando uno de esos paisajes que después enmarca y expone en las paredes de la embajada. Tiene talento con el lápiz. Le gustaría tomar una copa con él y charlar, pero ni siquiera el insomnio compartido ha servido para unirlos. Están muy lejos el uno del otro, su matrimonio se ha convertido en un adorno social. Y la desaparición de Yóshiko ha abierto todavía más el abismo. A Hiroko le da la sensación de que él la culpa de lo sucedido, aunque no acierta a comprender en qué ha podido intervenir ella para impedirlo o en qué ha podido fallar a su hija.

Andando de puntillas se dirige al salón, abre el mueble bar y se sirve una segunda copa. Como no está acostumbrada al alcohol, sabe que ya no podrá retomar la costura. Solo aspira a alcanzar el embotamiento que la lleve primero a no pensar y después al sueño. La habitación en silencio, tan grande, tan ampulosa, le produce una sensación extraña. Una corriente venida de algún lado mueve la cortina. Hiroko se dirige al dormitorio, le apetece beberse la copa a tragos cortos, recostada en la cama, pensando en sus cosas. Al entrar, ve a Toshihiko durmiendo plácidamente. Pero, entonces, ¿quién estaba haciendo ruido en su despacho?

Nadie, no hay nadie allí. Ha abierto la puerta con decisión para salir de dudas y encuentra todo en orden. El cuaderno está sobre la mesa y no hay ningún dibujo empezado. El último, el de las barcas en un lago. El agua espejeando, el tiempo detenido, la tristeza de los objetos sin uso. Le gustó mucho cuando se lo enseñó su marido, hace ya dos o tres semanas. No ha vuelto a dibujar desde ese día. Habría jurado que estaba en su despacho, le había parecido oír pisadas e incluso el rasguear del lápiz en el papel. Pero será la sugestión, o los efectos del whisky.

Ahora oye pasos que provienen del cuarto azul. Se dirige allí con sigilo, afinando el oído. Abre la puerta y se asusta al ver el *yukata* en el sillón: al primer vistazo ha confundido la vestimenta tradicional japonesa con una señora sentada, vestida con el albornoz. Se está volviendo loca. Deja el vaso en la mesa y trata de serenarse. Acaricia la tela del vestido. Es bonito, ella es la esposa del embajador y figura como anfitriona de la fiesta. Va a estar impecable.

Un tintineo metálico rompe el silencio. Hiroko piensa en cadenas arrastrándose, pero se avergüenza del ataque de miedo que está brotando en su estómago. Es como si el viento estuviera moviendo la verja que separa el jardín de la calle. Mira por la ventana. El castaño está quieto, es una noche muy apacible, nada ventosa. De nuevo el ruido. Corre hasta el salón, desde esa ventana se puede ver la verja de la entrada. Y, en efecto, los barrotes se mueven, no puede ser un efecto óptico. Abre la ventana y cree oír un grito ahogado, más bien un gemido. Y entonces ve unas manos aferradas a los barrotes.

Una oleada de vértigo recorre el cuerpo de Hiroko. Sale al jardín, recorre el sendero de piedra y ve a Yóshiko agarrada a la verja, desnuda y con los pies manchados de barro.

—¡Yóshiko!

Lo dice y se lanza a coger esas manos, a cubrirlas de besos para insuflarles calor. La niña mueve la cabeza a un lado y otro, en cámara lenta, como si estuviera al borde del desmayo. Hiroko tarda unos segundos en recordar que esa puerta se abre apretando un botón. El chirrido del mecanismo resuena en la noche. Cuando hay una abertura suficiente, se apresura a socorrer a su hija, que casi no se tiene en pie. La conduce a la casa, busca con qué abrigarla y encuentra el *yukata* primoroso que tenía preparado para el Bon Odori.

La sienta en el sillón del cuarto azul.

—¿Cómo estás? ¿Te han hecho daño? Dime si te han hecho algo malo.

Yóshiko no dice nada, pero tiembla de frío o de miedo y tiene la mirada vacía.

Hiroko le prepara un baño de agua caliente. La ayuda a entrar en la bañera, la sumerge, le frota el cuerpo y el rostro con una esponja. Además de las manchas de barro, tiene rojeces en las muñecas y en los tobillos y pequeños puntos de sangre en el cuello y en uno de los antebrazos. Se oyen pasos que se detienen junto a la puerta del cuarto de baño.

—Hiroko, ¿qué pasa? ¿Estás ahí?

Toshihiko se ha despertado.

—No entres, estoy con la niña.

—¿Ha vuelto? ¿Está bien?

—Acuéstate, por favor. Se está dando un baño.

—¿Está bien Yóshiko?

La chica tiene la cabeza apoyada en el borde de la bañera y la mirada fija en el techo. No reacciona a los gritos de su padre.

—Contesta, Hiroko. ¿Está bien la niña?

—Acuéstate.

El comisario Arnedo ha tenido que convencer al embajador de que les permitan hablar con Yóshiko. Se hace cargo del trance por el que ha pasado la joven; él mismo, actuando como padre, extendería un manto de protección si hubiera sido su hija la secuestrada. Pero todavía hay un asesino suelto en la ciudad que persigue a japonesas y es muy importante el testimonio de la única persona que ha podido verle la cara.

Toshihiko deja esperando unos minutos a los policías. Se oyen gritos de una discusión terrible entre el embajador y su esposa. Es difícil decir quién de los dos grita más. Cuando reaparece con la sonrisa diplomática por delante y los modales untuosos que emplea para pedirles que lo acompañen, es imposible no pensar en las muchas veces en que la vida se convierte en una burda representación teatral.

—Les pido disculpas, la niña no quiere salir de su habitación. No es lugar para recibir una visita, pero cuando ella se empecina en algo no hay más remedio que ceder.

Yóshiko está metida en la cama, sentada entre almohadones, la espalda apoyada en el cabecero. Viste un pijama amarillo, de seda, y se está cepillando el pelo. A su derecha, en una mesita, hay una bandeja con los restos del desayuno: una taza de té, las migas de una tostada, la cáscara de un kiwi. A Sofía le parece que compone una imagen plácida, casi irreal, como si estuviera posando para un pintor. Barre el dormitorio con la mirada y no encuentra un lienzo ni a un artista florentino con pluma y bonete. Tampoco encuentra sillas donde sentarse. Eso mismo debe de advertir Toshihiko, porque sale al pasillo de pronto, como movido por un resorte, y suenan dos palmadas. Tras unas palabras proferidas en un japonés áspero y cortante, entran con gran apuro dos empleadas del servicio acarreando sendas sillas. Allí se sientan el comisario y Sofía Luna.

—Inspectora, me alegro de verla. ¿Habló con su padre? ¿Le invitó a una paella?

—¿Cómo?

—El otro día hablamos de eso, ¿no se acuerda? Alguien le recomendó que hiciera las paces con su padre y yo le dije que no se molestara, que daba igual.

Toshihiko carraspea, incómodo.

—Señores, les dejo hablar tranquilamente. Si necesitan algo, estaré fuera.

El embajador hace un gesto de asentimiento, como una reverencia, y sale. Sofía le devuelve la cortesía y cuando ve que el otro cierra la puerta se gira hacia la joven.

—No me preocupa mi padre, Yóshiko. Me preocupas tú.

—Yo estoy bien.

—¿Dónde has estado?

—¿Habéis hablado con Javier? Mi padre dice que ya no va a ser mi escolta, yo le he dicho que la culpa no es suya, pero no me cree.

—Javier está bien. Siente mucho no haber sabido cuidarte.

—Fue culpa mía, me dio un ataque de risa en la reunión esa y tuve que salir a la calle. Él no hizo nada malo. Es el mejor escolta que he tenido, se lo tienen que decir a mi padre.

—¿Te refieres a la reunión en el café Comercial?

—Sí, con los asexuales. Javier es como ellos, pero no se lo contéis a nadie. A él le da mucha vergüenza que se sepa.

—Sabemos que estuviste con él en esa reunión y que saliste a la calle. ¿Recuerdas qué pasó después? —dice Arnedo. Ha estado callado hasta entonces, pero ahora se nota que tiene prisa por centrar la conversación, no le gusta que la joven se vaya por las ramas.

—Recuerdo que me aburría. Que hice un par de fotos. Por cierto, ¿no habrán encontrado mi cámara? Una Nikon buenísima.

—No te preocupes ahora por tu cámara —dice Arnedo.

—Claro que me preocupo, me la regaló mi padre en Navidades, y el regalo tiene mucho valor porque a él no le gusta que haga fotos. Dice que es una pérdida de tiempo, ¿se lo pueden creer?

—Tu cámara la encontró Javier —dice Sofía—. La tiene él.

—¿De verdad? Eso sí que es una suerte. Se me debió de caer cuando me atacaron.

—¿Quién te atacó, Yóshiko?

—Ni idea. Pero me hizo algo. Me durmió con una inyección, yo creo. No me acuerdo de nada. Cuando abrí los ojos ya era de noche y estaba en un cuarto oscuro con una ventana pequeñita.

Arnedo carraspea en señal de impaciencia. Pone la mano en el brazo de Sofía para que le deje llevar la voz cantante. Un gesto abrupto, innecesario, que a Sofía le hace añorar la presencia de Laura. La han dejado vigilando la casa del escolta, una precaución lógica hasta contrastar su versión de los hechos con la de Yóshiko.

—Quiero que te concentres en esa habitación y la describas.

—¿A usted le gusta la fotografía?

Sofía nota la tensión en el rostro de Arnedo. Sabe que no va a captar la señal que le está enviando la japonesa; le está pidiendo a su manera que convierta el interrogatorio en una charla distendida, que ella lo prefiere así porque se siente más cómoda. O a lo mejor le cae mal el comisario y solo quiere provocarlo.

—Eso no importa ahora. Descríbeme la habitación.

—Durante el día entraba una luz muy bonita por la ventana. Como era alargada y estrecha, el sol entraba de refilón. Una luz preciosa para las fotos.

—¿Era un sótano?

—Puede ser. Yo estaba tumbada en una camilla, tenía los pies y las manos atados, así que no podía fijarme en los detalles.

—¿Atados a algún sitio o atados entre sí?

—Estaba así.

Se destapa, saca las piernas del calor de las sábanas, las abre y levanta los brazos por encima de su cabeza.

—Bueno, las piernas las podía flexionar.

—O sea, cada mano y cada pie estaba atado a una barra de la camilla.

—Eso creo. Las correas me hacían un poco de daño, sobre todo en las muñecas. Todavía las tengo rojas.

Muestra las muñecas.

—¿Eran correas? ¿Estás segura de que no eran cuerdas?

—Eran unas correas de cuero.

—Yóshiko, ¿tuviste alguna relación con el secuestrador? —pregunta Sofía.

—Claro, al final le vi. Pero me dejó sola un buen rato. Le vi por la mañana.

Arnedo toma notas en una libreta, cosa que no deja de sorprender a Sofía. No se esperaba tanta aplicación en el comisario.

—¿Y qué hizo cuando le viste?

—Entró en la habitación a conectar los aparatos.

—¿Qué aparatos? —pregunta Arnedo.

—Unos de hospital. Para controlar los infartos y eso.

Sofía y Arnedo se miran, intrigados.

—¿Te controló el corazón?

—El corazón no.

—¿Te puso unos electrodos en el pecho?

—En el pecho no me puso nada.

—¿Dónde te puso algo?

—Ahí.

Lo dice sin señalarse ninguna parte del cuerpo. Sofía nota un escalofrío. Entiende a qué parte del cuerpo se refiere. Pero Arnedo va rezagado.

—Necesito que seas más específica. ¿Dónde?

Yóshiko sonríe y se ruboriza.

—¿En la vagina? —dice Sofía.

Ella asiente. Arnedo mira a la inspectora con estupor. También con un punto de embarazo.

—¿Te metió algo en la vagina?

—Un tubo. Bueno, era como un tampón.

—¿Para qué hizo tal cosa?

Yóshiko se encoge de hombros. Sofía cree que ha llegado el momento de preguntar si sufrió una agresión sexual y ya está buscando la frase pudorosa, la llave para indagar con suavidad, cuando oye a Arnedo entrando cual elefante a la carga en esa esfera privada.

—¿Te tocó? ¿Te penetró? ¿Abusó de ti de alguna manera?

Yóshiko le mira de un modo extraño. Por su gesto, parece a punto de soltar una broma.

—¿A usted le gusta el porno?

Arnedo se queda blanco.

—Mis gustos personales importan muy poco, señorita.

—Me ponía películas porno. Había una pantalla en el techo. Me daba un poco de asco.

—¿Una pantalla en el techo?

—Sí, una enorme. Estaba en el techo para que yo pudiera mirarla desde mi posición.

—¿Para qué te ponía porno en esa pantalla?

—Para ver si me excitaba. Me decía: «Si no te excitas, te mato». Pero no es fácil excitarse en una situación así —una lágrima rueda por su mejilla—. A mí no me gusta el porno. Y con un loco que amenaza con matarte, es muy difícil excitarse...

—Pero lo hiciste —dice Sofía.

—Yo creo que no.

—¿Tú veías la gráfica del monitor?

—Sí, y estaba plana. No se movía nada. No me excitaba.

—Tuviste que hacerlo, porque estás aquí. Si no, te habría matado.

—Hubo un momento en el que cerré los ojos y me rendí. A lo mejor ahí... No sé.

—¿Qué pasó? Haz memoria, Yóshiko. ¿Qué pasó cuando te rendiste?

—Nada. Durante horas, nada. Aburrimiento y miedo, mucho miedo. Y de pronto noté un pinchazo en el cuello. Y cuando me desperté era de noche y estaba en medio de un callejón. Desnuda y desorientada. Hasta que salí a la calle principal y vi que me había dejado al lado de mi casa.

—Pero entonces, sabe dónde vives —dice Arnedo—. Luego te conoce.

—Los medios han publicado la noticia del secuestro —dice Sofía—. Puede que se haya enterado por eso.

—¿Le viste la cara? —pregunta el comisario.

—La llevaba tapada.

—¿Con un pasamontañas?

—No. Iba vestido de médico, con mascarilla, gorro y unas gafas muy grandes.

—¿Como si estuviera en un quirófano?

—Sí.

—Has dicho que te hablaba, te decía frases amenazadoras. ¿Te resultaba familiar esa voz?

—No. Pero hablaba de forma rara. Con susurros. Como disimulando la voz.

—Si la disimulaba, es posible que lo conocieras.

—No lo sé.

—Si no, ¿para qué la iba a disimular?

—No sé por qué, pero lo hacía.

Arnedo la mira fijamente.

—Yóshiko, ¿estás segura de que ese hombre no era Javier Monleón, tu escolta?

—No era él.

—¿Cómo lo sabes? Estaba disfrazado y tú misma dices que la voz era irreconocible.

Ella abre las manos como para señalar una obviedad.

—Por su olor.

—¿Por su olor?

—Javier huele a rosas frescas. Y ese hombre olía a pescado.

—¿A pescado?

—Creo que no lo dice literalmente, comisario.

—Que olía muy mal, eso es lo que quiero decir. No era Javier, estoy segura.

Arnedo escribe algo en su libreta.

—¿Por qué él toma notas y tú no? —pregunta mirando a Sofía.

—Eso mismo me gustaría saber a mí —dice el comisario levantando la mirada.

—No lo sé —dice Sofía—. Es una costumbre. Me fío de mi memoria. Me da la sensación de que me pierdo algo si me pongo a tomar notas.

—La memoria falla y lo sabes, Luna —proclama Arnedo.

—Yo sería como tú —dice Yóshiko sonriendo a Sofía—. Yo no apuntaría nada. Me fijaría en todos los detalles. Usted escribe muy despacio y además lo hace mirando a su libreta. Se pierde mis reacciones. A lo mejor se le escapa el gesto que demuestra que estoy mintiendo.

—¿Nos has mentido? —pregunta el comisario.

—Pregúnteselo a su compañera. Ella ha estado atenta y lo sabe.

Arnedo sonríe, molesto.

—No nos ha mentido —dice Sofía—. Pero puede que se haya callado algo por pudor. ¿Es así, Yóshiko?

Yóshiko la mira unos instantes.

—Sí, es así.

—¿Quieres contarnos qué es?

—Con una condición. Que me traigáis mi Nikon y convenzáis a mi padre de que me deje estudiar fotografía en Madrid. Él quiere mandarme a Los Ángeles.

—De acuerdo —dice Arnedo—. Te prometo que tendré esa conversación con él. Ahora cuéntanos todo lo que te has callado.

—No soy tan tonta, comisario. Primero quiero mi cámara y quiero ver a mi padre arrastrándose y pidiéndome perdón por ser tan insensible y tan bruto. Y luego hablamos.

Arnedo la mira con una mueca de sarcasmo.

—¿Es necesario que se arrastre?

—Claro. ¿Les cuento un secreto? Mi único consuelo cuando estaba secuestrada era pensar que mi padre estaba sufriendo. Eso es lo que me daba fuerzas para seguir.

Sangre de tu sangre, piensa Sofía. Por mucho que le odies, volverás a él, no te librarás de su sombra ni de su influencia y por muy lejos que te vayas te llegará siempre el eco de sus pasos.

36.

—El embajador quiere agradecer a todo el equipo los esfuerzos por encontrar a su hija sana y salva.

Moura y Caridad miran a Arnedo con seriedad, preguntándose si la frase esconde alguna ironía. Es verdad que han dedicado tiempo a buscar a la joven, pero también lo es que en su liberación no ha intervenido ningún operativo policial. Da la sensación de que no hay crítica encubierta en las palabras del comisario. Solo importan los resultados, no hay razón para no colgarse una medalla.

—Pero tenemos que seguir trabajando para encontrar al asesino —añade—. Supongo que la inspectora Luna os ha puesto al corriente de nuestra conversación con Yóshiko Matsui.

—Los he puesto al corriente y ya tenemos algunas novedades en la investigación —dice Sofía—. Moura...

Le anima con un gesto a continuar. El oficial abandona la sala por unos momentos y regresa con un aparato.

—Os presento un artilugio de cuya existencia me he enterado hoy. Se llama fotopletismógrafo vaginal.

Muestra un transmisor blanco, con un pequeño visor y dos mandos giratorios, y un cable rematado por una cápsula.

—Sirve para medir el flujo sanguíneo en la vagina. Esta cápsula funciona como una sonda. Se introduce en la vagina y recoge la presión y la velocidad de la sangre. Por medio de este transmisor, los datos se vuelcan en un monitor en forma de gráficas, como las de un electrocardiograma. Pero aquí la curva refleja el deseo sexual de la paciente.

—Ese es el aparato que ha descrito Yóshiko —dice Arnedo—. Ella dice que era como un tampón.

—Así es. Creo que hemos encontrado la silicona que llevábamos tiempo buscando. No pertenece a un preservativo ni a un consolador ni a ningún otro juguete sexual. Este tampón está recubierto de silicona.

—También hemos encontrado el porqué de las rozaduras en las paredes vaginales —dice Caridad.

—El famoso violador sutil resulta que no las viola —dice Sofía—. Solo quiere saber si sienten deseo sexual.

—Este aparato lo utilizan sexólogos y ginecólogos —continúa Moura— para esclarecer disfunciones sexuales femeninas. La conjetura natural es que buscamos a alguien que trabaja en un entorno sanitario.

—En tu perfil decías que el asesino estaba de baja y deprimido, pero yo creo que te equivocas.

Arnedo saca su libreta y pasa unas cuantas páginas hasta dar con la anotación que busca.

—Según el testimonio de Yóshiko, el secuestrador la dejó atada de pies y manos toda la noche y entró por la mañana con un trasto como ese para someterla a las pruebas de deseo sexual. ¿Por qué esperó a que se hiciera de día?

—Tal vez quería descansar un poco —dice Moura.

—No seas cabezota, es más fácil pensar que trabaja de noche. Tuvo que esperar a que terminara su turno.

—Podría ser. Pero eso no es más que una hipótesis.

—Buscamos a alguien que trabaja en un hospital, un ginecólogo, un sexólogo o un anestesista. No olvidemos que les inyecta ketamina. Y que la noche del domingo tuvo guardia nocturna.

—Yo he rastreado a los participantes de las jornadas sobre la asexualidad —dice Caridad—. Ninguno trabaja en un hospital.

—Tampoco el escolta —dice Sofía—. Creo que deberíamos descartarlo como sospechoso.

—Es pronto para eso —dice Arnedo.

—Acabas de decir que buscamos a un profesional del sector sanitario.

—Tú has estado conmigo y has visto lo mismo que yo. Esa chica japonesa está enamorada del escolta y haría cualquier cosa por protegerle.

—Ha dicho claramente que el secuestrador no era él.

—¿Tú te has creído la tontería esa del olor? El escolta huele a flores frescas, tócate los cojones.

—Todas las personas huelen a algo —dice Caridad.

—Ya. Algunos más que otros. A choto, sobre todo. Quiero que se mantenga la vigilancia a Javier Monleón hasta nueva orden.

—Tranquilo, Laura está en ello. Pero se aburre. Dice que ese hombre no es sospechoso de nada más que de llevar una vida muy monacal.

—Hay asesinos muy monacales.

—De acuerdo, Arnedo —dice Sofía, un tanto molesta al escuchar conclusiones así de precipitadas—. ¿Algo más que debamos considerar?

—Todavía no sabemos por qué ese loco tiene fijación con japonesas asexuales.

—No lo sabemos y la cosa me intriga —dice Moura—. Es muy raro.

Bárbara Lanau entra en la sala.

—Perdonad, pero acaban de dar parte de la aparición de un cadáver en la Dehesa de la Villa.

—¿No puedes ir tú? —dice Arnedo—. Estamos desbordados con el caso de las japonesas.

—Puedo ir yo, pero dicen que el cadáver tiene una estrella de mar en el pecho.

El comisario y Sofía cruzan una mirada. Ella se levanta.

—Vamos.

Arnedo no la imita.

—Llama a Manzanedo, anda. Dile que abandone la vigilancia del escolta y que vaya contigo.

Sofía se dirige a la salida. La intercepta Lanau.

—Espera, no te vayas tan rápido. Me han dicho que has hablado con tu padre.

—Sí, pero solo quería restregarme su odio.

—Entonces, ¿lo pongo a disposición judicial?

—Tenemos setenta y dos horas de margen antes de hacer eso, ¿no es así?

—Sí, pero en este caso no veo la necesidad. No quiere colaborar, que se apañe con la jueza.

De nuevo las palabras de su padre bombeando en su cabeza. Sangre de tu sangre, Sofía.

—Vamos a apurar el plazo.

El cadáver está al pie de un talud, cubierto por unas retamas. Un enjambre de moscas revolotea alrededor de la masa encefálica, que se desparrama por la cabeza hasta rozar la oreja derecha. Sofía admira el pulso firme de Laura al sostener el móvil para fotografiar al muerto desde varios ángulos. Piensa en lo mucho que se ha debido de aburrir vigilando al escolta, en las ganas que tenía de entrar en acción. Pese a los años de experiencia, a ella le sigue disgustando la contemplación de los muertos, por más que este no sea de los peores. Hecha la salvedad de la cabeza, que parece estar vaciándose como un saco de cereales rajado por el medio, el cadáver presenta una extraña pulcritud.

Se trata de un hombre bien vestido, con una camisa a cuadros y un pantalón vaquero. Un rostro joven y atractivo, en opinión de Sofía. Por su posición, tumbado boca arriba y con los ojos abiertos, podría componer la estampa de alguien descansando en la hierba o mirando las nubes. La estrella de mar que se mantiene en equilibrio sobre su pecho es azul marino y tiene dibujada una carita sonriente. Un juguete de plástico, comprado en un chino o en una tienda de *souvenirs*.

—¿Quién ha encontrado el cuerpo? —pregunta Sofía a un policía municipal.

—Un jardinero. Esta zona está acotada, parece ser que hay un cedro peligroso.

—¿Se traga a los niños? —engloba el entorno con un gesto. El lugar es bonito, tranquilo, un remanso de paz.

—El domingo se cayó una rama y casi se carga a un paseante. Eso es lo que me ha contado el jardinero.

—¿Testigos?

—Nada. El cuerpo ha rodado desde la calle Francos Rodríguez, la hierba está aplastada.

—¿Pisadas?

—No hemos visto. Suponemos que tiró el cuerpo desde arriba.

—¿Y la estrella de mar se la ha lanzado desde la calle? Demasiada puntería. El asesino ha tenido que bajar hasta aquí para colocarla.

—No había caído en eso, inspectora. Pero huellas no hay.

—¿Sabemos quién es?

—No lleva documentación.

—Gracias, buen trabajo.

El ruido de una sirena precede a la llegada del médico forense. Ya solo queda esperar al juez y en pocos minutos embolsarán el cuerpo.

—¿Qué te parece?

Laura ha parado de hacer fotos y ahora quiere comentar las novedades.

—Que el asesino se ha cansado de japonesas.

—Puede que no sea tan fácil encontrar japonesas asexuales en Madrid.

—Estaba frustrado. Creía haber dado con una, pero Yóshiko pasó el test del deseo sexual. Por eso se lanzó a buscar otra víctima, porque estaba sediento de sangre.

—En ese caso, no tardó mucho en dar con ella. Está claro que sabía dónde buscar.

—Eso mismo pienso yo. Hay que hablar con Gabriel Montes. Que nos diga si este hombre ha participado en las jornadas.

Laura asiente, saca su móvil y marca. Aguarda unos segundos.

—No da señal.

—Llama a Caridad, anda. Que intente localizarle.

Sofía se aproxima al médico forense, que está en cuclillas contemplando la cabeza abierta. Es un hombre tosco que parece siempre cansado. Ha coincidido con él en un montón de investigaciones.

—¿Qué te parece?

—Mira lo que sale por el cráter. Le han golpeado con saña, pocas veces me he encontrado con algo así.

—¿Cuándo tendremos la autopsia?

—Cuanta más prisa me metas más voy a tardar. Ya lo sabes.

—Buscamos pinchazos en el cuello, anestésico en sangre...

—Conozco los antecedentes, Carlos.

—No me llames Carlos.

—Y tú no me digas cómo tengo que hacer mi trabajo.

Maite, de la Policía Científica, interrumpe la discusión.

—¿Puedo empezar a recoger pruebas?

—Si te refieres a la estrellita de mar, la puedes guardar en una bolsa. A mí me estorba.

Sofía da un paso atrás al ver que el médico forense ya tiene a otro miembro del equipo con el que discutir. Ella y Laura se dirigen a la Brigada. Por el camino, reciben la llamada de Arnedo.

—Estamos llegando, comisario —dice Sofía—. Ahora mismo subo a hablar contigo —cuelga—. Qué pesado está este hombre. ¿Por qué se mete tanto en este caso?

—No lo sé. A lo mejor está descubriendo que es asexual.

Sofía la mira con asombro y Laura se ríe. Se da cuenta de que hacía mucho que no la veía riéndose.

Un cuarto de hora después, Sofía coge el ascensor del edificio mientras Laura aparca, pero no es Arnedo sino

Caridad la primera persona que se cruza en su camino cuando se abren las puertas en la planta de la Brigada.

—Ha subido una foto a Facebook.

Sofía se detiene y se la queda mirando. No sabe a quién se refiere con esa frase, tampoco sabe por qué escoge esa forma de saludarla.

—¿Tú no estabas intentando localizar a Gabriel Montes? —insiste Caridad.

—Sí —se acerca a ella—. ¿Dónde está?

—En el monasterio de El Paular, en Rascafría. No está lejos.

—¿No le basta con la abstinencia sexual? ¿Ahora se ha hecho monje?

—Pregúntale y me cuentas. Siempre me ha tentado eso de dejarlo todo y recluirme en un convento.

—Tú no serías una buena monja.

Caridad no sabe cómo tomarse esas palabras.

—Anda, ¿y eso?

—Porque hablas por los codos. Y allí piden voto de silencio.

—Ah, entonces no.

Entra Laura, que viene caminando a buen paso, balanceando las llaves del coche en un dedo.

—No te quites nada, nos vamos.

—¿Adónde?

—A Rascafría. En el coche te lo cuento.

Sofía sale. Laura mira a Caridad en busca de una explicación.

—Hay unas piscinas naturales preciosas.

37.

El Paular es un monasterio cartujo del siglo XIV que ha resistido los embates del tiempo. Todavía se oyen en el valle del Lozoya los cantos de los monjes allí recluidos, como una insinuación al visitante de que existen otras formas de vida. Junto a la iglesia hay un palacio que fue residencia real en días remotos, pero que ahora funciona como un hotel. Allí se dirigen Sofía y Laura después de aparcar en la explanada.

—El señor Montes no se encuentra en su habitación —dice el recepcionista en voz baja. Se ha dejado impresionar por las acreditaciones policiales, pero ahora mira a las dos inspectoras con reproche, como si fuera un sacrilegio invadir la tranquilidad del lugar.

Aun así, por suerte, Gabriel no tarda en aparecer caminando por un sendero. Viste chanchas, bañador y camiseta de manga corta con unas letras estampadas que afirman: Wifi gratis.

—No me digan que han tenido que venir hasta aquí para hablar conmigo —dice al reconocerlas.

—Tienes el teléfono apagado.

—Es cierto, he venido a desconectar un poco. Paso muchos nervios con la organización de las jornadas.

—¿Nos sentamos un momento? —propone Laura.

Cerca de la entrada del hotel, en el empedrado, hay unas mesas de hierro para tomar algo. Hacia allí se dirigen los tres.

—Gabriel, hay una nueva víctima que podría tener relación con las jornadas que has organizado.

—¿Otra joven japonesa?

—Esta vez es un hombre. No conseguimos identificarlo, tal vez nos puedas decir si le reconoces.

—¿Han traído una foto?

Laura saca su móvil.

—Te advierto que las imágenes son desagradables. Le han destrozado la cabeza.

La advertencia no parece afectar a Gabriel, que coge el móvil y estudia la fotografía.

—Qué espanto. ¿Eso que se ve ahí es...? Dios...

—¿Le conoces?

—Me suena mucho.

—¿Fue uno de los participantes?

—Este año no, pero... Yo diría que vino a la primera edición.

—¿El año en que solo fuisteis cuatro personas? —pregunta Sofía.

—Sí, un desastre. No podía creer que no viniera nadie más. Yo esperaba, miraba a la puerta para ver si entraba algún rezagado, pero nada, fue un fracaso total.

—¿Estás diciendo que este hombre es uno de los cuatro participantes de aquellas jornadas?

—Estoy casi seguro de que sí.

—¿Recuerdas su nombre?

—Tendría que consultar mis notas. Redacté unas conclusiones, pero ese archivo está en mi ordenador.

—¿No lo puedes consultar desde aquí? Tal vez publicaste el informe en tus redes sociales o se lo enviaste a los asistentes —dice Laura.

—No, ese informe no lo difundí. Lo hice para mí, para darle sentido a la quedada aquella —le devuelve el móvil.

—¿En qué consistió esa quedada? —pregunta Sofía.

—Nos reunimos en un bar y charlamos un rato. Ni siquiera abordamos demasiado el tema de la asexualidad. Me dio pena por una chica que había venido desde Valencia.

—¿Este hombre era de Madrid?

—No lo recuerdo. Tengo que consultar mis notas. Ahí está su nombre y creo que también su número de teléfono. Nos intercambiamos los datos para estar en contacto, pero ahí quedó la cosa.

—¿Quién era el otro participante?

—¿El otro?

—Has hablado de cuatro personas, incluyéndote a ti. Una chica de Valencia, este hombre y otro. ¿Quién era?

—No lo sé. Cuando vuelva a Madrid busco ese informe y se lo hago llegar. Está en mi ordenador, eso seguro.

—¿Nos vas a hacer esperar hasta que vuelvas a Madrid? —se impacienta Sofía—. Ese listado nos corre mucha prisa. Puede que el asesino sea esa cuarta persona.

—Lo comprendo, pero desde aquí no puedo acceder al archivo. Vuelvo mañana a Madrid.

—Si nos autorizas a entrar en tu casa, lo cogemos —propone Laura.

—No, no, eso no puede ser.

Toda la calma que transmitía Gabriel se evapora en un segundo. Consulta su reloj, está inquieto, trata de mantenerse cercano y colaborador, pero ahora su simpatía resulta impostada.

—¿Por qué no puede ser? —dice Laura—. Lo digo para que no tengas que interrumpir tus vacaciones.

—Mejor vamos a hacer una cosa. Me cambio, cojo el coche y me acerco a Madrid. Esta misma tarde tienen el listado.

—¿No sería más cómodo que entráramos nosotras? Nos puede acompañar el portero.

—No me cuesta ir a Madrid, de verdad. Yo se lo doy esta tarde.

—De acuerdo, solo queríamos ahorrarte una molestia.

—No es molestia. ¿Las puedo ayudar en algo más?

Se le congela la sonrisa al decirlo.

—No, gracias —dice Sofía—. No dejes de llamarnos cuando tengas el listado. Es urgente.

Se dirigen al coche. Laura va a entrar en el asiento del conductor, pero Sofía se adelanta.

—Conduzco yo.

—¿Por?

—Me apetece.

Laura se encoge de hombros, le da las llaves y ocupa el asiento del copiloto.

—¿Por qué no quiere que entremos en su casa? —dice Sofía mientras arranca.

—No lo sé. Porque es su espacio privado.

—Puede ser, a mí tampoco me gustaría que entraran en mi casa.

Nada más salir del recinto, Sofía pisa el acelerador.

—¿Por qué conduces tan rápido?

—Porque tenemos prisa.

—Creo que me vas a hacer pasar miedo —dice Laura—. Te advierto que esta carretera es mala.

—Gabriel Montes está a punto de subir a su coche. Quiere llegar antes que nosotras para esconder lo que sea que tenga en su casa.

—¿El qué?

—Cualquier cosa. Droga, armas, dinero negro... Las bragas de Naoko. Su zapato.

—¿Crees que Gabriel es el asesino?

—No lo sé, pero está claro que allí esconde algo. Y me ha entrado una curiosidad bestial.

—¿Quieres que entremos en su casa sin una orden?

—Se nos cae el pelo si nos pillan. Pero sí que quiero. Y antes de que llegue él. ¿Te has puesto el cinturón de seguridad?

Una curva tomada a gran velocidad lanza a Laura contra la ventanilla.

—No te lo tomes a mal, Sofía, pero conduces como un hombre.

—Las hormonas no hacen milagros.

—Ve un poco más despacio, por favor. Por lo menos en las curvas.

—Llama a Caridad. Necesitamos la dirección de Gabriel Montes de inmediato.

Laura hace la llamada y después se pone a mirar el paisaje. Es un día bonito, pero no logra estar tranquila. Intenta disimular la sensación de vértigo. Aprieta los ojos con fuerza al notar las intenciones de Sofía de adelantar a un camión atravesando una línea continua. Cuando los abre, el camión ha desaparecido. Y ellas están vivas.

—Fíjate en los otros coches, no vaya a ser que nos adelante Gabriel —dice Sofía.

—No me puedo fijar en nada. Lo estoy pasando un poco mal.

—Tranquila, conduzco bien. Lo malo es la somnolencia por las hormonas.

—Si tienes sueño, conduzco yo.

Sofía sonríe.

—Estoy perfectamente.

Suena el móvil de Laura. Caridad, una fiera, ha averiguado la dirección de Gabriel Montes: vive en la calle Santa Engracia, muy cerca de la plaza de Chamberí. Cuando el coche entra en el casco urbano, Laura empieza a recuperar el color. Aparcan en doble fila, frente al número 113, y abordan al portero con las placas distintivas en la mano.

—Tenemos que registrar el primero C. ¿Quiere usted asegurarse de que el piso está vacío?

Mientras aguardan a que el portero haga la comprobación, a Sofía se le hace eterna la espera: no puede dejar de mirar hacia la calle temiendo la llegada de Gabriel Montes. Al final decide subir las escaleras. El portero ha llamado varias veces al timbre y no hay respuesta.

—Espere abajo —dice Sofía justo cuando el hombre abre la puerta.

Entran en el piso. Un pequeño recibidor conduce al salón y, nada más entrar, las dos policías dan un respingo. Hay una mujer sentada en un sillón, con las piernas cruzadas. Una media melena rubia le roza los hombros. Viste ropa sofisticada y el rojo de los labios resalta en la palidez de la cara.

—Joder, qué susto —dice Sofía.

—¿Qué es esto?

Laura se acerca lentamente a la mujer que después del sobresalto inicial ha dejado de serlo. Es un maniquí. Está girado hacia el sofá, como para mantener una conversación con el que allí se siente. Con un leve retoque a la postura, quedaría mirando la televisión de un modo más o menos natural. Un collar de perlas le cuelga del cuello y en una de las muñecas lleva un brazalete de plata.

—Es un puto maniquí —dice Sofía—. ¿Qué hace este tío con un maniquí en el salón?

—¿Y yo qué sé? Hay gente para todo.

—Vamos a registrar la casa.

—No, Sofía, vámonos. Está claro que lo que le daba vergüenza era que viéramos esto.

—No me extraña.

—Ya entraremos con una orden.

Sofía se adentra en el piso. Inspecciona el dormitorio. Está muy ordenado. Abre el armario. Nada sospechoso.

—Sofi... —llama Laura desde el salón.

—Un minuto.

Se mete en el cuarto de baño. Quiere encontrar una prueba definitiva, las bragas, el zapato, una estrella de mar en el bidé. Pero no hay nada. Vuelve al salón.

—Vámonos.

Están a punto de cerrar la puerta, cuando oyen unos pasos precipitados que suben las escaleras. Gabriel Montes se detiene al verlas.

—¿Han entrado en mi casa?

—Lo siento —dice Sofía.

—Les pedí que no lo hicieran, es una intromisión inaceptable y además ilegal.

—Tienes razón, pero el trabajo policial no admite esperas. Cuando hay un asesino suelto, cada segundo cuenta.

—¿Han... han entrado en el salón?

El silencio de las dos policías vale por una respuesta afirmativa. Gabriel parece al borde del llanto.

—Te pedimos disculpas —dice Laura—, pero necesitamos esos datos.

Él las mira unos instantes, nervioso. El rubor le cubre el rostro y pesa más la vergüenza que el enfado.

—Los tengo en el ordenador, se los doy ahora mismo. Pasen.

Con embarazo, Sofía y Laura vuelven a entrar en el piso. Gabriel cierra la puerta del salón y Sofía siente el alivio de no presenciar un diálogo con el maniquí. Por un momento se ha imaginado al hombre dándole un beso en la mejilla y musitando disculpas por la intromisión. Le siguen a un pequeño estudio en el que está el ordenador. Gabriel lo enciende, se inclina sobre la pantalla y busca el archivo. Lo abre.

—Aquí tienen que estar los nombres. A ver si me acuerdo... Maripaz era la chica de Valencia. Leandro Quintana... No, este era el otro, un tío muy raro. Estaba todo el rato sonándose los mocos con un pañuelo. Decía que le acababan de operar de vegetaciones y que tenía la nariz como una fuente. Qué asco, ahora me acuerdo. Y el hombre de la foto que me han enseñado era este: Adrián Zaldúa. Estoy casi seguro.

Sofía y Laura se asoman para ver el archivo. Es más bien un acta certificando los nombres de los cuatro asistentes y un pequeño resumen de lo que allí se dijo.

—¿Nos puedes enviar este informe?

—Es muy parco, no creo que les pueda servir de ayuda.

—Aun así, me gustaría echarle un vistazo —dice Sofía—. Esta es mi dirección de correo electrónico —le tiende una tarjeta—. Mándamelo, por favor.

—¿Ninguna de estas tres personas ha participado en estas jornadas? —pregunta Laura.

—No. Bueno... No sé, me pareció ver al de los mocos uno de los días, aunque no se llegó a sentar con nosotros.

—Y entonces, ¿qué hacía?

—Andaba por allí cuando nos estábamos preparando para empezar. Parecía que se iba a sumar, pero no lo hizo. Estuvo un rato y luego se fue.

—¿Estás seguro de eso?

—A ver, en ese momento no lo reconocí. Pero ahora creo que era él. Eso sí, sin el pañuelo, debía de tener la nariz arreglada.

—¿Este es su teléfono? —Laura señala un número en el informe.

—Si no mintió, sí.

—También nos interesa, vamos a intentar localizarle.

—Se lo mando todo por mail.

Se sienta, copia la dirección de Sofía y adjunta el informe.

—Ya está. Enviado. ¿Me necesitan para algo más o puedo volver a El Paular? Tengo cuatro noches reservadas.

—Puedes volver. Sentimos mucho haberte molestado, pero creo que nos has ayudado mucho.

—Bueno, entonces ha merecido la pena el viaje. ¿Les puedo pedir un favor?

—Claro.

—Es una tontería, porque no sé si me van a hacer caso. Pero me gustaría que no le contaran a nadie lo que han visto en el salón.

Sofía se quiere morir de la vergüenza. Daría cualquier cosa por no haber pisoteado la vida privada de Gabriel.

—Descuida —dice.

38.

El doctor Zaldúa ha pasado doce días en Singapur participando en un ciclo de conferencias, y nada más llegar a Madrid se encuentra con la noticia de que su hijo Adrián ha muerto. Se presenta directamente en el Instituto Anatómico Forense para identificar el cuerpo y a Sofía le parece que le observa mucho más tiempo del que se suelen tomar los familiares en un trance así. Es como si estuviera ejecutando alguna clase de ritual, una despedida silenciosa y sistemática que incluye pedir perdón por los momentos en que uno fue injusto, dar las gracias por la felicidad obtenida del hijo que ya no está, rememorar los episodios más felices o más emocionantes o aquellos que por una razón misteriosa permanecen en la memoria. El doctor se queda casi diez minutos junto al cadáver, en presencia del médico y de Sofía, que cruzan varias miradas de incomodidad a lo largo de ese lapso.

—Es él, es Adrián —dice por fin.

Sofía le acompaña al pasillo. Al recibirle en la puerta del edificio le ha parecido un hombre enérgico que venía dispuesto a cumplimentar el trámite cuanto antes. Ha formulado disculpas por tener el teléfono apagado, pero es que estaba dentro de un avión y el vuelo desde Asia es largo. Ha contado en qué consiste su trabajo y al hacerlo ha dado a entender, con sutileza, sin parecer arrogante, que le consideran una eminencia en el campo de la neuropsicología. Ahora, después de estar en la morgue, se le agolpan los años y transmite la imagen de un hombre agotado.

—Doctor, ¿tiene idea de quién ha podido hacerle esto a su hijo?

Contesta negando con la cabeza y resistiendo de milagro las ganas de llorar.

—¿Su hijo no tenía enemigos?

—No, que yo sepa.

—¿Estaba casado? ¿Tenía novia?

—Era soltero. No salía con chicas.

—¿Y con chicos?

—Tampoco, no en el sentido en que lo pregunta.

—¿Usted diría que su hijo podría ser asexual?

—¿Cómo dice?

—Supongo que sabe lo que es.

—Qué poco ha cambiado el cuento, por el amor de Dios. Antes se llamaba solterón o rarito a alguien que no tenía pareja. Ahora veo que se le ponen otras etiquetas. Tenía treinta años, ¿es un crimen encarar la vida sin la obligación social de tener pareja?

—Por supuesto que no, no era mi intención ofenderle.

—Mi hijo era muy solitario. Perfecto, le gustaba ser así. Yo me cuido mucho de juzgar a nadie por ese tipo de elecciones.

—¿Le consta que estuviera metido en algún lío?

—No. Imposible, era hogareño y tranquilo. Le podría dar un perfil psicológico más profundo, pero no la quiero aburrir.

—A mí me encanta la psicología, no me aburre.

—No vale la pena, créame. ¿Necesita algo más? Estoy agotado.

—No hemos conseguido localizar a su mujer.

—Mi mujer falleció hace cuatro años.

—Lo lamento. Disculpe las molestias, le dejo descansar. Y siento mucho su pérdida.

El doctor Zaldúa agradece las condolencias y se marcha cojeando levemente, como si tantas horas de vuelo o la pena indecible le hubieran agarrotado las piernas.

Sofía sale a la calle. Necesita un poco de aire fresco. Ya está anocheciendo. Le da la sensación de que el día ha sido eterno. Antes de entrar en el coche, recibe una llamada. Es Maite, de la Policía Científica.

—Tenemos una coincidencia —dice—. La huella dactilar de la estrella encontrada en el cuerpo de Adrián coincide con la huella de la estrella de Naoko.

—Era de esperar, Maite, trabajamos la hipótesis de que se trata del mismo asesino.

—Bueno, como ha cambiado la pauta podría haber dudas. Por cierto, hemos aislado una segunda huella en la estrella de mar.

—Será del chino que se la vendió.

—O del muerto. La cotejaremos con su necrorreseña cuando esté.

—Gracias por la rapidez, Maite.

—Siempre a tus órdenes.

Sofía conduce hasta su casa. Deja el coche en el parking de residentes de Colón, donde tiene una plaza alquilada, y camina hasta Piamonte. Se le ha metido una rumia en el cuerpo y siente que tiene un nudo de nervios en el estómago. Se odia por haber irrumpido en el piso de Gabriel Montes. Tumbada en la cama, con una copa de vino al alcance de la mano, piensa en las palabras del doctor Zaldúa. ¿Estamos obligados a tener pareja por alguna clase de contrato firmado en una vida anterior? Claro que no, mucha gente encuentra en la soledad su rueda de la fortuna. No se quita de la cabeza la imagen del maniquí. ¿Es una extravagancia de coleccionista o un antídoto de la soledad? Tendría que preguntárselo a Gabriel, pero no deja de pensar que la respuesta correcta es la segunda. Vivir sin sexo te condena a la soledad; lo piensa y se corrige acto seguido. No es así, no puede ser así. Ella, desde que tiene un aparato genital femenino, no ve el modo de mirar al sexo de frente.

Con algo de pereza, comienza a tocarse. Se promete a sí misma que no se va a frustrar si pasan quince minutos sin notar humedad o el principio de una corriente de placer.

Convoca la imagen de Laura, se figura yaciendo con ella en la cama, pero siempre que lo hace se presenta Carlos Luna y no Sofía. La huella de su memoria es masculina en los lances sexuales, recuerda la presión exacta con la que Laura agarraba su polla y la manera lánguida y a veces juguetona de metérsela en la boca. Quiere cambiar ese recuerdo por una fantasía femenina, pero no lo consigue; justo cuando ya tiene a Laura entre sus piernas, a punto de darle un beso en los labios, la imagen estalla en mil pedazos. Como siempre le pasa, cuando lleva un cuarto de hora tocándose sin obtener nada a cambio, se desespera. Piensa en la posibilidad de una vida sin sexo. Le parece prematuro tirar la toalla a los cuarenta y dos años, pero una suave sugestión le insinúa a veces que detrás de esa decisión espera el alivio.

Entra en bucle. ¿Debemos glorificar el sexo como uno de los grandes placeres de la vida? No es la corriente actual, se dice Sofía. Al sexo le han quitado las aristas del morbo, el peligro o el poder, ahora se promulga como un ejercicio saludable. Eso dice la publicidad. El sexo es sano. El sexo es vida. Follar es lo mismo que pedalear doce kilómetros, una actividad que mejora tu salud. Y no tener sexo es como fumar, una conducta insana que se acepta con naturalidad.

Intenta evocar las estampas más provocativas de Laura: su descaro siempre inesperado, Laura susurrándole palabras obscenas al oído. Suena el móvil y Sofía ve que es ella quien llama. Por un momento anticipa una regañina por tenerla tan exprimida, un rizo cortazariano que, por supuesto, no se produce.

—Tengo novedades. He estado con Leandro Quintana.

Sofía se esfuerza para que su voz suene normal y no desde las profundidades en las que estaba retozando. Pero el nombre del individuo la pilla despistada.

—¿Quién?

—Uno de los cuatro asistentes a la primera quedada. El de la nariz.

—Ah, sí. ¿Qué ha pasado?

—La buena noticia es que su nariz está seca. No me he tenido que duchar después de hablar con él.

Se ríe al decirlo. Sofía también se ríe.

—Me alegro por ti.

—La mala es que tiene coartada. Trabaja todo el día en una biblioteca; no sabes qué espectáculo ver lo meticuloso que es con las fichas a la hora de prestar un libro. Lo digo porque le he visto en acción.

—¿Has aprovechado para llevarte alguno?

—Yo no. Pero he asistido a dos préstamos y una devolución. Ese hombre es un amante de los libros y de las normas.

—¿Cuál es su coartada?

—Con ese trabajo, no pudo seguir a las turistas japonesas. Además, vive con su madre, que está enferma y necesita de sus cuidados. Creo que tenemos que tacharle de la lista de sospechosos.

—¿Y la chica de Valencia?

—Maripaz Aldana, hace un año se fue a recorrer el mundo con unas amigas, en plan mochilera, y todavía no ha vuelto.

—Hay que ver cómo viven algunos.

—Eso mismo he pensado yo. ¿Estás bien? Te noto rara.

—Estoy cansada, pero bien.

—A lo mejor estabas haciendo algo y te he interrumpido.

—Si yo te contara.

—Cuéntamelo, no me dejes con la duda.

—Que te echo de menos en mi cama.

Ya está, ya lo ha dicho. Al otro lado del teléfono se puede palpar el silencio.

—Te has quedado muda.

—Muda de asombro. Hacía mucho tiempo que no me lo decías.

—Ya. Tengo la sensación de que estoy volviendo a la vida después de un año de letargo.

—Pues eso es bueno. Te doy la bienvenida a la vida con un beso muy fuerte, pero sin cama. ¿Qué tal el informe? ¿Lo has leído?

—Es una tontería como un piano de grande. Dos folios con algunas frases que se dijeron ese día. Si quieres, te las leo.

—Solo si son interesantes.

—Juzga tú misma —coge el informe—. Leandro dice que el sexo no le despierta el menor interés, pero que le fastidia que le hagan sentirse un bicho raro por ese motivo. Maripaz, tu mochilera, dice que el sexo puede estar bien, pero para ella es como montar en tirolina, algo que se practica muy de vez en cuando por hacer una cosa diferente.

—Yo nunca en mi vida he montado en tirolina.

—Pues parece ser que provoca orgasmos. Y Adrián Zaldúa dice que el sexo es una pasión venenosa que destruye a las personas. También hay alguna frase de Gabriel Montes. Dice que no le interesa el sexo, pero que sí le gustaría tener una relación romántica.

—Supongo que me estás destacando lo más llamativo.

—Aunque parezca mentira, así es.

—Pues entonces me puedes ahorrar el resto. Descansa, Sofía, no quiero cama pero a ti sí te quiero mucho.

—Eres como Gabriel Montes, nada de sexo pero sí atracción romántica.

—Hasta mañana.

Se queda con el móvil en la oreja un ratito más. Le da un beso al aparato, como hace siempre que habla con Laura en un tono afectivo. Después escribe un mensaje a Elena Marcos: «Algún día podríamos vernos». Suena el timbre de la puerta. Nada le parece más natural que anticipar la entrada de la traductora. Empieza a pensar que tiene poderes, fantasea con Laura y recibe su llamada; escribe a Elena y ella acude de inmediato. Pero el que entra en casa es su hijo Dani, que lleva una mochila al hombro y cara de traer un problema de los gordos.

—¿Puedo dormir aquí?

—¿Qué ha pasado?

—Que paso, que no aguanto a Eduardo.

—¿Otra vez está en casa de tu madre?

—Cada vez se tira más días allí. Estoy por hablar con su mujer y contarle toda la verdad. Que su marido no tiene viajes de negocios, que lo que tiene es un morro que se lo pisa.

—Anda, siéntate. ¿Has cenado?

—Ahora pico yo algo de la nevera, no te preocupes.

—En la nevera hay uvas, un quesito y un bote de kétchup.

—Joder, no sé si he hecho bien en venir.

—Tengo que hacer la compra. ¿Quieres que bajemos al bar a comer algo?

—No, no, ahora cojo uvas. No te importa que me quede, ¿no? Solo una noche.

—Todas las que quieras, hijo. Esta es tu casa.

—Es que no le aguanto —suena su móvil—. Mira, ya me está llamando mamá. Paso de cogerlo.

—Ahora me va a llamar a mí.

Suena el móvil de Sofía desde el dormitorio.

—Luego la llamo y le digo que estás aquí. Siéntate, anda, cuéntame qué ha pasado.

Se sientan los dos en el sofá.

—¿Sabes cuando no aguantas a una persona, cuando te pones nervioso solo porque anda cerca de ti? Pues eso es lo que me pasa con Eduardo. Te juro que le mataría. Bueno, matarlo no. Pero le daría una hostia bien dada en la jeta.

—Hijo, no seas bruto.

—Estaba jugando al Fifa en mi cuarto y el tío entra a tocarme los huevos. Primero me dice que baje el volumen.

Lo bajo. Luego me pregunta cuánto tiempo paso jugando a la Play. Le digo que depende del día. Y se pone a soltarme una chapa que te cagas sobre las adicciones y no sé qué mierdas.

—¿Cuánto tiempo pasas jugando a la Play?

—No empieces, por favor.

—Vale, vale, sigue.

—Y luego me dice que vaya a ayudar a mi madre, que está recogiendo los platos de la cena y que eso lo debería hacer yo.

—Se mete mucho, por lo que veo.

—No aguanto más. He pillado una camiseta, las cosas de aseo y me he ido de casa. Paso de ese tío.

—Pero a tu madre le gusta, deberías pensar en eso.

—Es imposible que le guste ese cerdo.

—¿Y qué vas a hacer? A tu madre le hace feliz que vaya a casa, tendrás que ser tolerante. O armarte de paciencia.

—Me vengo a vivir contigo.

—Estás siendo muy radical.

—¿No quieres que vivamos juntos?

—No quiero que lo hagas por un cabreo de una noche.

—Hoy he saltado, pero llevo muchas noches aguantando.

—Bueno, ya hablaremos despacio. Aquí te puedes quedar el tiempo que quieras. Voy a prepararte la habitación y ahora llamo a tu madre.

Sofía prepara el cuarto de invitados, que utiliza muchas veces para trabajar. Tiene un sofá cama que no es del todo incómodo. Pone las sábanas. Después entra en el cuarto de baño y esconde el tubo de dilatación vaginal. Lo siguiente es hablar con Natalia en una conversación de media hora que resulta áspera y esforzada. Sofía se imagina a Eduardo haciendo gestos para indicarle lo que tiene que decir o matizar para no quedar como un monstruo. O a lo mejor se pone un whisky mientras ellas hablan y lo paladea en la terraza pensando en el terremoto que ha provocado en una familia que vivía en paz. Todo por culpa del sexo. El sexo es veneno, el sexo nos esclaviza. Las palabras golpean a Sofía como en una pesadilla. Ha sido difícil, pero cree haber conseguido tranquilizar a su ex.

Cuando sale del dormitorio, encuentra a Dani metido en la cama y chateando con alguien en su móvil. Se pregunta si no debería acercarse para arroparlo y darle un beso de buenas noches. La sensatez acude en su ayuda y decide no hacerlo. Se mete en la cama. Antes de apagar la luz, consulta su móvil. Elena Marcos no ha contestado.

39.

Al día siguiente, cuando llega al piso de su padre, le está esperando el cerrajero de la policía con cara de pocos amigos. Lo ha citado a las nueve, pero ha hecho tiempo por si se despertaba Dani. Le hacía ilusión desayunar con él. Una pretensión de ilusa, pues su hijo está de vacaciones y duerme como un leño.

—Llevo media hora esperando —gruñe el cerrajero.

—Lo siento, ha surgido un imprevisto.

—¿Cuál es el piso?

—El tercero izquierda.

Suben en un ascensor que, según recuerda Sofía, se averiaba con frecuencia. Su padre ha echado raíces y no se ha mudado en más de tres décadas. Está en la calle Altamirano, muy cerca del paseo del Pintor Rosales. Un barrio burgués, agradable, de vecindario un pelín envejecido. La maniobra de abrir la puerta dura un minuto. Una placa fina de plástico duro basta para que ceda el mecanismo. Sofía firma la hoja que describe el servicio realizado, despide al profesional y entra en el piso del que salió hace quince años. Las paredes piden a gritos una mano de pintura, es lo primero que nota. Lo segundo es un olor que le resulta familiar: un olor a cadáver. Alarmada, entra en la cocina. Allí hay un pavo enorme y putrefacto, con la piel oscurecida, que suelta una peste insoportable. En una fuente hay una docena de ostras que tampoco tienen muy buen color. Cierra la puerta de la cocina y se adentra en la casa.

Le extraña encontrar su dormitorio tal cual lo dejó ella cuando todavía era Carlos. Se había imaginado a su padre convirtiendo el cuarto en un trastero, o por lo menos desechando las pertenencias del hijo repudiado. Pero no, ahí siguen la foto de Nueva York colgada en la pared, y en la mesilla, enmarcada, una Natalia veinteañera que sonríe a la cámara con malicia, segura de su encanto. En aquella época, lo último que hacía antes de apagar la luz era mirar esa fotografía. En una de las puertas del armario sobrevive el espejo rajado en el que se vio por primera vez vestida de mujer. Justo ahí, al lado del armario, su padre le pegó un bofetón en la cara al sorprenderlo de esa guisa. Tristemente comprende que el espacio se conserva como si fuera un santuario, la práctica habitual con las habitaciones de los hijos muertos demasiado pronto.

Sofía recorre la casa, no sabe si empujada por la curiosidad o por la nostalgia. Sonríe al ver que su padre no ha tirado el viejo galán de noche donde dejaba colgado el pijama cada día para que no se arrugara. Dos zapatos negros sobresalen por debajo de una butaca. El brillo lustroso le hace recordar lo maniático que era con la limpieza del calzado. Todo está igual, como si no hubieran pasado quince años. La única diferencia está en el salón, que antes tenía cortinas y ahora estores, un cambio que no puede haber decidido el coronel Luna, o por lo menos Sofía no lo concibe. Alguien debe haber influido en esa decisión. El ordenador portátil está en una habitación pequeña que ya entonces se utilizaba como estudio. Sofía lo enciende y se encuentra como salvapantallas a una mujer rubia de unos setenta años, llena de arrugas, labios y ojos muy pintados y una mirada vivaz. Debe de ser la condesa que le ha robado a su padre el corazón. Abre la carpeta rotulada con el nombre de Cecilia. Localiza varios mensajes.

> Mi querido coronel, nunca he conocido a nadie que sepa escuchar como tú lo haces, con esa devoción y con esa inteligencia. A veces pienso que si nos hubiéramos conocido antes mi vida habría cambiado por completo y habría sido mucho más feliz.

Querida Cecilia, me atribuyes virtudes sobre las que no tengo ningún mérito. Si escucho bien, es porque me encanta lo que dices, la pasión que pones en cada relato y la agudeza de tus comentarios. Es una delicia ser tu oyente. Pero ya sabes que no me conformo con eso.

Querido león, que eres mi león de la selva, tengo el cuerpo lleno de zarpazos y la piel marcada con moratones. Nunca me habían amado de una forma tan salvaje y a la vez tan amorosa. ¿Cómo lo haces para combinar dos cosas tan opuestas? Ya soy tuya para siempre, sumisa y ardiente. Tu condesa insaciable, que te quiere. Cecilia.

Mi querida condesa insaciable, aquí tienes a un coronel dispuesto a colmar cada uno de tus deseos. Gracias a ti he descubierto que soy un pozo sin fondo en lo que a lujuria se refiere. Nada más fácil que combinar esos dos extremos de los que hablas. Soy salvaje porque te deseo como un loco y soy amoroso porque te quiero. Por cierto, yo no tengo moratones, pero sí un arañazo en la espalda que me escuece un poco cuando me ducho. No me importa, porque me recuerda a ti.

Sofía interrumpe la lectura y se pregunta en qué momento se ha convertido en una invasora de la privacidad ajena. Ayer el maniquí y ahora esto. Cartas de amor de su padre mostrando una faceta de su personalidad que para ella era inimaginable. Siente pudor y sonrojo. Pero tiene que dar con los correos comprometedores.

Hola, Gerardo. Te escribo muy tarde porque no puedo dormir. No te puedes imaginar lo desvalida que me siento cuando no estoy en tus brazos. Creo que me he acostumbrado a que me protejas y no sé si me gusta la sensación. Por un lado está bien que un hombre fuerte se ocupe de mí. Pero a cambio tengo que soportar tu ausencia y cada vez me da más miedo estar sola. Tuya, siempre, Cecilia.

Yo también estoy despierto, Cecilia, ya lo ves. Sabes que nada me gustaría más que tenerte el día entero junto a mí. Pero creo que mi casa no es digna de una condesa como tú. Estoy esperando a que se liberen unas inversiones que poseo en el extranjero, y cuando tenga el dinero en cuenta alquilaré un palacio para que puedas vivir con el lujo que mereces y que el infortunio te está negando.

Sofía sonríe con amargura. Si no estuviera desheredada, pensaría que su herencia está en peligro por culpa de una buscona. Aun así, le da pena comprobar hasta qué punto su padre ha perdido la cabeza por esa mujer. Sigue leyendo y encuentra lo que buscaba.

No me gusta que me espíes, Gerardo. Y mucho menos que me juzgues. Sabes muy bien la infancia que he sufrido porque te la he contado, una infancia de abandono y soledad. Sabes que desde entonces propendo a sentirme sola y que tú no siempre estás a mi disposición para cubrir mis carencias. No te culpo, es normal que sea así. Pero no comprendo por qué no entiendes entonces que en ocasiones muy puntuales necesite buscar otra clase de compañía. Lo que para ti es una traición imperdonable, para mí es la consecuencia de una infancia desgraciada.

No te juzgo, Cecilia, simplemente te digo que no quiero saber nada más de ti. Ha sido un placer conocerte. Un saludo afectuoso, Gerardo Luna.

Sofía enarca las cejas. En ese mensaje sí que reconoce a su padre. Un hombre inflexible, orgulloso y de moral estricta. Los celos le llevan a descubrir los devaneos de la condesa con un chapero y su reacción es seca y tajante. Aquí sí, Gerardo Luna en estado puro.

Querido Gerardo, ya sé que no quieres saber nada de mí. No te escribiría si no me viera en un apuro del que no sé cómo salir. Estoy siendo víctima de un chantaje. Resulta que me han grabado en brazos del acompañante que sembró la discordia entre nosotros y ahora me amenazan con difundir las imágenes a menos que pague cincuenta mil euros. Una vez que te he perdido, lo único que me queda en la vida es mi reputación y mi buen nombre, y eso es lo que ahora pretenden arrastrar por el fango. Ni que decir tiene que no dispongo de la cantidad que me piden ni de ninguna otra, pues aparte del castillo en Albania, al que todavía sueño con llevarte, todos mis bienes son patrimoniales y están confiscados por el gobierno alemán. Ya sé que tú no puedes ayudarme, pero no tengo a quién acudir, y quiero que sepas que en medio de esta ruina moral el único consuelo que encuentro es tu recuerdo. Un abrazo desesperado, Cecilia.

Hola, Cecilia. Siento mucho la situación por la que estás pasando. Mándame el teléfono de la persona que te está extorsionando. Gracias.

Mi querido coronel, siento que tus gestiones no hayan servido de nada. Mi bisabuelo, que en paz descanse, fue húsar, y siempre decía que un hombre de verdad sabe reconocer el momento en el que las palabras están de más cuando el olor a pólvora se le mete por la nariz. Como buen militar, sabrás de lo que hablo. No creo que se puedan oponer razones morales a lo que te propongo cuando estamos siendo tratados con tan bárbara inmoralidad.

Sofía considera el calado del mensaje. La condesa es tan alambicada a la hora de expresarse que podría ampararla la ambigüedad. Pero hay otros mensajes más explícitos.

Hola, Gerardo, me sorprende lo que dices. Haciendo un par de llamadas podría conseguir un arma, pero siempre he dado por supuesto que tú tienes una. Lo que veo que te falta es la decisión o la valentía necesarias para utilizarla y salvar a tu condesa insaciable del lío en el que se ha metido.

Mi querida Cecilia, lo voy a hacer. No me preguntes por qué. La respuesta es obvia. Lo voy a hacer porque te quiero.

Ya está. Ese portátil en manos de la jueza le va a suponer a su padre veinte años en la cárcel. Ya no podrá tomar su cañita de la una de la tarde, siempre con unas almendras, como lleva haciendo tantos años. Se acabaron los devaneos con la condesa y el viaje a ese castillo fantasmal en la bruma de Albania. Sofía se queda unos minutos delante de la pantalla, incapaz de reaccionar. Siente un acceso de ternura al comprender las razones por las que su padre no ha podido eliminar esos mensajes. Son declaraciones de amor, seguro que las lee varias veces al día. Se admira de lo que puede hacer con un hombre una pasión otoñal. La rigidez militar de su padre derretida ante las mañas de una seductora más bien grotesca. ¿Cómo es posible?

En su cabeza resuenan las palabras del informe que leyó la noche anterior. El sexo es veneno. El sexo es una esclavitud. Recita mentalmente esas dos frases como si fueran un mantra o el remedio que la puede apartar de la perdición. Tan abstraída está que se sobresalta al oír el timbre de su móvil. Es Natalia.

—Se acabó, he cortado con Eduardo. Anoche tuvimos una bronca de campeonato y le eché de casa. ¿Y sabes lo que me dijo el muy cabrón? Que no podía volver a su casa así como así, que se suponía que estaba en Hamburgo hasta el jueves.

—Sus reservas tienen todo el sentido del mundo, Nata.

—Te suplico que te ahorres los chascarrillos, no estoy de humor. Supongo que mi hijo está durmiendo, no me coge el teléfono.

—Yo le dejé en la cama. Llama más tarde, le van a alegrar las novedades.

—Menudo morro tiene este también. ¿Te parece normal que se vaya de casa?

—Me parece que te estaba echando un pulso y por lo visto lo ha ganado.

—Pues claro que lo ha ganado. Hay que resignarse. Los que mandan en casa son los hijos. Qué tiempos aquellos en los que se marcaba la autoridad a bofetadas.

—Qué maravilla, yo también los recuerdo con mucha dulzura.

—Te dejo, cariño, que cuando estás graciosita no te aguanto.

—Espera, no cuelgues. ¿Tú estás bien?

—Yo estoy bien. Más o menos. Disgustada, pero se me pasará.

—Pues eso es lo único que me importa. Que estés bien.

—Gracias por preguntar, querida. Un beso fuerte.

Pobre Natalia. Obligada a elegir entre el amante y el hijo. La balanza está muy desnivelada, claro. Pesa más el hijo, pesa más la familia. Esa es la única razón por la que está en casa de su padre a punto de destruir las pruebas que le incriminan. Hacerlo es un delito, pero es su padre. Sangre de su sangre. El mundo emocional de una persona se compone de afectos y de ataduras y no siempre es fácil separar los unos de las otras. El de Sofía es una maraña que se deshace más fácilmente de lo que ella cree. Le gusta su hijo Dani, le gusta su ex, que es la madre del niño, y le gusta Laura. A Sofía le gusta muy poca gente, pero le basta con eso. Lo piensa y se siente ligera de equipaje y feliz. No sabe en qué momento ha tomado la decisión de llevarse el portátil. No ha tenido que pararse a pensar en el desprecio con el que su padre trató siempre a su madre. El salón de la casa, el dormitorio y el pasillo están impregnados de amargura, seguro que en una psicofonía se escucharían hipidos femeninos y sollozos ahogados de un adolescente que sentía impotencia y miedo.

Al llegar a la Brigada le sorprende encontrar a Estévez tomando un café. Se ha reincorporado al trabajo antes de tiempo.

—Ya me han dicho cinco personas que debería estar de baja. Ni se te ocurra decirlo a ti también.

—No se me ocurre. ¿Qué tal estás?

—Cabreado con el mundo, pero eso no es una novedad. Gálvez vino al tanatorio, ¿te lo puedes creer? El jefe provincial de la Policía, el hombre que más puteó a mi padre. Ahí estaba, honrando la memoria del gran profesional que habíamos perdido.

—Y lo era, Estévez. Tú lo sabes.

—Odio la hipocresía. Puede que sea lo que más odio del mundo. ¿Te traes el portátil de casa?

—Es para ti.

Le tiende el ordenador y Estévez lo coge con los dos brazos, abrumado por el gesto, sin entender nada.

—Es de mi padre. Aquí encontrarás las pruebas que necesitas para armar la acusación.

Sofía aguanta la mirada grave que le dedica su compañero.

—¿Estás segura de esto?

—Yo no estoy segura de nada, pero también odio la hipocresía y mi padre dejó de ser mi padre hace mucho tiempo.

Basta con decirlo en voz alta para que Sofía se sienta más liviana y menos culpable. Pero pasa el día en un estado de aturdimiento, como si estuviera aprendiendo poco a poco a vivir sin esa carga tan pesada. Algo le dice que tiene que reeducar la manera de comportarse, y no sabe cómo. En la sala de reuniones, Arnedo está nervioso, resaltando las lagunas del caso.

—¿Por qué no hay pintadas esta vez? ¿Por qué el asesino no ha escrito «Adrián estuvo aquí»? ¿Se ha vuelto perezoso?

Nadie tiene una respuesta a esa pregunta. O tal vez saben que el comisario no espera respuestas cuando inicia una de sus retahílas.

—En la autopsia no se han encontrado restos de anestesia en la sangre. ¿Por qué no le ha inyectado ketamina a Adrián, como hizo con las chicas?

—Tal vez no ha conseguido robar las ampollas —dice Moura—. Puede que en su hospital hayan notado las sustracciones.

—Muy bien, puede ser lo que tú dices. Pero en ese caso, ¿cómo le ha reducido? Adrián es un hombre joven y fuerte.

—Con un golpe en la cabeza por sorpresa —dice Caridad.

—Ajá, tenéis respuestas para todo. Si sois tan listos, ¿por qué seguimos estancados? ¿Tú no dices nada, Laura?

—Yo he estado pensando.

—Ah, qué bien. Hay alguien del equipo que piensa. ¿Y en qué has estado pensando?

—En Naoko. Creo que esa es la víctima que nos puede dar más pistas. No es normal que la secuestrara en la plaza de Santa Ana a plena luz del día.

—¿Y cómo crees que lo hizo?

—Aparcó el coche en un parking subterráneo, probablemente el de la misma plaza. Esperó a que Naoko se quedara sola y la abordó con el cuento de que había aparecido su maleta. Le dijo que la tenía en el parking, allí mismo, solo bajando las escaleras. Ella bajó con él. Y una vez allí abrió el maletero, la pinchó y la empujó dentro.

—Si eso es así, podríamos pedir las grabaciones del parking. El coche del asesino tuvo que salir esa tarde, sería una pista estupenda.

—Ya he pedido las grabaciones. Esta misma tarde las envían. Hay que hacer una lista de todas las matrículas y un cotejo con los datos de Tráfico.

—Muy bien, Manzanedo, te felicito por tu iniciativa.

—A ver si sirve para algo.

—¿Tú no dices nada, Luna?

—Yo acabo de acusar a mi padre de asesinato. Estoy haciéndome a la idea.

Todos se quedan mirándola en silencio. Hasta el comisario, tan locuaz, encuentra un buen motivo para quedarse callado. Vibra el móvil en el bolsillo de Sofía.

—Seguid hablando, por favor. Aunque no lo parezca, estoy tomando nota de todo. Perdonad que esté un poco ausente.

Consulta el mensaje que acaba de recibir. Es de Elena Marcos: «Zambo ya está en casa. Si vienes esta noche, lo celebramos».

Zambo recibe a Sofía con un gruñido. Ella sabe que debe acariciarle la cabeza para vencer su recelo, pero le da miedo llevarse un bocado en el intento. Aun así, lo hace.

—Muy bien —dice Elena—. ¿Lo ves? Ya te conoce.

El perro responde con una serie amenazadora de ladridos, como para desmentir a su ama.

—¡Zambo! Lo voy a meter un rato en mi cuarto. Si luego nos queremos meter nosotras, lo saco.

—¿Y por qué íbamos a entrar nosotras?

—Inspectora, vamos a dejarnos de juegos tontos de seducción. A mí me gustan las cosas claras y directas. Ahora vengo.

Arrastra al perro del collar y se lo lleva entre tirones y advertencias. Sofía se la imagina llevándola a ella del mismo modo, en contra de su voluntad, dentro de apenas un rato. Sonríe ante la imagen y nota un estremecimiento. Se adentra en el salón y se pregunta si va a ser capaz de sentarse en ese sofá lleno de pelos.

—¿Quieres un gin-tonic? —pregunta Elena.

—Un whisky, si tienes.

—Yo tengo de todo —dice Elena antes de desaparecer por el pasillo.

Se oye el ruido de los hielos. Sofía entra en la cocina. Está muy desordenada, llena de platos sucios y cacharros sin fregar.

—Espera en el salón, ahora te lo llevo.

—¿Qué tal está el perro? —dice Sofía sin hacerle caso—. ¿Se recupera de sus heridas?

—Más o menos. Le duele. Llora. Sobre todo cuando le pincho el antibiótico.

—Pobre.

—Disculpa que tenga la cocina así. No quería que la vieras.

—A mí no me importa.

—¿Vamos?

Le tiende el vaso y se van las dos al salón.

—La butaca está más limpia. Al perro le gusta el sofá.

Lo dice y se deja caer allí, entre los pelos. Sofía se sienta donde ella le ha indicado.

—Así que querías verme —dice Elena.

—Fue un impulso, ayer tuve un mal día.

—¿Sabes por qué he tardado tanto en contestarte?

—Supongo que has estado ocupada.

—Qué va. He estado pensando en ti, en si quería protegerte. Yo es que trato fatal a todo el mundo.

—No lo parece. Yo te veo descarada y un poco friqui. Pero también cariñosa.

—Pues no lo soy. En absoluto. Yo voy a mi bola, echo mis polvos, pero no quiero comprometerme con nadie. Así que voy dejando cadáveres por el camino.

—De hombres y de mujeres.

—De momento soy como tu asesino en serie, fiel a un único sexo, pero el cuerpo me pide un cambio, lo noto.

—Mi asesino también ha cambiado. Ahora ha aparecido un hombre muerto.

—Eso sí que es raro.

Sofía asiente, aunque no quiere hablar de trabajo.

—Entonces has tardado en contestarme porque no sabías si hacerme daño o salvarme la vida.

—Dicho así suena muy mal. Salvarte la vida...

—Ahorrarme el dolor espantoso de que no me quieras volver a ver después de acostarte conmigo.

—Te estás burlando de mí, pero sí, es eso.

—¿Y qué pasa si lo que yo quiero es echar un polvo y nada más?

—Eso es lo que dice todo el mundo, pero al final quieren repetir y se enganchan. Vamos, que no cuela.

—¿Tú nunca quieres repetir?

—Sí, pero me canso muy pronto de la gente. Yo paso de tener relaciones serias, las he tenido y no me han funcionado.

—A mí tampoco, pero no tiro la toalla. Veo que tú sí lo has hecho.

—No quiero más amor en mi vida; si eso es tirar la toalla, la he tirado. Pero sí que quiero sexo. Y si lo tienes tan claro, al final haces sufrir a unos y otros porque todo el mundo quiere más.

—¿Y eso te hace sufrir a ti también?

—Un poco.

—Me sorprende. Creía que pasabas de todo.

—No soy tan bruta. No me gusta hacer daño gratuitamente, pero a veces no hay más remedio.

—Eres una esclava del sexo.

—¿Cómo?

—Nada, es una frase que he leído en un informe. Es la frase de un asexual.

—Pues mira, te iba a corregir, pero casi prefiero aceptar la acusación. Soy una esclava del sexo. Siempre me ha gustado y siempre me ha hecho sufrir de alguna manera. Cuanto más follas, más esclava del sexo eres.

Sofía sorbe su whisky. Le gusta el ardor que le provoca en la garganta, el regusto después de cada trago. Mira a la traductora de japonés y le parece que le sientan bien el sarcasmo y la amargura. Es una mujer muy atractiva.

—¿Qué pasa? —dice Elena.

—Nada, que eres muy guapa.

—Vamos a dejar las cosas claras. Puede que después de esta noche no quiera verte nunca más.

Sofía sonríe, pensativa. No está segura de querer acostarse con ella. No quiere darle la espalda al sexo ni vivir con miedo, pero no le apetece estrenar su cuerpo femenino en una relación desprovista de amor. Delante de ella tiene a una mujer escarmentada que no desea construir una relación de confianza entre dos personas. Se queda mirándola y de pronto comprende algo que le parece muy importante.

—¿Qué? Me miras con demasiada intensidad.

—Me gustas. De verdad. Me encanta hablar contigo porque me das ideas y me ayudas a pensar.

Se oye un ladrido del perro.

—Está nervioso. A lo mejor le tengo que dar un paseo. ¿No te importa? Puedes venir conmigo o esperarme aquí, lo que prefieras.

—Una esclava del sexo.

—¿Qué?

—Has dicho que aceptas esa acusación porque el sexo te ha hecho sufrir.

—Sí. ¿Y qué?

—Las frases de los otros asexuales son distintas. Uno dice que el sexo no le interesa. Otra dice que para ella es como montar en tirolina. Pero Adrián dice que es veneno y que esclaviza a las personas. Esa es la frase de alguien que tiene una relación tóxica con el sexo.

—A ver, mi relación con el sexo no es tóxica, tampoco nos pasemos.

—Ese hombre no era asexual. No lo era, estoy segura. Pero fue a la primera quedada. ¿Por qué?

—Sofía, no sé de qué estás hablando.

—Estoy pensando en voz alta, no te preocupes.

—¿Te encuentras bien?

—Sí, me tengo que ir.

—¿Ya? Pero si acabas de llegar.

—Gracias por todo. No sé si nos veremos más, pero gracias.

Le da un beso en los labios. Mientras se va hacia la puerta de la calle, saca su móvil para llamar a Laura.

40.

El doctor Zaldúa vive en un chalé cerca de la estación de Aravaca, en un barrio residencial lleno de vados para los garajes particulares. No es fácil encontrar un sitio donde aparcar el coche. Laura no está con ella. No ha entendido la urgencia de visitar a un hombre que acaba de perder a su hijo y que necesita descansar.

—Puede que no sea asexual, ¿y qué? —le ha dicho—. El caso es que el asesino pensó que sí lo era porque le vio en las reuniones.

—Pero ¿por qué dice esas frases, Laura? ¿No crees que podía tener un trauma con el sexo?

—Lo que creo es que solo quieres fastidiarme mi cena de aniversario.

—¿Hoy es tu aniversario de bodas?

—No te hagas la tonta, lo sabías perfectamente.

—No soy tan perversa, pero da igual. Iré yo sola. Feliz aniversario.

Esa fue la conversación. Un mensajito de Laura al cabo de unos segundos: «Luego me cuentas», rematado con una carita sonriente. Sofía aparca donde puede y llama a la puerta del chalé. El doctor Zaldúa se ha cambiado de ropa y ahora viste una camiseta blanca y unos pantalones verdes, veraniegos. Da la impresión de que está haciendo lo posible por relajarse después del golpe recibido.

—¿Quería algo?

—Siento molestarle, pero necesito hacerle unas preguntas sobre su hijo.

—¿No es un poco tarde?

—Solo le voy a robar unos minutos.

Zaldúa la deja pasar. En el salón amplio y acogedor suena música de cámara. El octeto de Schubert. Brilla una copa de tinto en la mesa, junto a un libro, y una lámpara de pie ilumina el rincón que sin duda ocupaba el doctor antes de la intromisión. Resiliencia, piensa Sofía. Un psicólogo podría hablar de ese concepto si a ella se le ocurriera poner reparos a su conducta. Un hombre en su situación, con el cadáver de su hijo todavía en la morgue, debería estar fuera de combate. Pero parece que el doctor no se quiere abandonar a la tristeza.

—Dígame en qué puedo ayudarle —dice al tiempo que baja el volumen de la música.

—Antes se ha ofendido cuando le he preguntado por el comportamiento sexual de su hijo.

—No tiene importancia, simplemente me ha parecido un poco inoportuno.

—Estamos buscando a un asesino que mata a asexuales, por eso le he hecho esa pregunta. Quería verificar que su hijo encajaba en ese perfil.

—¿Usted tiene hijos?

—Sí. Un chico.

—Entonces sabrá lo difícil que resulta conocerlos de verdad. No porque se enmascaren más que cualquier otra persona, sino por las capas de barniz que les vamos aplicando los padres. Desde pequeños les adjudicamos una serie de rasgos de carácter y ya no cambiamos nuestra mirada. Se lo digo como psicólogo: en ningún aspecto de la vida intervienen tanto los prejuicios como en la opinión que tenemos sobre un hijo. Así que soy la fuente menos fiable de todas para hablarle de Adrián.

—No espero que me haga un retrato exhaustivo. Me conformo con entender por qué han querido matarle si no era asexual. Tal vez si pudiese inspeccionar su móvil, su ordenador o sus cuadernos, si es que los tenía... Creo que a usted le han dado todas las pertenencias de Adrián, incluidas las llaves de su casa. Si me autoriza a echar un vistazo, yo podría hacerme una idea de lo que ha sucedido.

El doctor Zaldúa se queda callado unos segundos. A Sofía le parece que está paladeando un tramo del octeto que le gusta especialmente. Pasa el tramo y vuelve a la conversación.

—Mi hijo vivía aquí.

—¿Con usted? En el archivo consta otra dirección.

—Volvió a casa hace cuatro años, puede que los datos del padrón no estén actualizados.

—¿No fue hace cuatro años cuando falleció su mujer?

—Si lo que busca es una relación entre los dos hechos, le digo que la tiene. Adrián encajó muy mal la muerte de su madre.

—Cuando dice muy mal, ¿a qué se refiere?

—Verbalizaba expresiones de suicida. Y créame, después de muchos años de experiencia, sé distinguir las alarmas reales de las falsas. Mi hijo no estaba bien. Le puse en manos de un buen amigo terapeuta y yo me encargaba de que se tomara la medicación religiosamente.

—Esto sucedió hace cuatro años. ¿Se encontraba mejor en los últimos tiempos?

—Algo mejor, aunque echaba de menos a su madre. Si quiere le enseño su habitación. Es como un santuario.

Bajan unas escaleras que conducen al garaje y a un pequeño apartamento que parece pensado para una interna.

—Él prefería estar aquí. Se sentía más independiente de mí. Aquí tenía dormitorio, cuarto de baño y estudio. Bueno, también está aquí el cuarto de la lavadora, pero en eso no arrimaba el hombro, se lo aseguro.

A Sofía le sorprende que Adrián hubiera elegido esa vida subterránea. El dormitorio huele un poco a humedad, aunque en verano seguramente sea la habitación más fresca de la casa. Las paredes están llenas de fotografías de su madre, una mujer morena de ojos negros y sonrisa preciosa. Aparece en distintas poses, a veces con un niño que debe de ser Adrián y otras con el doctor Zaldúa.

—Ahí está su ordenador, puede echar un ojo.

En efecto, hay un portátil en un escritorio pequeño. Sin embargo, Sofía no puede apartar la mirada de una de las fotos. Sale la misma mujer posando delante de un templo sintoísta, y en la base del marco, muy rudimentario, como de tienda de *souvenirs,* una leyenda: *María estuvo aquí*. Lee la frase en voz alta, tratando de dominar los nervios. Zaldúa se acerca a la foto.

—Es una tontería, un marco que le hizo gracia a mi mujer y lo compró. Se llamaba María, claro.

—¿Y la foto de dónde es?

—De Japón. La última foto que le hice en su vida. Murió esa misma noche.

—¿Murió en Japón?

—En Tokio. Nos fuimos de viaje para celebrar las bodas de plata. Le dio un infarto sin previo aviso. Se desmayó en plena calle, yo empecé a gritar pidiendo ayuda y la gente pasaba y nos miraba como si fuéramos dos payasos haciendo un teatro callejero. Nadie nos ayudó, no sabe lo angustioso que fue. Una ambulancia apareció al cabo de más de media hora, pero ya era tarde. Esa noche sufrió un segundo infarto y falleció.

—Y supongo que su hijo se enteró de todos estos pormenores: el infarto en plena calle, la falta de ayuda...

—Claro, se lo conté. Le ahorré detalles, naturalmente, ya le he dicho que estaba deprimido y no quería alterarlo más de la cuenta.

—Me ha dicho que se deprimió a raíz de la muerte de su madre, pero no que lo estuviera antes.

El doctor titubea, como cogido en falta. Por el techo de la habitación subterránea corre una tubería enorme y se oye el ruido del agua en un borboteo de caverna.

—Ya estaba un poco deprimido en esa época, aunque no entiendo qué importancia puede tener todo esto. Si quiere curiosear en su ordenador, puede hacerlo.

—¿Podemos ver el estudio?

—Está cerrado. Era su espacio privado.

—Pero usted tiene la llave. ¿Puede abrir esa puerta, por favor?

El doctor se hurga en los bolsillos del pantalón. Suena un tintineo de llaves y monedas, pero las manos no emergen, como atrancadas en una búsqueda frenética y sin propósito.

—A ver si las tengo. Me las han dado en la morgue, él las llevaba siempre encima. Pero no va a encontrar nada de particular ahí dentro. Aparte del cine, claro.

—¿El cine?

—Se empeñó en poner una pantalla gigante en el techo, para tumbarse y ver películas. Una excentricidad como otra cualquiera, aunque un poco más cara. No le negué el capricho: a mi hijo le costaba interesarse por algo, así que me pareció una buena noticia que quisiera montar esa pantalla.

Sofía le mira con aire compasivo. Hay un brillo en su mirada que llama la atención del doctor.

—¿Qué le pasa? ¿Por qué me mira así?

—Doctor, tengo razones para pensar que Adrián ha matado a dos mujeres japonesas.

—No entiendo... ¿Cómo puede pensar eso?

—Y tengo la impresión de que a usted no le extraña.

Zaldúa se queda mirando una de las fotos de la pared, una que muestra a María con el niño en brazos. No debe de tener más de dos años. El paraíso de la infancia, cuando los problemas no existían o eran embrionarios.

—Pero Adrián es una de las víctimas...

A Sofía le parece que hay algo de representación en la actitud del hombre, que su desconcierto es fingido y que está intentando fijar en su semblante una zozobra que en verdad no siente.

—Creo que tenemos que hablar de su hijo.

Para entender a Adrián Zaldúa hay que remontarse a cuando tenía trece años y hay que imaginar a María tumbada en el sofá una tarde de verano, durmiendo la siesta. La postura indolente le ha bajado el escote del vestido y su hijo le acaricia los pechos. Está viendo un partido de tenis. Sus piernas son la almohada de la madre. Hay que imaginar también al doctor en el umbral, paralizado por el asombro y preguntándose si ella está profundamente dormida o consintiendo el manoseo.

—No estoy seguro de si yo aparecí o no en el salón, puede que sea un falso recuerdo —reconoce el psicólogo—. Tal vez me lo contó mi esposa y yo recreé la escena. Me inclino a pensar que ella se despertó y se sintió asqueada al comprender lo que estaba pasando, y que luego me lo contó, muy preocupada. Lo que sí es seguro es que ese día empezó la pesadilla.

A Sofía le parece una suerte contar con el testimonio de un psicólogo, que puede interpretar los hechos además de relatarlos. Enseguida advierte que ha pensado mucho en su hijo y que ha ido colocando cada uno de sus actos en una categoría clínica. Una suerte para ella, claro está, que quiere comprender lo sucedido. Para el hijo debe de haber sido un tormento vivir con un padre así.

¿Qué más sucedió? Toqueteos constantes, besos, abrazos, magreos, espionaje en el cuarto de baño a la hora de la ducha o en el dormitorio, cuando María se está vistiendo. Una persecución para la madre y un desafío para el padre, que toma cartas en el asunto y le hace ver al hijo que su problema debe ser tratado por un especialista. Comienza una terapia larga, dura, intensa. Adrián recibe una medicación muy fuerte que lo deja atontado. María no reconoce a su hijo de esa forma, quiere que le rebajen la dosis. Al doctor le parece que su mujer echa de menos el acoso sexual de su hijo, que incluso lo fomenta. El matrimonio se tambalea. Respiran con alivio cuando, a los dieciocho años, Adrián ingresa en la Facultad de Medicina de Barcelona. El dato interesa mucho a Sofía.

—¿Adrián era médico?

—Cardiólogo. Acabó el MIR hace un año, era adjunto de Cardiología en el Gómez Ulla.

—A pesar de sus problemas y de la medicación que tomaba, pudo con la carrera.

—Adrián siempre fue muy inteligente. Un alumno extraordinario, diría yo. Algo que no es raro en este tipo de enfermos.

—¿Lo consideraba un enfermo?

—Sufría una patología, por lo tanto era un enfermo. Pero cuando empezó el MIR, tanto su madre como yo pensamos que estaba curado, que la distancia había obrado el milagro. De hecho, planeamos ir los tres a Tokio para celebrar las bodas de plata. Pero entonces Adrián lo estropeó todo.

—¿Qué pasó?

Zaldúa sonríe y niega con la cabeza en señal de incredulidad.

—Fue horrible.

O bien le cuesta hablar del episodio, o bien está saboreando el suspense del relato. Un conferenciante como él debe de estar acostumbrado a jugar con el interés de su público.

—María se encontraba mal, le dolía el pecho. Le daba miedo volar, siempre se indisponía antes de los viajes en avión. A mí me parecía que eso lo explicaba todo, pero Adrián insistió en hacerle un electrocardiograma en el hospital. Y allí, cuando le estaba poniendo los electrodos... No sé, yo no vi lo que pasó, no puedo saber qué parte hay de exageración y qué parte de realidad. Ella se arrancó las pegatinas, se vistió y se marchó antes de la prueba. Entró en casa llorando, diciendo que Adrián le había acariciado los pechos de una forma que no era médica. Era sexual. Así que ya estaba otra vez el problema delante de nosotros, como un muro que nos separaba de nuestro hijo.

—¿Habló usted con Adrián de ese incidente?

—Le dije que no podía venir a Tokio, que lo mejor era marcar distancias. Creo que en esa decisión está la clave de todo lo que ha pasado después, si es que se confirman sus sospechas.

—¿A qué se refiere?

—Mi mujer murió de un infarto en ese viaje. Los médicos me dijeron que padecía una cardiopatía y Adrián sabía que podría haberla detectado de no haber sufrido ese impulso sexual. Podría haber prevenido el infarto. ¿Entiende lo que quiero decir?

—Se sentía culpable de la muerte de su madre.

—No solo eso. Él creía que su madre había muerto porque él la deseaba.

El sexo es un veneno, piensa Sofía. El sexo es una esclavitud que hace daño a las personas.

—Mi hijo Adrián se odiaba por haber deseado sexualmente a su madre. Y si es verdad que mató a dos mujeres asexuales, es posible que las odiara por envidia, por no ser capaces de sentir deseo sexual, algo que para él habría sido de lo más liberador.

El doctor habla de los conflictos edípicos mal resueltos, que pueden crear adultos inmaduros emocionalmente. Y parece recibir con alivio la revelación de que su hijo es un asesino, porque eso cierra el episodio psicológico y le da sentido a todo.

—El amor de un Edipo por la madre lleva aparejado el odio al padre, al que ve como un rival, pero mi hijo nunca se revolvió contra mí. Hasta ahora. Si esto es verdad, si se demuestra que ha matado a dos personas, tenemos una manifestación muy clara de su odio. Mi hijo quería arruinar mi reputación.

Sofía admira el narcisismo que anida en esa frase. Para ella, los asesinatos son una venganza hacia los japoneses que no ayudaron a su madre pese a que se había desplomado en una calle muy concurrida y a plena luz del día. Busca a sus víctimas en zonas turísticas para reproducir el escarnio que ella tuvo que sufrir. Según el perfil del asesino que diseñó el oficial Moura, al psicópata no le importaba ser descubierto porque estaba deprimido y por eso corría tantos riesgos. Tal vez no esté tan descaminado el doctor, piensa Sofía. Adrián encontraba un consuelo en el hecho de ser descubierto: destruir la carrera de su padre o, al menos, hacerle infeliz.

Zaldúa saca por fin una llave del bolsillo y abre la puerta del estudio. Contiene una camilla con unas barras verticales y unas correas. Una máquina que el doctor reconoce: un fotopletismógrafo vaginal. Una pantalla en el techo, un reproductor de DVD, unas películas pornográficas.

Sofía llama a la Brigada. Es Caridad quien responde.

—Arnedo quiere hablar contigo. Está muy nervioso, dice que no le coges el teléfono.

—Ahora le llamo. Escucha, Caridad. Estoy en el escenario del crimen. Necesito una dotación de la Policía Científica. También a Lanau y a Estévez.

—¿En el lugar del crimen? ¿Qué ha pasado?

—Apunta la dirección, por favor.

Mientras toma nota, Caridad le cuenta las novedades:

—Ya te había dicho que una de las dos huellas dactilares que encontramos en la estrella que dejaron sobre el cuerpo de Adrián coincidía con otra de la estrella de Naoko, ¿no? —hace una pausa y, al otro lado del teléfono, Sofía asiente—. Pues resulta que esas dos coinciden con las huellas dactilares del muerto.

—Lo suponía. ¿Qué hay de la otra huella?

—Por ahora no sabemos de quién es. Pero el vehículo de Adrián Zaldúa, una furgoneta Volkswagen Caddy, figura en las grabaciones del parking de Santa Ana. Laura Manzanedo tenía razón en sus sospechas.

—Bien por Laura. Tengo que colgar, Caridad. Date prisa con lo que te he pedido.

Cuelga y se dirige al psicólogo, que se ha sentado en la camilla y tiene las piernas colgando.

—Lo siento, pero su casa va a ser precintada durante al menos un día. ¿Tiene algún lugar donde alojarse?

Zaldúa asiente.

—Dígame una cosa. Si mi hijo ha matado a esas mujeres, ¿quién le ha matado a él?

Sofía evita contestar a esa pregunta. Cuando vuelven al salón, el octeto de Schubert ya se ha terminado.

—Voy a salir un momento para hacer unas llamadas.

—Yo voy a preparar algo de ropa para esta noche —dice el doctor.

Sofía llama al comisario Arnedo, que está muy alterado.

—¿Qué demonios estabas haciendo? Llevo una hora llamándote.

—Estoy en casa de Adrián Zaldúa, el asesino de las japonesas. Acabo de pedir refuerzos.

—Cuando lleguen te vas pitando a la embajada y te traes a la niña. Hay que tomarle declaración.

—También hay que tomarle las huellas dactilares.

—Dime que no ha sido ella, anda. Dime que la hija del embajador no se ha cargado a Zaldúa.

—No nos pongamos en lo peor, comisario.

—Han encontrado la Volkswagen Caddy del muerto. ¿Sabes dónde? Aparcada al lado de la embajada de Japón. Todo esto pinta muy mal.

Sofía suspira.

—Es verdad que no pinta muy bien.

—Llama a Manzanedo, anda. Id las dos. Que el embajador vea desde el principio que es una visita oficial.

—Con mucho gusto.

Sofía cuelga y sonríe. Ahora sí que tiene una buena excusa para arruinarle a Laura su cena de aniversario.

41.

Ni Sofía ni Laura saben que están sentadas en unas sillas de arce del siglo XIII. Una empleada del servicio doméstico las ha conducido a esa salita de espera, adornada con tapices que recorren la pared desde el suelo hasta el techo. Las separa una mesita con una lámpara que tiene una campana disparatadamente grande.

—¿Se ha enfadado mucho tu marido?

—Lo ha entendido, está acostumbrado.

—Siento mucho haber tenido que llamarte.

—¿Seguro que lo sientes?

Sofía esboza una sonrisa tímida. Es lo máximo que se permite en ese espacio tan solemne, vigilado por la mirada pétrea de un samurái en el tapiz principal. Laura le devuelve la sonrisa. No dicen nada más, porque enseguida advierten que Hiroko las observa desde la puerta. Tiene el gesto sombrío y preocupado, muy lejos de la untuosa hospitalidad japonesa.

—¿En qué puedo ayudarlas a estas horas? —pregunta.

Sofía y Laura se levantan a un tiempo. El apremio les impide acusar la extrañeza por el buen español que habla la mujer. En su encuentro anterior solo se expresaba en japonés, tal vez por la angustia del momento.

—Sentimos tener que molestarla, señora. Pero necesitamos hablar con Yóshiko.

—Mi hija no está. Ha salido hace un rato.

—¿Sabe usted adónde ha ido?

—No lo sé, nunca me dice dónde va.

—¿Le ha dicho a qué hora piensa volver?

Hiroko niega con la cabeza.

—¿Podría llamarla por teléfono y decirle que la estamos esperando?

—No entiendo a qué viene tanto interés por mi hija.

—Créame que no estaríamos aquí si no fuera muy urgente.

—Mi hija nunca sale con el teléfono. No le gusta que la controlemos.

Sofía, que ha llevado la voz cantante, asiente en silencio. Laura toma el relevo.

—Perdone que me meta donde no me llaman, pero hay algo que no entiendo. Su hija acaba de pasar por una experiencia muy traumática. Ha sido secuestrada por un asesino. Y dos días después sale por la noche sola y sin teléfono. No me parece normal.

—A mí tampoco, pero después de muchos años de enfados y de gritos y de llantos ya estoy resignada al hecho de que mi hija no es una persona normal.

—¿No le da miedo que le pase algo?

—A mí mucho. Pero a ella creo que no. Reacciona como si hubiera vivido una aventura diferente. Para ella el secuestro es una historia curiosa que contar.

—¿Hay algún escolta que la esté custodiando en estos momentos?

—No tenemos servicio de seguridad contratado. Como se pueden imaginar, hemos perdido la confianza en la persona que se encargaba de vigilarla.

—Entonces no comprendo que le permita salir por la noche.

—¿Me está criticando por mi conducta como madre?

—Lo que estoy diciendo es que no es posible que Yóshiko haya salido. Sé que está aquí. Y queremos hablar con ella.

Sofía se gira hacia Laura y la mira con asombro. No han hablado previamente de esto y le parece que las conclusiones a las que está llegando su compañera son muy audaces. Está claro que le ha sentado mal la interrupción de la cena de aniversario. Hiroko menea la cabeza con suavidad. Más que ofendida, parece compadecerla por su ignorancia.

—¿Quiere registrar la embajada? Le advierto que mi marido está reunido, pero por lo demás, puede meter la nariz donde se le antoje.

—Me conformo con que le diga a su hija que salga.

—Mire, yo discuto con mi hija todos los días. Desde que ha vuelto a casa, hemos discutido unas diez veces. Pero he conseguido algo importante: Yóshiko ha aceptado por fin que tiene que hacer algo con su vida. Va a estudiar una carrera importante en Los Ángeles. Se va la semana que viene. Quizá para ustedes esto sea poca cosa, pero para nosotros es un logro. Temíamos que la niña abandonara los estudios y no quisiera hacer nada.

—¿Por qué nos cuenta todo esto?

—Quiero que entiendan cómo es la convivencia con Yóshiko. Ha aceptado marcharse a Los Ángeles, pero el acuerdo pende de un hilo. Cualquier incidente lo puede estropear todo. Así que si quiere salir por la noche, no seré yo quien se lo impida, porque he conseguido algo mucho más importante. Que estudie, que se forme, que tenga ambición por vivir una vida independiente y plena. Y ahora explíquenme a qué se debe esta visita, tengo derecho a saberlo.

Laura, desinflada, agacha la cabeza. Sofía carraspea antes de hablar.

—Hemos encontrado el piso en el que Yóshiko estuvo secuestrada. Queríamos que lo viera para confirmar que estamos en lo cierto.

—¿Y el secuestrador?

—Ha aparecido muerto de varios golpes en la cabeza.

Hiroko traga saliva. Por un momento parece que pierde el pie o que necesita sentarse de inmediato, pero no lo hace.

—No veo en qué puede ayudarlas mi hija.

—Puede que Yóshiko sea una de las últimas personas que lo vieron con vida. Tal vez pueda aportar alguna información relevante, por eso queremos hablar con ella.

—Cuando vuelva, le transmitiré su mensaje. ¿Puedo ayudar en algo más?

No hay mucho más que hacer allí, pero Laura no aguanta el resquemor.

—El coche del secuestrador está aparcado en la puerta trasera de la embajada. ¿Sabe usted por qué?

—¿En la puerta trasera? No entiendo.

—Sí, en la calle de aquí detrás. ¿Tiene usted alguna explicación?

Yóshiko condujo la furgoneta hasta su casa. No se alejó por la calle ni paró un taxi. No acudió a la policía. No caminó como una sonámbula hasta que un conductor la recogiera al ver su desvalimiento. Hiroko lo sabe porque su hija se lo ha contado. La angustia al ver que no se excitaba con las imágenes pornográficas en el techo. Los intentos por encontrar una fantasía que obrara el milagro. El momento de felicidad exultante, imposible de describir, al ver que la gráfica se levantaba, que la sangre estaba acudiendo en tropel a su vagina para refrendar el nacimiento de un impulso sexual.

—No tengo ninguna explicación.

—Pero coincidirá conmigo en que es raro —dice Laura—. Es como si el secuestrador la hubiera traído a casa.

Quiso dormirla con una inyección de ketamina, pero estaba nervioso, desconcertado por la novedad, todavía no se había encontrado con una mujer que superara la prueba. No la pinchó bien, ella se daba cuenta de que la anestesia no le hacía efecto. Aun así mantuvo los ojos cerrados y trató de vaciarse de todo pensamiento. Él la desató y la cargó como un fardo. Quería liberarla, pero debía viajar dormida para que no lo pudiera delatar. La dejaría en un parque y allí se despertaría ella horas después.

—Yo lo único que sé es que mi hija está sana y salva. Eso es lo único que me importa.

—Lo comprendemos. Pero nosotros queremos conocer la verdad. Quiero que sepa que incluso si su hija se defendió del secuestrador, incluso si lo mató en una pelea, su situación procesal sería muy ventajosa. Cualquiera habría luchado por su vida.

El maletero era amplio y podía estirar las piernas y los brazos, pero no se atrevía a hacer ruido. Su mano tropezó con una bolsa de plástico y contuvo el aliento al oír el bisbiseo de la bolsa por el contacto con sus dedos. Dentro había diez o doce estrellas de mar. Notó que el vehículo se estaba deteniendo y no sabía si era porque el secuestrador había advertido que estaba despierta o porque habían llegado a su destino. Palpó en el habitáculo en busca de un objeto que le pudiera servir para defenderse. Encontró un gato hidráulico. Se abrió el portón trasero y el hombre metió la cabeza dentro. Unas manos grandes y peludas buscaban el hueco de sus axilas para levantarla. Entonces descargó un golpe cerca de la oreja y el cuerpo del secuestrador se dobló en una postura muy extraña, como de orante. Durante unos segundos, la cabeza se convirtió en un aspersor de sangre mientras ella golpeaba y golpeaba con la herramienta hasta que se le cayó de las manos. Salió del coche y vio que estaba junto a un parque. Arrastró el cuerpo y lo dejó caer por un terraplén. Después, sacó una estrella de mar, bajó el talud y la colocó sobre el pecho del muerto. No sabe si lo hizo por desviar las sospechas de la policía, por un capricho estético o por un sentimiento de justicia: que el asesino probara de su propia medicina. Acto seguido cerró el portón trasero, se metió en la furgoneta y condujo hasta la embajada. Se dio cuenta de que el vestido estaba empapado de sangre. Se desnudó y lo tiró a una papelera.

—Mi hija es incapaz de hacerle daño a nadie, se lo aseguro.

—Está bien, no la molestamos más. Llámenos, por favor, tan pronto como tenga noticias de ella.

Hiroko las acompaña a la puerta. Cuando cierra, se queda con la frente apoyada en la madera. Toshihiko se acerca con sigilo, pero ella oye sus pasos porque tiene el oído muy entrenado. Se gira hacia él y cruzan una mirada de inquietud.

Javier Monleón ha debido de coger frío en su noche de juerga y ahora está en el sofá tapado con una manta y moqueando mientras ve la televisión. Se ha tomado ya tres paracetamoles, pero sabe que no va a notar alivio hasta dentro de un par de días. Cuando llaman al timbre supone que es su madre, que le trae un caldo reconstituyente al que ella concede propiedades milagrosas. Han hablado por teléfono hace un rato y él no está seguro de haberla disuadido de sus intenciones de darse el paseo. Se suena la nariz antes de abrir la puerta y se sorprende al ver que es Yóshiko quien ha venido a verle.

—Hola. ¿Puedo pasar?

El trancazo embota las reacciones del escolta, que no es capaz de saber si siente alegría o temor ante la visita de la japonesa.

—Claro. ¿Qué tal estás?

Ella se adentra en el piso y se fija en cada detalle sin disimular la curiosidad. Más bien haciendo gala de ella.

—Así que este es tu refugio de soltero.

Javier apaga la televisión. Acto seguido, empieza a recoger pañuelos de la mesita y del sofá. Hace una bola con ellos y los tira a la basura. Cuando vuelve al salón, Yóshiko está mirando una foto en blanco y negro de una Harley, enmarcada en la pared.

—No sabía que te gustaban las motos.

—Me gustan. Tengo una en el garaje.

—Haberlo dicho. Nos podríamos haber dado una vuelta.

Javier sonríe con tristeza, como saboreando la melancolía de las ocasiones perdidas.

—No tengo nada de beber. ¿Quieres un vaso de agua?

—No quiero nada. ¿Cómo estás?

—Resfriado.

Ella suelta una risita traviesa, como si le hiciera mucha gracia que la gente se pusiera enferma.

—Creo que te detuvieron por mi culpa. Pensaban que me habías secuestrado tú.

—Sí, sospechaban de mí. Me tuvieron un buen rato en la comisaría.

—Qué tontos son los policías. ¿Cómo pueden pensar que tú querías hacerme daño?

—No me conocen.

—Pero se te ve en la cara que eres muy bueno. Yo lo vi el primer día. A otros escoltas los veía chulos o pasotas. A ti te vi bueno. Y no me equivoqué.

—Pero hice mal mi trabajo.

—No digas eso —le da un puñetazo amistoso en el brazo—. Fue culpa mía, que soy un culo inquieto. Me tenía que haber quedado contigo.

—¿Qué te pasó? ¿Te hicieron daño?

—No. Tuve miedo, nada más.

—¿Y te escapaste?

—Me liberó.

—¿Le viste la cara?

—No.

—¿Pensaste que era yo?

—Ni por asomo —dice sonriendo.

Él le devuelve la sonrisa.

—¿Por qué te liberó?

—Porque yo no soy como tú. Yo sí siento deseo sexual. Eso me salvó.

—No eres un bicho raro, como yo.

—Sí que soy un bicho raro. Mucho más que tú. Pero me gusta el sexo.

—Perdona por no haber sabido cuidarte.

—Has sido mi mejor escolta.

—La policía me dijo que estabas bien. Gracias a eso me soltaron. Quería ir a verte, pero creo que a tu padre no le habría gustado.

—Ya. Te habría echado a patadas. Bueno, a lo mejor no. Está muy entretenido preparando mi viaje a Los Ángeles.

—¿Te vas a Los Ángeles?

—Me ha matriculado en una escuela privada de Administración de Empresas.

—¿Y la fotografía?

—Un capricho de juventud. Ya se me pasará. Eso dice.

—Por cierto —Javier sale del salón y vuelve al cabo de unos segundos con la réflex de Yóshiko—. Tu cámara de fotos. La encontré en el suelo, ¿te lo puedes creer?

—Te la regalo.

—¿Qué dices? No pienso aceptar tu cámara.

—Mira: el comisario me prometió traérmela. No lo ha hecho. Tampoco ha hablado con mi padre para que me deje estudiar en Madrid. ¿No lo entiendes? Es como una señal.

—Pero ¿por qué?

—Porque ya no voy a hacer más fotos. Quiero que las hagas tú y que te acuerdes de mí cada vez que hagas una.

Javier la mira sin entender su actitud, pero está acostumbrado a los ramalazos extravagantes de ella y no quiere discutir.

—Bueno, esto lo tenemos que hablar despacio. ¿Por qué no nos sentamos?

—Porque ya me voy. Solo he venido a despedirme.

—¿Ya te vas?

—Sí. Me gustaría darte un beso en los labios, ¿puedo? Tú no hace falta que hagas nada. Solo prestarme tus labios un segundo.

—Claro que puedes, pero te recuerdo que estoy resfriado. Y los japoneses sois muy escrupulosos, tú misma lo dijiste.

—No me importa.

—Pues entonces todo tuyo.

Él cierra los ojos. Ella le besa en la boca y sonríe.

—Gracias. No abras los ojos todavía.

Javier obedece. Está esperando un segundo beso, pero no llega. La imagina desnudándose con una mueca traviesa. Se dice que en ese caso debe reaccionar con naturalidad, no como el hombre soso y torpe que suele ser. Pero no se oye el murmullo sedoso de las ropas rozando el cuerpo, simplemente una puerta que se cierra. Cuando abre los ojos, Yóshiko se ha marchado.

Se tumba en el sofá y se queda unos minutos pensando en lo sucedido. Se siente mejor del trancazo, la visita le ha puesto de buen humor. Cuando al cabo de un rato llaman a la puerta, se figura que esta vez sí que debe de ser su madre. Pero son Sofía Luna y Laura Manzanedo.

—Hola, Javier. ¿Podemos pasar un momento?

Javier, serio, les franquea el paso.

—Estamos buscando a Yóshiko Matsui. ¿Tú sabes algo de ella?

El escolta se queda callado. Se pregunta si contar lo que ha pasado sería una traición hacia ella. Decide que no es así.

—Ha estado aquí.

—¿Cuándo?

—Ahora. Se ha ido hace un rato. Ha venido a despedirse.

—¿A estas horas?

—Creo que se marcha a Los Ángeles a estudiar en una escuela muy buena.

—Sí, pero se marcha la semana que viene —dice Sofía—. No entiendo las prisas para despedirse de ti.

Javier se queda desconcertado. Él no dispone de tanta información como las dos policías que tiene delante. No sabía que faltaba una semana para el viaje. Considerando los acontecimientos de los últimos días y también lo intempestivo de la visita, ha dado por hecho que el viaje era inminente. Tenían tiempo para despedirse con más calma. Incluso para quedar a tomar algo o dar un paseo en moto.

—¿Te ha dicho adónde iba?

—No.

—¿Tienes idea de dónde puede haber ido?

Javier niega con la cabeza, pensativo. Se le ha metido una sugestión en el cuerpo.

—¿La has notado rara en algún sentido?

Piensa en Yóshiko, en el beso final. Sus ojos tropiezan con la Nikon que ella le ha regalado. Cada vez que hagas una foto, acuérdate de mí. Y entonces comprende que no ha venido a despedirse porque se fuera a Los Ángeles. La despedida tenía un sentido mucho más profundo.

Sorbe despacio a través de una pajita. Se ha pedido un zumo de fresa porque el camarero estaba preparando uno y le ha entrado por los ojos, pero no le está gustando nada. Le hace gracia despedirse del mundo con una bebida repugnante. Está sentada en un taburete, junto a una de las barras de la azotea. Cabizbaja. No quiere establecer contacto visual con nadie. No quiere estímulos de ningún tipo. Se acabó. Los últimos minutos los va a dedicar a pensar en su vida, en los recuerdos más bonitos. Pero le cuesta encontrarlos. Se concentra en el vaso, en la espuma que hay por encima, más que un zumo parece un batido. Descubre que le gusta el ruido que hace la bebida al subir por la paja.

Furusato. Le viene a la mente la palabra japonesa que alude a la tierra natal. Le gusta cómo suena. *Furusato*. Le parece que asciende dulcemente por la pajita, sílaba a sílaba. Pero ¿qué recuerdos conserva de esa tierra? ¿Cuáles son sus raíces en realidad?

No es consciente del revuelo que se forma a su espalda cuando salta al otro lado de la barra separadora. Ahora le llega más nítido el rumor del tráfico que los gritos de los clientes o del primer camarero que se acerca. Se sienta en el pequeño saledizo de piedra, con las piernas colgando, ajena a las advertencias y a la voz persuasiva que le pide que vuelva. Alguien de seguridad está activando todas las alarmas, pero ella tampoco se entera de eso. Balancea las piernas y piensa en Paulina, su amiga angoleña. La ve saltando a la pata coja en las baldosas de la cocina, torpe y alegre. Sonríe a la muñeca con pelos de fregona, el único juguete que tenía la pobre. A lo mejor si convoca un número suficiente de recuerdos dulces, decide no tirarse al vacío. Piensa en un profesor de religión que tuvo en Colombia, una especie de gurú o de guía espiritual. No se puede matar a nadie, ni siquiera a un insecto, decía. La vida es el don más precioso y los seres humanos no somos más importantes que las plantas o los animales. No se puede desobedecer la autoridad del padre, decía también. Ella era una niña cuando recibía esas enseñanzas. Asentía asustada, pero ahora ve claramente que aquello era una papilla indigesta que la obligaban a tragar. No se puede, no se debe. Las negaciones de la vida. Aprieta los ojos con fuerza y trata de convocar recuerdos bonitos. Pero no es tan fácil dirigir la mente en la dirección deseada, lo ha intentado y ha aparecido el profesor aquel de religión.

Sofía conduce deprisa, seria y concentrada, convencida de que la sugestión del escolta obedece a una urgencia real. La llamada telefónica la responde Laura. Es Caridad. Informa de que han procedido a la apertura de la Volkswagen Caddy en presencia del juez. Dentro del maletero han encontrado un gato hidráulico manchado de sangre y una bolsa con nueve estrellas de mar.

—No tenía intención de parar —dice Laura.

Es un consuelo. Puede que Yóshiko haya salvado varias vidas al matar al hombre que la había secuestrado. Suben por la Gran Vía con la sirena puesta. En los neones de Callao hay un anuncio de un perfume femenino y la modelo parece una loba hambrienta. La vida hipersexualizada, piensa Sofía. Cuando llegan a la calle Alcalá, ven un perímetro acotado por la policía y, tras él, una muchedumbre de curiosos. Se oyen sirenas a lo lejos, un camión de bomberos que se acerca y tal vez un par de ambulancias. Sofía baja del coche y saluda al policía que parece estar organizando el operativo. En la azotea del edifico de Bellas Artes hay alguien que amenaza con tirarse. Entre la confusión que se ha formado, Sofía cree distinguir a un hombre vestido de traje que lleva un megáfono en la mano. Un grito muy agudo formado por muchos gritos rompe la noche y las miradas se dirigen hacia arriba. La figura se ha levantado y ha puesto los brazos en cruz, como si fuera una saltadora de trampolín en el preámbulo de su ejercicio. Sofía sabe que es el final. Tarda en advertir que Laura le ha cogido la mano y se la aprieta con fuerza, se la lleva a los labios y con ellos le roza los nudillos. ¿Qué significa ese beso? No tiene tiempo para interpretarlo.

Yóshiko se lanza al cielo de Madrid en un vuelo que a Sofía le parece un poco más largo de lo normal, de lo que un ser humano puede conseguir con un simple salto en plancha. Pero es una ilusión óptica, en realidad el cuerpo permanece fracciones de segundo en el plano horizontal antes de caer en picado hacia el asfalto.

Este libro se terminó
de imprimir en
Móstoles (Madrid),
en el mes de
octubre de 2018

Descubre tu próxima lectura

Si quieres formar parte de nuestra comunidad,
regístrate en **www.megustaleer.club**
y recibirás recomendaciones personalizadas

Penguin
Random House
Grupo Editorial

megustaleer